MEMORY HOUSE
记忆坊文化

迷迭兰 著

MISS Mo's
Daily Life

蘑菇日志

江苏凤凰文艺出版社
JIANGSU PHOENIX LITERATURE AND
ART PUBLISHING, LTD

图书在版编目（CIP）数据

蘑菇日志 / 迷迭兰著 . —— 南京：江苏凤凰文艺出
版社，2019.9
ISBN 978-7-5594-3704-4

Ⅰ. ①蘑… Ⅱ. ①迷… Ⅲ. ①长篇小说 – 中国 – 当代
Ⅳ. ① I247.5

中国版本图书馆 CIP 数据核字 (2019) 第 083094 号

蘑菇日志

迷迭兰 著

选题策划	北京记忆坊文化
出 版 人	张在健
特约策划	暖 暖
特约编辑	单诗杰 莫桃桃
营销编辑	杨 迎
责任编辑	白 涵 刘洲原
封面绘图	三 乖
封面设计	80 零·小贾
版式设计	段文婷
出版发行	江苏凤凰文艺出版社
	南京市中央路 165 号，邮编：210009
网 址	http://www.jswenyi.com
印 刷	环球东方（北京）印务有限公司
开 本	880mm×1230mm 1/32
印 张	9.5
字 数	273 千字
版 次	2019 年 9 月第 1 版 2019 年 9 月第 1 次印刷
书 号	ISBN 978 - 7 - 5594 - 3704 - 4
定 价	38.00 元

江苏凤凰文艺版图书凡印刷、装订错误可随时向承印厂调换

CONTENTS

目录

楔子

今天蘑菇小姐终于迎来她到B城后的第一次面试。当然这是在投下三百六十五份简历，经历过两次笔试之后，才等到这个来之不易的机会的。她深深地体会到这年头混口饭吃不容易，所以非常珍惜这次面试的机会。

在指天发誓无论如何都要拿下这个工作机会后，蘑菇满怀壮志地迈入庄美金融中心。负责招聘的小姐给了她一个号码，18号，她的心顿时凉了半截，这么多人应聘一个岗位，和中彩票有什么区别。

于是不幸的事情发生了，刚好轮到蘑菇的时候，上午的面试宣布结束。下午，她应聘的部门又因为有一个面试官临时有会议，面试时间需要推迟。

闲来无事，蘑菇与同样等候面试的人搭讪，谈的均是与面试相关的内容。

"你面试的是什么职位？"蘑菇问排在前面的长相文静的女孩。

"收入会计。"

"哦，女孩子做财务挺好的。"想当年蘑菇父母也想让她读会计，但是被性格开朗的她拒绝了。

"你呢？"女孩回问。

"海外市场推广。"蘑菇答道。

"好厉害呀，听说海外市场是庄美的重要部门。"女孩佩服道。

"是吗？"蘑菇之前查过，确实如此。海外市场部是庄美最重要的营销部门，每年创造的收入占整个集团的40%。

"嗯。"那女孩点点头，"对了，我刚刚听前面的人说，海外市场部每年都很重视新员工招聘，基本每轮面试部门主管都会出席。"

"哦。"蘑菇开始紧张起来，企业面试一般是最后一轮才能见到部门一把手的。

"还有，他们对英文要求高，有可能会用英文问答。"

"啊？"蘑菇开始冒汗了。

"不过，你的英文应该不错吧，不然也过不了笔试。"

"嗯。"蘑菇尴尬地笑了笑。虽然她的大学英语是过了六级，还考了个什么高级商务英语证书，但是工作后的两年基本没用过，英文应用能力弱了不少。现在笔试尚能勉强糊弄过去，要是口语，就惨不忍睹了。

蘑菇本来还是底气十足的，搭讪过后，底气消了一半。于是，她决定不再随便找人聊了，安静地等候面试。

在经历饥饿、困倦而又漫长的等待后，蘑菇小姐终于闪亮登场了。

蘑菇应聘的是海外市场推广，试场上共有五个面试官。先是简单的自我介绍，然后是一问一答。

在专业经验方面的问答，全部使用英语，蘑菇听得明白，可答得不太流畅，看面试官们的表情，蘑菇心里面已经凉凉了。

在最后个人经历的环节，脸圆圆的面试官抛出一个问题："你为什么会放弃原来的工作，到这么远的地方来？"

"因为我男友在这边工作，我就过来了。"她照实回答。

"可是你原来的工作真的很不错。"中年男子皱眉。

"可总要有一方做出让步啊。"她笑了笑。

"那为什么让步的不是对方呢？"坐在正中的那位相貌俊秀的青年男子一直一言不发，却突然加入了探讨这个问题的行列。

她有些愕然，皱了皱眉头，不知所以然。

"我的意思是，你离开原来的工作岗位真的是因为感情问题，而不是其他原因？"那位俊秀的男子解释。

"其他原因？"她惘然地拨了拨前额的发丝。

"比如说，因为自身原因，被解雇了。"青年男子终于说出了他问这个问题的目的。

"什么？这根本不可能。"她似乎有点怒了，他凭什么这么说？

"又或者是因为对大城市的向往，或者对小地方的厌倦。"另一位中年妇女推了推鼻梁上的眼镜加入谈话。

这次，她似乎读懂了他们的眼里不屑，这些不屑或许是来源于他们自身地位的优越，又或许是因为众多求职者显现出的卑微，可在蘑菇看来，每一个人都是应该得到尊重的。

于是，她失望了，最后的一点耐性也消磨尽了："大城市？如果不是因为我男友在这里，如果不是因为对这份感情的执着，我才不会放弃喜爱的工作，远离温暖的故乡，来到这寒冷、干燥、阴暗的鬼地方。"

那些面试官似乎还没反应过来，愣愣地看着蘑菇小姐站起来，单方面地宣布这次面试的结果，然后离开面试现场。

当蘑菇走出金融中心的那一刻，她想起了多年前网络上盛行的一句话：人生就像拉屎一样，有时候你已经很努力了，可出来的只有一个屁。

01
蘑菇的起源

　　蘑菇原本生活在温暖湿润的南方，按她的话说，是最适宜人类居住的地方。那里有疼爱她的爸爸和妈妈、许多可以一起吃喝玩乐的亲朋密友，以及一群相处甚欢的同事。平常下班后，她会与同事一起吃饭、唱K或是呼朋唤友地去逛街购物，而周末则会与父母一起到郊外的别墅度过。她最享受的是在宁静的午后，沏上一壶茉莉花茶，与妈妈坐在露台上晒太阳。原本她可以这样平静安逸地过下去，然而她却有一个身处异地的男友。一想到这里，蘑菇总会感叹：人生总是不完美的，不是吗？

　　至于蘑菇这个名字的起源，是有典故的。话说在大学新生军训的第一天，那个来自湖南的班长正在点名。

　　"关美心。""到。"

　　"罗新意。""到。"

　　"郭珍珍。""到。"

“蘑菇……”全班同学肃静了。

她可以忍受口音，却无法容忍错别字：“你念错了，是蘑菇。”

“哦？是蘑啊。”那班长还不悔改，“其实菇和蘑都差不多。”

天啊，她心里想，他是中国人吗？

自此，她再也逃脱不了蘑菇的命运。

“早上好，蘑菇。”“吃饭了没，蘑菇？”“你怎么无精打采啊，蘑菇？”一开始，她还会奋力纠正他们，可到了后来，她终于敌不过如此声势浩大的蘑菇阵容，接受了现实。

记得有一段时间，她还曾为了配合这个蘑菇称号，把长长的卷发剪掉，去“爆炸”了一个蘑菇头。

室友珍珍对她说：“每当我见到你，就像见到一个巨型蘑菇在行走。”

“那正是我要的效果。”蘑菇骄傲地说。

“可实在是太吓人了。”珍珍补充道。

然而，蘑菇就是顶着这一头诡异的发型，邂逅包子先生的。

蘑菇小姐十九岁以后的人生，有一半的快乐是来自包子先生。因此，包子先生在蘑菇人生中有着不可替代的地位。

包子先生和蘑菇小姐在同一所大学，却不同系，也不同班。

某日，按包子先生的话说，命中注定的两个人终于在公共选修课——伦理学上相遇了。

课堂上，伦理学的老教授正兴致勃勃地授课，而蘑菇小姐则正在埋头狂睡。就在距离下课还有十五分钟的时候，蘑菇的后背被一长条状物体戳了一下，她顿时清醒过来，转头正要斥责恶作剧的来源，却见对方递来了一张试卷。

原来，在她与周公约会的时候，教授布置了随堂小测，而每次的小测都会作为期末考评的重要依据。那个坐在她后面的男生，不但把她叫了起来，还把答案也给了她。顿时，蘑菇对这位仗义的男生产生了好感。

通常情况下，英雄救美的结局，当然就是美人以身相许，这一切仿佛水到渠成一样。不过有一点需要提出的是，包子先生是英雄，却不是俊男，而是一个圆头圆脸，白白胖胖，长得切切实实像个包子的人物。所以，想当年蘑菇小姐和包子先生相恋，着实让学校的眼镜店兴隆了一番。

室友珍珍感叹："美女配丑男犹如牛顿第一定律这样坚固永恒。"

"没错，我也这么认为。"室友新意点头称是，"只是让人费解而已。"

"怎么会呢？我们包子有理想，有抱负，幽默善良，乐于助人。"蘑菇辩解。

"还处事刚正不阿，经常行侠仗义，救死扶伤……"新意接着说，"行了行了，你都说过了。"

包子行侠仗义可不是蘑菇随便说的，是真有其事。

蘑菇与包子刚谈恋爱的时候，和所有热恋中的情侣一样，喜欢在茶余饭后出没在一些人迹罕至的地方，卿卿我我，恩恩爱爱。有一个月黑风高的夜晚，他们俩在学校后山的树林里正爱得难分难舍的时候，突然听到一个凶狠的声音："别动！"

他们伸头张望，只见前面的小道上，两个身材魁梧的男子正持刀对着一个女孩，女孩吓得一声不敢出。然后，女孩遵从男子的话，颤颤巍巍地将随身的手机和钱包递给男子。

他们当时也吓了一跳，之后，脚软了的蘑菇抓紧愠怒的包子："别吱声啊，这事我们就当没看见。"

结果，那两个男子好像还不满足，拿刀抵着女孩往树林里推。

这时候包子一下甩开蘑菇的手，怒不可遏地冲了出去："求财也就算了，耍流氓可不能放过。"

蘑菇跟在后面一直追："包子、包子……"

幸好那俩劫匪是个软包，别看身材那么高大，一见有人冲过来，马上弃刀逃跑。

事后，蘑菇埋怨包子："别以为你跆拳道黑带就了不起，人家是拿着刀的，万一砍着你怎么办？"

"别说拿刀了，就算是拿枪，我也不会让这样的事发生在我面前。"包子怒道。

蘑菇听后为拥有这样的男友而自豪，对包子更死心塌地了。

下面来介绍一下包子先生吧。

包子来自寒冷的北方，脸圆白胖，全身肉乎，别看个子不高，却是跆拳道黑带三段。蘑菇也曾奇怪，为何一浑圆的胖子会喜欢武术？

这是有典故的，包子小学的时候，由于成绩优异，敦厚老实，经常被班上的恶势力欺压。

"慢着。"蘑菇打住他的话，"成绩优异、敦厚老实和挨揍有什么关系？"

包子想了想："其实是没有的，我主要是想顺带说一下自己的优点。"

"那就是说，人家揍你主要是看你不顺眼了？"蘑菇问。

"这……"包子无语了，"还是继续吧。"

总之，从小学一年级起，包子就只有挨揍的份。

那时的包子，最喜欢看的就是《变形金刚》《七龙珠》《阿童木》这些带有英雄主义色彩的卡通片，搬个小板凳坐在电视机前，一连看好几集那种。看完后，他经常幻想有一个像片子里头的英雄那样的人来拯救自己，惩罚那些欺压他的恶势力。

这种情况一直持续到小学四年级，老师给他调了一个班花做同桌。

"我这位同桌不但个高漂亮，性情好，而且成绩在班里仅次于我。"包子仰慕地说。

"行了，你说班花那部分就好，别扯你了。"蘑菇不屑地说。

班花特别优秀，因此受到班上恶势力的调戏，经常遭遇上课时被小纸团砸到后背，上厕所的时候被拦道，自行车的鞍座被黏口香糖之类的恶作剧。

"你们班的那些恶势力也真是，好的赖的都不放过。"蘑菇痛恨道。

"你说谁是好，谁是赖？"包子机警地问。

当然班花是好，你是赖啦。蘑菇笑了笑："你还是继续吧。"

有一天，班花没来上课，老师派包子做代表到班花家探访。

包子站在班花家的铁门前，大喊："郭熙琪，郭熙琪。"

"谁呀？"班花在门后问。

"我是柳航，老师问你为什么没来上课。"包子大声应道。

班花闻声打开门，包子见到她头上缠着纱布。原来，前一天下了晚自习，班花在骑车回家的路上，被两个恶势力分子一直追逐，骑得太快没能刹住，撞上了路边的灯柱。

包子见到楚楚可怜的班花，顿时心生怜悯，而后由怜转怒。

回家的路上，路过一家刚开业的跆拳道馆，他们正在四处派传单，包子接过传单就回家找妈妈，要求学跆拳道。

"然后，你就自己做了这个英雄，拯救了自己和班花。"

"没错。"包子骄傲地说。

"原来你英雄救美的传统，就是从这个时候开始的。"

"没错。"包子神气地点点头。

"那不对呀，你救了这么多美，为什么只有我跟了你？"

"她们想跟我来着，只是我没答应。"包子很认真地说。

蘑菇的眼睛耷拉一半，一副"谁相信"的表情。

蘑菇家境好，从小养成大花洒的习惯。

蘑菇爸爸的口头禅是："钱能解决的问题就不是问题。"

蘑菇妈妈经常说："你要对自己好点，我们家就你一个闺女，将来所有家产都是你的，早花晚花都一样。"

所以，蘑菇逛街购物，看见喜欢的东西从来不犹豫。吃饭也是，无论用餐的人数多少，总是点一桌子菜。

这让家境一般的包子着实吃不消。因为自从恋爱后，只要蘑菇和包子在一起的支出，包子都会抢着付款。一开始蘑菇不让，自尊心极强的包子坚持己见。

那时候，包子每月的生活费，在同学中属于中等水平。如果只有包子自己花的话，是绰绰有余的。但一搭上蘑菇……经常在月头就断粮了。要知道，蘑菇逛一次街就能把包子一个月的生活费花光。所以，包子经常兼职写案子（包子是法律系的），又或者勤工俭学。

然而，深爱包子的蘑菇哪能忍心，她情愿包子留着时间来陪自己，也不愿意他浪费时间挣钱。

　　那么，蘑菇就只能改变自己了。每次逛街她都是只看不买，以至于包子怜惜地说："喜欢就买吧，咱负担得起。"可蘑菇总是摇摇头，拉包子走了。

　　吃饭也是，两人下馆子就点俩菜，一荤一素，米饭也是两碗，从不点多。因为注意形象的蘑菇，为了减肥，从来不会吃完一碗饭，都是吃一半，剩下的一半由包子吃。

　　有一次，他们和蘑菇的室友一块儿吃饭，包子也是接过蘑菇碗中的米饭继续吃。珍珍见状，刻薄地说："怎么感觉你们包子跟捡垃圾似的？"

　　包子摸摸脑袋，嚼着饭菜，尴尬地一笑。

　　"怎么会呢？我觉得有一个吃自己剩饭剩菜的男人挺幸福的。"蘑菇反驳道。

　　即便如此，包子的经济能力还是不足以支持两人经常外出就餐，这是蘑菇后来才发觉的。

　　某天逛街，还不到晚饭的点，蘑菇就想回去了。

　　"包子，我们回学校食堂吃晚饭好不好？"蘑菇看了一下表，征求包子的意见。

　　"好呀，起码能吃饱。"包子很开心，冲口而出。

　　说者无心，听者可是有意了。蘑菇才想到包子跟自己在外面吃饭该不是从来没吃饱过吧？她责怪自己怎么没早发现，包子那么胖的一个人，怎么可能一碗多米饭就吃饱呢？

　　后来，蘑菇跟包子的用餐，基本都在学校食堂解决。

　　"你真是有情喝水饱。"新意笑道，"以前那么挑剔，老嫌弃食堂不好吃，现在却天天吃食堂。"

　　"是呀，以前每学期买二三十件衣服的，现在就买两三件。"另一位室友艺龄，也加入嘲笑的队列。

　　"没法子，我男人没钱。"蘑菇解释道。

　　"你可以自己在网上买啊，反正他不知道。"新意说。

"那我穿出来，他总得知道了吧。"蘑菇基本天天和包子见面，她所穿的衣服，包子基本都见过，"买了不能穿，还是算了吧。"

"你说你条件这么好，为什么会选包子呢？"珍珍痛惜道，"别的宿舍不了解情况，还问过我们包子是不是富二代呢。"

"其实你们说来说去，不就嫌弃包子不帅又没钱吗？"蘑菇生气了，"我现在就告诉你们，在我的眼里，包子就是最帅的。他虽然钱不多，但是他所有的钱能百分百为我付出。有钱的男人是有很多，但是愿意全部为你付出的又能有多少？真正爱一个人，不是要看他付出多少，而是要看他付出的是不是他的全部。"

蘑菇和包子在一起，确实会受到不少身边人的非议。

她经常遭遇好事之徒关心："你是不是吃惯了山珍海味，现在改吃咸菜白粥了？"

"他是不是富二代啊？"

"你们为什么还没分呢？"

"……"

一开始蘑菇总会很认真地和她们解释包子的种种优点，但是下次遇见，她们又重复同样的问题。后来，蘑菇终于不再解释了，左耳进，右耳出，听过就算。

蘑菇在大学的时候，最喜欢的歌曲就是《勇气》，两人在一块儿的时候，她经常会含情脉脉地对着包子唱。

"爱真的需要勇气，来面对流言蜚语，只要你一个眼神肯定，我的爱就有意义。我们都需要勇气，去相信会在一起……"

就这样，蘑菇和包子的恋爱，在不被看好的情况下，一直坚持到了大四。大四一开学，大家都纷纷开始为找工作而奋斗。

宿舍里最常讨论的话题，也莫过于将来的工作。

"你的理想是什么？"熄灯以后，珍珍躺在床上问，"我想进银行做国际结算工作。"

"我想进Wel（某著名外企）做出口贸易管理。"新意说。

"我想进海关做一名出入境监督员。"艺龄说。

到了蘑菇，却是这样的回答："我想有份稳定的工作，和包子结婚生孩子。"

"你这是什么理想?"珍珍笑道,"合着你的理想就是家庭主妇啊?"

虽然蘑菇是一个聪明伶俐、吃苦耐劳的孩子,但是她也有自身的缺点——依赖性强、胸无大志、鲁莽任性等。

这个也不难理解,蘑菇出身优越,从小到大,父母为其铺的都是康庄大道,现在再加上有包子这么一个容易让人依赖上瘾的男友,她就更甚了。

"包子,我不爱吃这菜,你帮我吃了吧。"

"包子,我不会写这道题,你帮我写了吧。"

"包子,我不想上这课,你帮我去上吧。"

而包子向来奉行的是要惯就惯坏的原则,一直都对蘑菇百依百顺。

所以,当蘑菇向包子抱怨自己连将来要干什么都不知道时,包子拍胸脯说:"其实,你压力不用那么大,找一份自己喜欢的工作就好。钱多钱少没关系,我来负责养家糊口。"

蘑菇听着真窝心,反正包子有理想就行,自己嘛,就随遇而安吧。

包子的理想是做一名人民检察官。其实,包子是读法律专业的,又通过了司法考试,大可以出来做律师。但是充满正气的包子,还是选择了为民请命。

有时,蘑菇也调侃包子:"可你干这个能发达吗?"

"当检察官自然不可能大富大贵,可是你要什么我都会尽量满足你,放心吧。"包子只能这样说了。

大四下学期,包子确认被保送上北方一所著名高校的研究生,而蘑菇爸爸给她在家乡找了一份国企的工作。其实,蘑菇父母一直不太同意她与包子的恋爱,希望她毕业后能回到他们身边。

这也是蘑菇自恋爱以来最烦恼的时候。

"包子,我真不想与你分开。"

"我也是啊,蘑菇。"包子回以同样的苦脸。

"都怪你,我让你不要争取什么保研名额,结果你偏不听我的话。"她开始追究包子的责任了。

"我没有啊，只是那位老师盛情难却，说非我不保啊。"包子一脸无辜。

"唉，该怎么办啊？"她苦恼了。

最后，他们还是商量出了用缓兵之计，蘑菇顺从父母的意愿回家乡工作，而包子则回到北方读大学，等到包子研究生毕业，工作稳定以后，再把蘑菇接过去。

在毕业典礼上，所有同学都依依不舍，拥抱合影留念。

蘑菇的室友珍珍、新意、艺龄纷纷向他们表示祝福："没想到你们坚持到了最后，希望你们能继续坚持下去，祝幸福。"

蘑菇和包子一一致谢。

终于要和包子分别了，这是蘑菇有生以来最痛苦的时刻。

她一把眼泪一把鼻涕地说："包子，你一定要来接我啊。"

"蘑菇，你一定要等我啊。"包子紧握蘑菇的双手。

蘑菇父母实在看不下去了，赶紧把她推上车，随着司机先生的一脚油门，两个山盟海誓的恋人开始了漫长的分离。

于是，蘑菇小姐二十二岁以后的人生，有一半的痛苦是来自包子先生的。

"包子，我很想你啊。"相思之苦时时刻刻环绕着蘑菇。

"蘑菇，我也好想你啊。"包子在电话那头说。

诸如此类的对白，会在他们每天数十次的通话中，不断重复。

蘑菇是个美人，加上家境优渥，初入职场的她自然是大家追捧的对象。那些阿姨辈的同事会主动关心蘑菇的对象问题，连蘑菇的妈妈，也会为她张罗相亲事宜。

蘑菇父母对包子的各项条件还是相当满意的，他们反对蘑菇和他恋爱的唯一原因，就是包子很可能会带走蘑菇。

所以，包子总需要时时刻刻地警惕着豺狼虎豹的入侵，或者是蘑菇的失守。

"你在干吗呢？"在蘑菇不用上班的时候，每隔三十分钟就会接到包子诸如此类的问候。

虽然蘑菇是个好玩之人，但她是有分寸的，总会在适当的时候提醒别人，自己是个有主之人了。

而每逢元旦、春节、端午、中秋、国庆（蘑菇父母禁止她清明出行）等公共假期，就是蘑菇和包子折腾的日子，两人总会约在千里以外的另一地方相见。有时候就为了这匆匆一面，三天的假期会有两天在路上。虽然过程很艰辛，可在见到对方的那一刻，所有疲累都烟消云散了。

终于，迎来了包子毕业的时刻。

当蘑菇得知包子决定毕业后留在B城时，她郁闷了许久。

其实她也怂恿过包子来自己的家乡工作，她可以拜托爸爸给包子找一份好差事。可是，包子总是含含糊糊地应付过去。她明白包子是有理想的人，哪怕给他再好的工作，这个小城也装不下他的雄心。

三个月后，蘑菇得知包子考上B城检察院的那一刻，突然失声痛哭起来，因为她知道自己安逸舒适的日子终于到头了。

随着包子工作的稳定，两年前的约定终于提上议程了。

"蘑菇，你准备什么时候过来啊？"包子入职后不久，便开始追问了。

"这个……"蘑菇最担心的问题出现了。

"蘑菇，你说句话嘛。"包子憋不住了。

"这个……"蘑菇支支吾吾的。

"蘑菇，你是不是想反悔？当年我们可是发过毒誓的，违约的话会烂屁股、烂嘴巴、烂眼睛、烂脚丫、全身溃烂、七孔……"包子着急了。

"好了，我又没说不来，你说得这么狠干吗？"蘑菇反击。

"呵呵，那你说是什么时候。"包子放下了悬起的心，态度一百八十度转变。

"这个……"蘑菇又开始了。

"蘑菇……"包子终于愤怒了。

"我不是不想过去，可你让我怎么和父母说嘛。"蘑菇说出了原委。

"这个……"这次轮到包子无语了。

"不如说我怀孕了，现在已经没办法了。"蘑菇想了好久。

"这个……"包子汗颜了。

"那就这么办吧。"蘑菇一锤定音。

"不行，我可担当不起这个罪名，怕到时你还没过来，你爸就先过来把我杀了。"

"那你说怎么办嘛！"

后来，经过了漫长的商议，两人商定还是照实说了。

不久后的一个晚上，蘑菇找爸爸说出了打算。

蘑菇爸爸脸色发黑，盯着她许久不说话，一副要动怒的架势。蘑菇正襟危坐，紧张地屏住呼吸。

蘑菇知道长久以来她和爸爸都是在玩一场博弈，双方都是在友好（不闹翻）的前提下，根据各种环境因素，各自依靠所掌握的信息，选择策略实现自己的目的。

爸爸选择的是静观其变的策略。两年来，他静观蘑菇恋情的发展，没有明确地提出反对，他希望蘑菇工作以后，会受到各类因素的影响，比如说安逸的思想，时间的消磨，朋友的规劝，能够改变对感情天真的想法。

而蘑菇采取的是消极应对的策略。两年来，她表面上非常顺从。让她去相亲，她从不拒绝，让她去交友，她也去了，只是都没有下文。在女人一生中最美好灿烂的两年，她都是这样耗着，只希望父母明白她的决心。

"你是在问我的意见吗？"蘑菇爸爸终于说话了，"还是在告诉我结果？"

"当然是想听你们的意见。"见爸爸没骂自己，蘑菇松了一口气。

"如果我反对呢？"爸爸说。

蘑菇两眼含泪，两手捂脸，使劲摇头："求你了，爸爸……"

"那你还想听我说什么意见呢？"爸爸站起来。

从指缝间窥见了爸爸的无奈，蘑菇也高兴不起来。

过了爸爸这一关后，妈妈也不难说话了，只是妈妈一听说蘑菇去那么远，担心地哭了起来："你连电饭煲都不会用，却要去那么远。"

"放心吧，妈妈，我会照顾自己的。"蘑菇心酸地亲了亲妈妈。

接下来，蘑菇第三个要告知的就是她最好的朋友小葵。

从小学开始，蘑菇和小葵就是形影不离的朋友。因此，小葵是对蘑菇来说除了父母、包子以外最重要的人。不过有一点需要注意，小葵是不赞成蘑菇与包子交往的。

所以，蘑菇是鼓足了勇气才约见小葵的。

"你真的决定了？"小葵问。

蘑菇小心翼翼地点头，仿佛一个认错的小孩。

"那就祝福你们吧。"小葵说。

"哦？"蘑菇仔细端详了小葵，看不出任何晦气的表情。

"好了，别看了，我是真心祝福你们的。"小葵说，"其实，每个人都是有私心的，我不喜欢你和包子交往，就是希望你不走那么远，可以一直陪在我身边。不过，我现在想通了，哪怕没有包子，或许还会有蛋糕、花卷把你带走。所以，只要你幸福，我就心满意足了。"

蘑菇热泪盈眶，抱紧小葵："呜……你太伟大了。"

"你一定要幸福啊。"小葵也哭了。

痛哭过后的这个晚上，蘑菇靠在窗台想了很久很久。

以前她想与包子在一起是一件很简单的事情，只要拍拍屁股，潇洒地与大家说一声再会就好了，走到这一步她才发现，原来她要放弃那么多东西，付出这么多代价。亲人、朋友、工作、熟悉的环境、温暖的家乡，取而代之的是陌生的环境、寒冷的异乡。只是一想到包子，蘑菇就温暖了，脸上泛起笑意。

蘑菇是春节后上班的第二天正式提交辞呈的。

"莫莫，你真的考虑清楚了？"同事远姐关心道。

"嗯。"蘑菇点头。

"可是你的家人、朋友都在这边。"

"我已经和他们沟通过了，他们也很支持我。"蘑菇违心地说。

"还有工作呢？现在经济环境不好，找一份好的工作不容易，况且B城的竞争肯定比这里激烈。"

"可是对我来说，找一个好的男人，比找一份好的工作更困难。"蘑菇自信地说。

但是在后来，蘑菇发现，找一份好的工作和找一个好的男人是同样困难的。

很快，蘑菇就办完了所有交接手续，在同事的祝福声中告别了这份工作。

包子是亲自过来接蘑菇的，前后五天都忙得晕头转向。

包子除了要见蘑菇形形色色的亲友外，还要整理她的一大堆行李。说到这里，连包子都要责备蘑菇了："你啊，怎么之前都不收拾？非得等我过来。"

"那是因为我觉得你比较可靠，要我自己收拾，肯定又会丢三落四的。"蘑菇还是挺会奉承的。

面对这样无懈可击的理由，包子感觉无能为力，遂仰天长叹一声，埋头收拾。

包子整理完，着实吓了一跳，整整六大箱，其中两箱是蘑菇父母后来添置的物品。

"怎么会有两个水果盘？"蘑菇惊讶。

"那是你妈塞进去的。"包子解释，"可能她觉得那边生活用品会比较匮乏。"

"怎么会有两袋大米？"蘑菇再一次惊讶。

"那是你爸塞进去的。"包子解释，"可能他觉得那边粮食会比较匮乏。"

"怎么会有两支铅笔？"蘑菇彻底震惊了。

包子无语了。

蘑菇父母亲自送他们去机场，蘑菇抱着妈妈哭得一塌糊涂，仿佛生离死别一样。

"蘑菇你别哭了，你让我都想哭了。"包子推了推蘑菇。

"你哭什么啊！"过了安检，蘑菇依然哭泣不止。

"旁人都用怪异的目光看着我，好像我在拐带你一样。"包子委屈地说。

这时，蘑菇才破涕为笑："本来就是嘛。"

在飞机上，蘑菇静静地看着机舱外的云月，想起了一句话："年轻的时候就应该去远方，去看看这个世界有多大，多美。"然而，远方对她来说陌生而缥缈，唯一真实的只有此刻紧握着她手的包子。所以，蘑菇想，等她将来老了，唯一可以向后辈炫耀的就是当年为爱而走的决心，这样才有了生长在远方的他们。

"蘑菇，你知道我刚刚多紧张吗？"包子晃了晃蘑菇的手。

"紧张什么？"

"我怕你哭着抱着妈妈，突然反悔了，又跟着他们回去了。"

"才没有呢，你以为我是什么人。"蘑菇敲了一下包子的脑袋。

看着不自信的包子，蘑菇又想起了《勇气》，哼唱起来："终于做了这个决定，别人怎么说我不理，只要你也一样地肯定。我愿意天涯海角都随你去，我知道一切不容易……"

蘑菇永远会记得踏上B城的那个晚上，那是她第一次见到雪。

她执意摘下手套，让点点的雪花落在手心，慢慢地化成水。她被这漫天的雪景迷住了，兴奋地转了好多圈，雪都盖在了她粉红色的羽绒服上。

而此时的包子正焦头烂额地拦出租车，由于天色已晚，路上的车辆很少，好不容易来一辆又被别人截去。就这样，他们在雪地上等了半个多小时。

"看你疯得。"一上车，包子就捂住蘑菇的手，使劲地哈气。

蘑菇的手冻得发紫了，她却不以为意："太好了，这是我第一次见到雪。"

"哟，姑娘，你真幸运。这是B城今年以来最大的一场雪。"出租车司机笑着说。

包子没有说话，只是来回搓着蘑菇的手，试图让它变暖和。

包子原来是住单位宿舍的，为了迎接蘑菇的到来，他在离市区远但交通方便、生活便利的地方，租了一间一居室的房子。他怀着忐忑的心情，领蘑菇走进了这房子。还不到40平方米的房子，没有蘑菇以前的房间大，却被分割成了厨房、客厅、洗手间、卧室、阳台。

室内的布置非常温馨，墙壁刷成了蘑菇喜欢的粉红色，衣柜也被绘上了玫瑰花图案，还有Hello Kitty套装的电脑桌椅、清淡碎花图案的床铺，以及亮丽的湖蓝色地毯。

蘑菇陶醉在这可爱的房子里，突然想起一件事："包子，你把这里弄成这样，房东有没有资助你？"

"感激是有的，可资助倒是没有。"包子老实地说。

"天啊，那不是亏了？"蘑菇说，"把这里弄得这么漂亮。"

"没关系，你喜欢就好了。"包子笑着说。

从此，蘑菇小姐过上了柴米油盐的日子。

由于蘑菇刚到B城，还没熟悉周围的环境，所以也没有急着找工作。B城是个历史悠久的城市，有很多著名的名胜古迹。虽然蘑菇以前也和父母来过，但没有把所有的景点游遍。这次，蘑菇当然把握机会，好好地玩个痛快。有大半个月的时间，她都在外面畅游。不过有一点，无论她游得是否尽兴，总会赶在晚上六点前回家做饭。

说起做饭，这是蘑菇最头痛的事情。在家里她从来都是十指不沾阳春水，连味精和白糖都分不清。

通常的情况是这样子的——"妈妈，这个是怎么做的？"蘑菇会一边煮菜，一边打电话找妈妈，"然后这个是怎么做的？"

经历了无数次的失败后，蘑菇终于可以煮出能上桌面的菜了。这时，她总会哈哈大笑，向包子自夸自赏："你说，我是不是很聪明？我妈说，做菜是要有天赋的，你说我是不是天才？哈哈。"

"哈哈，没错没错。"包子总是硬着头皮赔笑，然后偷瞟一眼厨房的杯盘狼藉，心里却暗暗滴泪。

蘑菇每次煮完饭，总会扬长而去，留下烂摊子给包子收拾。

很多时候，包子情愿在外面吃都不愿在家做："难得周末，还是出去吃吧，不要做了。"

"不行，现在我没有收入，你的工资也不高，怎么可以这么奢侈呢？"说完，蘑菇自顾自地煮饭去了。

很快一个月又过去了，该去的地方蘑菇都去过了，该玩的也玩够了，现在她开始空虚了。

"包子，我觉得自己太可怜了。"蘑菇说。

"怎么了？"包子关心道。

"你天天要上班，我自己一个人在家里，总是对着四面墙，想找个人说话都找不到。"蘑菇很委屈。

虽然包子有长达半年多的见习培训期，工作也不太忙，基本上能按时下班回来陪蘑菇，但也觉得她挺委屈的。她是个爱热闹的人，以前总有朋友围绕，现在却是自己一个人。于是，包子又自告奋勇地为她介绍了新的朋友。

周末，包子约了一位研究生时的同学明达见面，蘑菇非常高兴地一起去了。

明达是个和包子一样的人物，脸蛋圆乎乎的，眼睛被肉挤得仅剩一线，那肚腩让他就像抱着游泳圈走路一样，不过是个性格开朗的人，说话非常风趣。包子和他在一起可以唱双簧，一唱一和的，逗得蘑菇笑得花枝乱颤。

"我说上帝总是公平的，别看我长成这样，却有非常开朗的性格。有些人长得很帅，性格却非常阴暗。"明达自诩。

"嗯，我也觉得上帝是公平的。"包子说，"别看我长成这样，却能讨到这么漂亮的老婆。"

"嗯，从这里也可以看出上帝对每个人都是公平的。"明达对蘑菇说，"你虽然长得漂亮，却要嫁这么丑的老公。"

说完，蘑菇乐不可支，包子拼命去揉明达的肚腩。

在回来的路上，蘑菇说："我终于知道什么叫物以类聚了。"

"其实人的长相并不能代表什么，最重要的是心灵上的健全，你说呢？"包子说。

"那想当年你说喜欢我的理由是什么来着？"蘑菇反问。

"呵呵。"包子憨厚地笑了笑，"爱美之心，人皆有之。"

包子是个风趣幽默的人，他们之间经常会有诸如此类的对话发生，惹得蘑菇狂笑不止。

"天啊，你长成这样，我真担心我们以后的孩子。"蘑菇说。

"嗯。"包子煞有介事地想了一会儿，"但愿不要像个馒头。"

"以后我想要个女儿，因为女孩子乖巧听话。而且女孩子的话很可能会像我，而男孩子的话只会像你。"蘑菇说。

"那好吧，我也想要个女儿。"包子附和，"如果是女孩子的话，我们还可以给她取名公主。"

"那万一是男孩子呢？"蘑菇问。

"那他只能叫狗蛋了。"包子无奈地说。

在玩乐过后，蘑菇小姐终于向包子提出了要工作的想法。

"其实也不用那么着急嘛，再玩多一阵子吧。"包子劝道。

蘑菇摇摇头，她解释了想工作的两个原因：一是在家待着太无聊；二是现在只有包子的一份收入，每个月除了租金、水电燃气费等杂七杂八的费用，根本所剩无几。

"别太担心嘛，会好起来的。我会让你住洋楼、养番狗的。"包子玩笑道。

"好，那如果我在家，闲来无事找小白脸呢？"

包子顿时黑脸，终于不再劝说蘑菇了。

蘑菇感觉现在公司的招聘要求还挺高，动不动就是硕士以上学历，或者五年、十年的工作经验，还要有海外留学的经历。很快她又发现这也是不无道理的，毕竟经济环境这么差，一大群待岗人员和应届毕业生任君选择，随便点开一个岗位，已应聘人数都是上千位，你说用人单位怎么可能要求低呢？

蘑菇感觉自己就像大海里漂浮的一粒沙子，渺小得只能随波逐流，且不知何处是岸。除了平常在网上发简历外，余下的时间她就做家务和运动。她大概明白欲速则不达的道理，很多事情都是急不来的。越是在闲暇等待的时候，就越应该体现自己良好的品性。在这段时间里，她养成了一些生活习惯，比如说早起慢跑、午后插花，又或者傍晚漫步。而公园里的花草树木就成了她最好的朋友。在阳光灿烂的日子，她会带上相机拍下春意盎然的景象，然后制成明信片，寄给远在南方的朋友，与他们分享北国的初春。

在很多年后，蘑菇回忆这段日子时，脸上总会带上微笑。她说，这是她一生中最美好的时光。

对于蘑菇找工作，她妈妈是不赞成的："凭什么你到那么远的地方，还要这么辛苦？"

"妈妈，怎么这么说呢？"蘑菇无奈了。

"不是吗？这么辛苦还不如留在我们身边。女人结婚后，不都是在家相夫教子吗？"

虽然蘑菇也想相夫教子，但现在还不具备这个条件。无论如何，她都不能将生活的重担压在包子身上，所以她没有理会妈妈的教训，坚持投递简历。

终于在投下三百六十五份简历后，蘑菇迎来了她第一个面试通知，于是，便有了开头的那一幕。

蘑菇垂头丧气地回到家里，换了一身运动服出去跑步了。

晚上约莫八点多的时候，蘑菇才回到居住的小区，在门口便碰上了着急的包子。

"吓死我了，你到底去哪里了？"包子似乎生气了。

"你不是不回来吃饭吗？"蘑菇径直走在前头。

"知道你面试失败，怕你心情不好，我就和领导推说不舒服，早早回来了。"包子说。

"哦，我没事。"蘑菇佯装不在乎地说。

"结果回到家一个人都没有，打电话你又不接，真的急死我了。"包子怒了。

"哦？"蘑菇看了一下手机，居然有二十三个未接来电，因为面试，她设置了静音，后来忘了调回来。

"我不是故意的。"蘑菇略有歉意地说。

"你知道吗，刚刚找不着你，我就在附近跑来跑去，就这样，就像个傻瓜这样找你。"包子突然从背后抱住蘑菇，下巴抵着她的后脑，"没有了你，我就像个傻瓜一样。"

蘑菇转身抱住包子，把今天的委屈化成了涓涓的泪水："包子，要是我找不到工作怎么办？"

"没关系，我就养你一辈子。"包子捧着蘑菇的脸。

"可不许反悔啊。"蘑菇伸出小手指，"我们拉钩钩。"

"放心吧，是我把你拐过来的，我会负责到底的。"包子非常勇敢地递出手指。

就在此时，蘑菇接到了一个电话："您好，请问是莫茹小姐吗？"电话里传来甜美的声音。

"嗯？"蘑菇应着。

"这里是庄美金融中心。首先，恭喜您已经被我们公司录取了。然后，请您于明天上午九点带上相关证件来公司，注意请不要饮食，我们将安排您到医院体检。"

随着她"哦"的一声，对方就挂了。

她站在原地愣了好久，不是吧，这么戏剧性的转变？一般这类大公司不是至少要经过三次面试才能通过的吗？怎么会这么简单？

那晚，包子很替蘑菇高兴，蘑菇却躺在床上久久不能入睡。

蘑菇早知道没有那么好的事情，次日她到庄美金融时，那可爱的人事小姐告诉她："您之前应聘的那个岗位已经有适合的人选了，不过我们还有一个前台助理的空缺，您觉得怎样呢？"

蘑菇感觉那嘴脸是在告诉她："我们这里鱼翅是没有了，粉丝你要不要？"

当你想要一块提拉米苏，而上帝却给了你一个饭团的时候，该怎么办呢？

那也得吃啊，好歹能够填饱肚子啊，对不对？随遇而安的蘑菇想了想，在签约前打电话给包子。

可包子对此是反对的："蘑菇，我又不是养不起你，没必要为五斗米折腰。"

"可好歹也是个工作啊。"蘑菇说，"现在有份工作已经很好了，反正我本来也没什么雄心壮志。"

"拜托，那工作根本不适合你，你的专业和经验一点都用不上。"包子苦劝，"而且是站前台……"

"好了，不与你说了，我看情况吧。"

蘑菇快速地浏览合同，真不愧为庄美，连做前台都这么高的薪酬，福利竟比之前她在国企的工作要好，还能挑剔什么呢？于是，她爽快地签了。

在体检后，人事小姐告诉她："下周一就可以正式来上班。"

这天晚上，包子回到家里，一声不吭地进房间，蘑菇叫了许多声他才出来吃饭。

"怎么了？"蘑菇夹了一块肉到包子碗里。

包子低着头，垂下眼帘："没什么，我只是觉得自己很没用。"

"为什么？"蘑菇放下碗筷，仔细瞧着包子。

"不是吗？你千辛万苦来到这里，我也没能让你过上好日子，还得天天洗衣做饭，现在还要出去工作，还是做前台小姐。"包子说。

蘑菇听着就生气了："做前台又怎么了？你看不起我是不是？我这么为你，你却这样对我。"

见蘑菇发脾气，包子心软了，忙说："我知道你对我好，我发誓绝不会辜负你的，我一定会升官发财的。"

这下蘑菇抓到话柄了，破涕为笑："你那工作能发财吗？"

"是啊。"包子拍了拍脑袋，"只好求升官了。"

蘑菇当然没照实告诉妈妈，说她去做前台小姐，只说了是一份文职，类似于秘书的工作。蘑菇妈妈问："是那家著名的投资银行吗？"

"嗯。"蘑菇应了。

妈妈把蘑菇赞美了一番："小茹真是个聪明的孩子，到哪里都不用妈妈操心。"

蘑菇心里很是惭愧，摸了摸自己的鼻子，说谎的孩子可是会长鼻子的。

庄美金融中心是一家典型的投行，主要从事证券发行与承销、企业兼并与收购、风险投资、项目融资等业务，旗下分支机构遍布海内外。从前蘑菇看到庄美的电视广告，里面的精英露出自信的笑容，她心想能进入这样一家公司该有多幸福，然而现在她却高兴不起来。

蘑菇向镜子努力地笑了笑，为自己打气："蘑菇，加油，就算是做前台，也要做世界上最棒的前台。"

好在蘑菇小姐是一个积极乐观的人，无论面对什么问题都能够看得开。一般来说，生长在富裕家庭的孩子，都是娇生惯养、任性蛮横的，而蘑菇是个例外，她非常独立且明白事理，这缘于她童年中的一次变故。

蘑菇的成长也不是一帆风顺的。在她五岁那年，她爸爸因为生意纠纷被告上法庭，而且被拘留了。那段时间，妈妈带着她四处奔走，凑钱打官司，托人找关系，她见识了人情冷暖。小小年纪的她，已经明白事理。妈妈和律师商讨官司，她就站在门口等，有时一等好几个小时，却从来不吵也不闹。站累了，她就坐在地上，坐久了，也会睡着。妈妈去求朋友帮忙，那朋友家的孩子捏她脸蛋，扯她头发，弄脏她裙子，她任由欺负，从来不哭。妈妈受委屈落泪，她和妈妈说要坚强勇敢。她陪着妈妈一路走来，等到爸爸无罪释放，等来了一家团聚。很多年后，妈妈和她说起这事时，她早已经忘记了，然而当年坚强和乐观的性格却延续至今。

上班的第一天，蘑菇领到了之前量身定做的制服。

都说庄美的制服是最漂亮的，粉色的丝巾领结，白底条纹衬衫，深蓝色的短裙套装，连对着装要求高的蘑菇也甚是满意。她只是略嫌衣服有些紧身，太显身段了。

人事小姐领着蘑菇到行政管理部，向部门主管介绍了一下蘑菇。

那主管是位中年女人，皮肤黝黑，面容憔悴。她托了托金丝眼镜，眯着眼打量蘑菇："嗯，样子还挺适合做前台的。"

蘑菇尴尬地一笑，也不知道这话是褒是贬。

人事小姐走后，主管又向部门的其他同事介绍了蘑菇，蘑菇一一微笑鞠躬回应。这个部门可算是女子的天下，十多个员工全是女的，而且大多貌美如花。蘑菇想知道这个部门选人，外表是不是先决条件。

领她到前台的同事绫香也是一位美女，皮肤白皙，鹅蛋脸，五官精致，身材高挑，年龄大约和蘑菇相仿。绫香一边走，一边给蘑菇介绍："我们部门属于后勤管理部门，工作包括拟定公司规章制度，编写行政事务文件，发邮件通知，组织会议，安排活动等，事无巨细。"说到这儿，她朝蘑菇淡淡一笑，"也可以说是一个处理杂务的部门。前台工作杂务也是相当多，而且还代表公司的门面，所以一定要小心谨慎。"

"嗯。"蘑菇认真地点了点头，感觉这美丽的女子还是挺亲切的。

蘑菇的搭档叫盈盈，见着她的第一句话便是："怎么你穿起这套衣服，像一个空姐？"

蘑菇给了她一个大大的笑脸，第一感觉是这女孩一定很年轻。

果然，盈盈今年二十三岁，比蘑菇还要小一岁。她来自江南一带，个子比较矮小，长相却十分甜美，是那种让人感觉柔弱，需要保护的女孩。

蘑菇对这个年纪比自己小，笑起来会露出两只虎牙的女生也产生了好感。在蘑菇介绍了自己以后，盈盈似乎对蘑菇产生了浓厚的兴趣。

"你说你是正式工？"盈盈惊讶地问。

"什么意思？"蘑菇皱了皱眉头。

"你不是说你是和庄美签的合同吗？"

"嗯，没错啊。"蘑菇拨了拨前额的头发，自己应该是没记错。

"那就奇怪了。"盈盈说。

原来，庄美的员工分两种：一种是正式工，即和庄美签正式合同；另一种是派遣工，和劳务派遣公司签合同。近年来，庄美为了减轻劳资管理的负担，已经将相当一部分员工聘请外包给劳务公司了，尤其是一些无关紧要的角色。盈盈是派遣员工之一，所以她非常奇怪为什么蘑菇会是与庄美签约的。

"你是不是在庄美有关系？"盈盈问。

"如果我真有关系的话，也不用站在这里了。"蘑菇无奈地说。

盈盈偷偷地笑了笑："倒也是。"

尽管蘑菇被盈盈羡慕着，但两人的薪酬福利其实相差无几，蘑菇也只比她多了年金这部分。因此，蘑菇也没觉得哪里值得骄傲。

02
新开始

蘑菇第一天的工作，可以用一个"乱"字来形容。

在她的想象中，前台的工作是很简单的，接接电话，解答访客的询问，剩下的就是保持微笑。

然而，想象和现实相差太远了。她发现这前台的工作，事情可不是一般的多。除了接电话、回答询问外，还需要传递文件、发通知、保管杂物，以及一切不可预知的、领导突然通知的任务。

蘑菇以为凭借她的能力及经验，应付所有都将绰绰有余，事实当然是出乎意料的。

首先，一位不知名的同事临出门前，随手扔给前台几份文件："这个帮我交给风险管理部。"然后，转身扬长而去了。

蘑菇拿起文件，向还在接电话的盈盈说："我去吧。"

结果，庄美实在是太大了，蘑菇在大厦内转了二十多分钟，从A座跑到B座，然后又是C座，还没找到所谓的风险管理部。也不是没有问过人，只是那些精英都行色匆匆，还没说清楚就走了。最后，她还是打电话给盈盈才顺利找到了。

蘑菇沮丧地回来了，盈盈也正忙得晕头转向，她交代蘑菇在这里看着，自己要去送一份紧要的文件。

接着，又来了三位带着摄影器材的外国客人。

前面已经提过，蘑菇的英语口语是很薄弱的。她一紧张更是想不起来，只能断断续续地应几句。那些外国人又说出更多更为复杂、更难以明白的句子，她是越来越糊涂了。

正当她被这些外国人围困的时候，幸好有一位路过的男同事出手相救。

那位颇为年轻的男同事，在与外国人交谈几句后，让蘑菇打电话去公共关系部，让他们派人下来，然后又引导外国人到大堂的沙发上等候。

过了一会儿，他走回来对蘑菇说："他们是来采访的。"

"哦，真谢谢了。"蘑菇尴尬地笑了笑，想起自己那蹩脚的英语真是无地自容。

"你是新来的吗？"他又问了一句。

"嗯。"蘑菇点点头，又下意识地补充一句，"今天第一天上班。"仿佛是为自己刚刚的窘迫辩解。

他似乎对她并不感兴趣，眼角的余光沿四周望去："盈盈呢？"

蘑菇感到他语气里的迫切，回道："她走开了。"

一说盈盈，盈盈就到。她迈着轻快的脚步走向前台，见着那位男子，脚步却有了迟疑，只在走入柜台时，迅速扫了他一眼，没头没尾地问了一句："有事吗？"

"没有，只是路过而已。"他有些难为情，眼睛急着四处张望，最后把焦点落在蘑菇身上。

他这样瞧着，让蘑菇感觉自己似乎应该为他的出现解释："嗯……他刚刚帮了我一个忙。"又将之前的事简单地说了一遍。末了，她心里纳闷：天啊，我是在做什么？

他仍旧站在那里，好像在等候发落一样。盈盈任性地说了句：

"那你还在这里干吗？"

"是啊。"他拍了拍脑袋，笑起来挺阳光的，可蘑菇感觉有些傻里傻气。

很快到了午休时间，因为前台必须有人值班，盈盈和蘑菇是轮流去吃饭的。

庄美的饭厅宽敞明亮，起码能容纳一百人就餐，有一面墙全是落地玻璃，能看到临街的风景。蘑菇心情大好，不仅就餐环境舒适，饭菜也很新鲜美味。她挑了一个靠窗的位置坐下，自顾自地欣赏美食与美景。

"请问我能坐下吗？"绫香捧着餐盒走来。

蘑菇点了点头，却下意识地扫了旁边一眼，还有很多的空位。

"第一天的工作还习惯吗？"绫香问。

"还行。"蘑菇勉强地笑了笑，今天的糗事还是别提了。

"慢慢来吧，习惯了就好。"绫香也淡淡一笑。

后来，两人并没有太多的话题，大部分时间都在默默地进餐。一开始，蘑菇还不习惯，积极地找话题说，可总是说上一两句就断了，慢慢地她也学会安静了。

当然，蘑菇也会有意无意地望绫香一眼。她非常优雅，细致到匙子碰到餐碟从不会发出声响，咀嚼时嘴唇永远是闭合的，低头时腰背总是挺直，这种优美的姿态仿佛与生俱来。

蘑菇心里想，什么时候我也能像她那样呢？

"小心。"绫香突然说。

蘑菇"啊"了一声，有一片菜叶差点掉在她的制服上。她笨手笨脚地站起来，慌忙检查有没有弄脏。这时，绫香却忍不住掩脸笑了，蘑菇也随着笑起来了。

蘑菇和绫香是一块儿回来的，盈盈看着绫香的背影，便低声问蘑菇："你怎么与她一起？"

"吃饭时碰到的。"蘑菇问，"怎么了？"

"她可是公司里有名的冷美人。"盈盈说，"人非常漂亮，又能干，年纪轻轻就是中级经理了。"

"那很好啊。"蘑菇笑了。

"不过又有什么用呢？二十八岁了还没嫁人，好像连男朋友都没有。"盈盈补充。

"不是吧，她这么大了，可看不出来，还以为和我年纪相当。"

"听说她年轻时很多人追捧，只是心气高，都看不上。"盈盈说，"不过也可能是性格原因，她好像很高傲冰冷，有一种拒人于千里之外的感觉。"

"有吗？"蘑菇说，"我怎么不觉得？"

"她在公司里没什么同性朋友，可能是想拉拢你。"盈盈说。

"哦？"

"你可知道太完美的人总是不受同性欢迎的，尤其是女人。"盈盈装作世故地说。

午休时，来访的人和电话很少，闲来无事的二人便伏在桌面聊天。

蘑菇这才发现盈盈是个庄美百事通，公司上下的新闻、旧事、官方版、小道版，她无所不知。上至高层的花边新闻，下至饭堂阿姨的烦恼，大至C座闹鬼，小至厕所漏水，她说起来简直如数家珍，蘑菇听得津津有味，佩服得五体投地。

在说起公司的办公室情史时，连蘑菇也不禁惊讶道："不是吧？为什么都爱在公司里找对象？"难道他们不明白一荣俱荣、一损俱损的道理吗？

"你是不会明白的，很多像我这样的派遣女员工，进庄美都是抱着找如意郎君的心态，既然没有正式工那样的晋升前景，还不如找个好人家嫁掉，这就算功德圆满了。"说起这话时，盈盈有些落寞，"对了，你这个岗位的上一任也是因为嫁给信息科技部的副总而辞职的。"

"哦？"蘑菇愕然了，"那你呢？"

"我当然也不例外了，我希望能在二十五岁前把自己成功嫁出去。"盈盈笑说。

蘑菇淡然一笑："那你也接近成功了，今天那个男孩不错啊。"

"啊？"盈盈惊讶，"你是说萧河？"

"原来他叫萧河啊，他好像对你挺有意思的，如果我没看错的话。"蘑菇笑眯眯地说。

"不行，我和他根本是不可能的。"

"为什么？他也挺好的啊。"

"他和我一样也是派遣工，在投资部做翻译，而且家里也不太宽裕。"盈盈似乎在恨铁不成钢。

蘑菇听她这么一说，心里也凉了半截，想说一些鼓励的话，又怕自己成了异类，还是让自己那套为爱牺牲的理论烂在肚子里吧。

蘑菇小姐和所有的新人一样，工作兢兢业业，待人毕恭毕敬，所有文件都会贴上标签，对话时总会保持微笑，连走路都会谦逊地靠边，期望日子能风平浪静地过下去。然而古语亦云："是福不是祸，是祸就肯定躲不过。"盈盈亦说过，前台这个岗位不犯错是很困难的，毕竟事情太多太杂了，所以只求犯的不是大错就可以了。

于是，在蘑菇上班的第三天，无可避免的错误终于来了。

正当蘑菇和盈盈在忙得焦头烂额的时候，投资部的秘书馨琳笑着走来："盈盈，刚刚开的员工总结例会，不知道哪个傻瓜把人事部余总的姓名牌放在了最后一位，整个会议中余总坐在那里一言不发，那脸色比锅底还要黑。"

盈盈听了皱起眉头："你说月度例会？"然后看向蘑菇。

蘑菇心都凉了，垂头丧气地应："看来那个笨蛋就是我。"

还在笑吟吟的馨琳一听，立即捂住嘴脸："天啊，我还是先走了。"

"你怎么可以把这个都弄错？要知道那余总可不好惹，人事部本来就是女人扎堆的地方，却由一个男人掌管着，可想而知那男人有多厉害，其他部门的主管都不敢得罪他。"

"可我根本不知道他叫什么名字啊，刚刚接到电话就匆匆上去了，弄完也没多想便下来了，谁知道他们会对排位这么讲究？"准备会议是行政部的工作，在忙不过来的时候，蘑菇和盈盈也会被本部门唤去帮忙。

"你还是自求多福吧，那个余总我也领教过，他训话时从不用恶言，却会让你无地自容，加上那阴沉细气的声音，听了会让你想死，简直是庄美的东方不败。"

"天啊。"蘑菇发出哀号，情绪顿时低落至极点。

很快蘑菇便接到电话，对方让她上人事部一趟。

这时，蘑菇已经沮丧到眼睛都睁不开了，东方不败啊？我又不是令狐冲!

"叮"的一声，电梯门开了。

"待会儿你什么都不用说，只要保持微笑就好了。"

"啊？"蘑菇睁眼见是绫香。

蘑菇跟着绫香来到人事部，敲了敲门，听见"请进"。

那余总矮矮胖胖的，皮肤却非常白皙，头发也梳得一丝不苟，正站在窗台前浇花，看见她们咧嘴笑起来："哟，绫香你怎么来了？"

盈盈真是说得没错，他说话果然阴声细气，听得她鸡皮疙瘩都起来了。

"今天我们部门有个新同事将您的名牌摆错了，特意带她来道个歉。"绫香笑着说，"余总您见笑了。"

"哪里哪里，难得你还专门为这事跑一趟。"余总笑道。

绫香给蘑菇使个眼色，蘑菇赶紧向前一步："您好，余总，今天的事请多多包涵。"

那余总看着蘑菇，倒也没再计较的意思，只是笑眯眯地说："这事我就没放心上，可同样的错误不能再犯了。"

"嗯，明白了。"蘑菇说，"一定谨遵教诲。"

虽然那余总同样是笑，同样是看，但是蘑菇总觉得他看绫香是带着尊重，而看自己则是带着轻浮。

可能绫香也注意到了，出门后说："别看庄美的那些高管都西装革履、衣冠楚楚的，看到美女一样移不开眼，虽然行动上不会怎样，但是言语、眼神都会流露出戏谑。"

蘑菇听了没放在心上，挽起绫香的手臂："太感谢了，你真有办法。"她这亲密的举动，让绫香倍感亲切。

下午约莫两点，大堂里突然聚集了许多的保安，不一会儿又涌进了很多记者，霎时间宽阔的大堂变得人潮汹涌，蘑菇也开始紧张起来："到底怎么回事？"

"听说是蒋总回来了。"盈盈说。

"蒋总是谁？"

"不是吧？虽然我从没向你提过，但只要看报纸杂志的人都应该知道这个人。"盈盈用打量天外来客的目光打量蘑菇。

于是，蘑菇又受教了。

官方版：蒋澄思，麻省理工学院硕士毕业，入庄美仅仅五年，便大大开拓了庄美的国际市场，成为海外市场部的总经理（庄美的部门分两类，非营销类部门一把手统称主管，而营销类部门一把手则被称为总经理），亦是庄美史上最年轻的高层。

小道版：蒋澄思，庄美董事会主席女儿的未婚夫，据传两人将于年内完婚，他将是下任首席执行官的大热人选。

末了，盈盈补充一句："可是个美男子呢。"

蘑菇听了也不禁好奇，不时踮起脚后跟张望。

"来了来了！"有人大喊，一大群人涌向门口，围得水泄不通，连盈盈也激动地上前去了。

"蒋先生，有消息称Jess并购案失败，这是不是真的？"

"现时Jess股价大跌，是庄美在恶意操控吗？"

"蒋先生，请你回应一下…"

然而，这些疑问都没有得到任何的回应。

保安艰难地开出一条路来，几个庄美的中层正在护着一位男子前行，蘑菇也不住地踮起脚跟张望。

中间前行的那位男子身穿庄美制服，恰如其分的剪裁衬托出他修长的身材，清秀的脸庞上五官轮廓分明，只是神情异常冷峻，给人难以亲近之感。

慢着，我是不是在哪里见过？蘑菇慢慢回想，啊，是那天给我面试的考官之一，就是怀疑我被辞退的那个。原来是他？真是一个傲慢无礼的人。她顿时兴致全无。

人群散去后，盈盈兴致勃勃地问："看见了吗？是不是很帅气？

虽然是同样的衣服，但是不同的人穿出来就是不一样。蒋总真是我见过的将这制服诠释得最好的男人。"

空有一副躯壳有什么用？蘑菇不屑地说："比不上我家的那位。"

"啊？真的？"盈盈成花痴了，"什么时候介绍我欣赏一下？"

"有机会。"蘑菇洒脱地留下这一句话，复印去了。

蘑菇整理装订完文件，分派到相关部门，最后一个是行政部。

"这份文件已经压几天了，听说蒋总已经回来了，你赶紧拿去给他会签一下，免得他待会儿又开会了。"主管递给她一份文件。

"蒋总？"该不会是他吧？

等到主管的确认后，她郁闷地出来了，为什么这等好事总让她碰上？

海外市场部是在C座的4至8层，而总经理办公室是在第8层，距离首席执行官的办公室只有一层之遥。

她一出电梯口便惊讶了，没想到整整一层都是经理办公室，而且走廊外全是落地窗。这里的风景真漂亮，她不住地流连于窗外的美景。脚下的地毯也很柔软，厚实的桐木大门，简约的水晶吊灯，无一不彰显典雅的气息。她推开了大门，发现秘书的位置空着。

不过，里间的门是虚掩着的，好像有人影晃动，蘑菇不经大脑地轻轻敲门。

"请进。"

蒋澄思正坐在宽大的办公桌前，正对面还坐着一个客人。如果她没记错的话，是投资部的林总。两人正在谈笑风生，她的出现似乎不合时宜。

当然她也这样认为，不过事已至此，也只好硬撑到底了："您好，蒋总，有一份文件需要您会签一下。"蘑菇微笑道。

蒋澄思望着她，冷冷地说："这应该由我的秘书拿进来。"

被这么一说，鲁莽的蘑菇定住了，一时不知怎么回答。

"呵呵，这位小姑娘好像是新来的前台。"旁边的一位中年男子语带轻佻地说，"莫非是想来一睹我们蒋总的风采？"

不是吧？这个莫须有的罪名。蘑菇笑得十分生硬："因为这份文件比较紧急，而您的秘书又不在，所以我才……"

他的神情依旧冷漠："同样的话，我不想重复。"

这次，她识趣地退了出去。

太过分了，他该不会真认为我是特意去见他的吧？从来没见过如此傲慢的人。还是嫌我打扰了他们的闲聊？真是一个公私不分的人。

出门时，秘书已经回来，她将文件一放："麻烦给蒋总签一下，我待会儿再来拿。"

然后，她怀着满腔的不满离开了。

可是刚走进电梯，就听到秘书小姐追来了："等等，已经签好了。"

下班后，盈盈总爱参加形形色色的联谊会，当然她也会号召蘑菇和她一起，但蘑菇是从来不会去的。

"唉，看来你那位绝对是魅力非凡啊，让你如此死心塌地。"盈盈感叹。

蘑菇笑了笑："也不是了。我都有主了，就不再浪费时间了。"

"我和你说，最近与其他部门的人联谊时，那些男生总会旁敲侧击地问，怎么不见那个新来的？"盈盈说，"今晚是一位公共部的男生举办生日会，还千叮万嘱让我叫上你。"

"算了，我还是回家做饭吧。"蘑菇平淡地应道。

这时，盈盈弯腰打开底下的柜门，取出一个精美的手提包，蘑菇认得这是迪奥的春季新款。

庄美处于市中心的黄金地段，周围林立着许多五星级酒店和高档百货公司。每天上下班，蘑菇都要穿过对面的百货公司去坐地铁。而每次经过那些摆放着精美奢侈品的橱窗，年轻爱美的蘑菇也不禁会被吸引而驻足。

"哇，你什么时候买的？"蘑菇接过来细看，不无羡慕地说。

"中午的时候啊，到隔壁的商场买的。"盈盈说。

难怪中午的时候萧河过来问，为什么在食堂没见到盈盈。蘑菇问："这个花了多少钱？"

果然，盈盈说出了一个不菲的数目，还抱怨道："我又要过上一段节衣缩食的日子了。"

"你真舍得。"蘑菇佩服地说。但她真不认同现在的女孩宁愿不吃不喝，也要勒紧裤腰带去买奢侈品的行为。

"哪里。"盈盈解释道，"你不知道啊，在庄美一直有男看手表女看包的传统。"

因为庄美员工的衣服和鞋子都要求是统一的，所以大家能比拼的，只有寥寥无几的身外物。

"你也去买一个嘛，装装门面也好啊。"盈盈劝道。

"算了吧，有这钱我还不如留着买房子呢。"蘑菇道出了自己的心声。

和多数的国人一样，包子和蘑菇也认为有房才算有家。而他们都是外地人，偏偏B城的房价贵得令人咋舌，绝非刚工作不久的包子、蘑菇能企及。

那时蘑菇爸爸曾提出，他可以支付首期，可被包子回绝："现在出来工作了，我们要靠自己。放心，我一定能让蘑菇住上洋楼的。"

倔强的包子总希望通过自己的双手给蘑菇带来幸福，反对来自别人的给予，无论是哪一种方式，都是对他能力的否定。所以，买房也是蘑菇工作的动力。

这天晚上，包子一回家便兴致勃勃地拥着正在炒菜的蘑菇。

"刚刚我妈给我打电话，让我们端午回去一趟。"

"啊？"蘑菇似乎震惊了，"这也太突然了吧。"

"可我父母真的很想见你啊。"

虽然包子去过蘑菇家好几趟，可蘑菇从来没见过包子的家长。其实，也不是蘑菇不愿意，只是想当年包子妈妈曾公开反对过他们相恋，这一直是蘑菇心里的疙瘩，所以她总是有意无意地回避与包子父母见面。

"要是你父母不喜欢我怎么办？"蘑菇担心地说。

"当年是因为距离远，我妈才反对我们。现在你都过来了，我父母高兴还来不及。"

"真的？"蘑菇没信心地反问。

"当然。"包子点点头。

在蘑菇的印象中，包子妈妈是个强悍的女人。在包子考上研究生后，她曾接到过包子妈妈的一个电话，内容是要她和包子分手，以免影响各自的前途。她自然是据理力争，说无论如何都不会分手，气得包子妈妈当场挂断电话。包子也曾告诉过她，从小到大他很听妈妈的话，唯一一次与妈妈作对，就是与蘑菇恋爱这件事了。

所以，说到要与包子妈妈见面，蘑菇自然是紧张不已了。饭后，她紧急上网搜索《婆媳相处之道》《与婆婆相处的十大法则》……

第二天上班，事情特别多，人来人往，电话在不停地响，而盈盈却心情很好，还哼着小曲干活，蘑菇心想她是不是吃错药了。盈盈是个率性的女孩，平常这样忙的时候，她不是叫苦连天，便是怒火冲天。

"莫莫，今晚有个宴会，我们都要加油呀。"

"我说过不用准备我的份了。"

"这是公司举办的答谢宴会，你我都要去当礼仪小姐。"盈盈得意地说。

有没有搞错？蘑菇觉得她们简直成了万金油，哪里不舒服都可以用得上，上次哪个楼层的厕所堵了，清洁阿姨刚好不在，还唤她去通厕所。上次B座的电梯坏了，送复印纸的死活不肯送上去，还得她扛两箱复印纸爬到8层。当个前台还得集十八般武艺于一身，清洁、搬运，现在还要做礼仪小姐……

"对了，员工年会时有没有说让我们表演节目？"蘑菇好奇地问。

"有啊，通常都是一些丑角，被人扔香蕉皮、臭鸡蛋的那种，当然也有舒服的，躺在地上扮死尸。"

蘑菇突然很后悔问了，心里嘀咕：什么表演，这么血腥？

庄美会定期举办一些答谢会，邀请公司的贵宾参加。这样，既可以与旧客户联系感情，又可以拓展新的客户，简直是一举两得。

傍晚不到五点，蘑菇和盈盈便被拉到会场帮忙。

宴会是在庄美附近的一家五星级酒店举行，会场宽敞且布置得金碧辉煌。蘑菇她们到的时候，已见到好几个公共关系部的员工在忙里忙外。

"好奢华啊，真的每季度都有一场啊？"蘑菇站在门口便惊讶了。

"嗯，不过不是每次都这么盛大，有时也会在小点的宴会厅举行，听说这次是因为本季拿下了一家外国公司的大单才会特别隆重，好像今天公司所有的高层都会出席。"盈盈说。

"你们还不快点去换衣服？"一个公关部的女员工走过来颐指气使。

"是。"盈盈赔笑，赶快牵着蘑菇往化妆间走去。

蘑菇边走边问："这种活动不应该是公关部负责的吗？公关部有那么多女员工，为什么要我们去做礼仪？"

"这些宴会都是钓金龟婿的好机会，那些公关部的女人又怎么会错过？待会儿她们都会换上漂亮的晚礼服，哪会来干这些体力活？"

蘑菇垂头丧气，原来哪里都一样，越底层的人干的活越累，越不讨好。

盈盈从包里拿出两套衣服，把其中一套递给蘑菇。

蘑菇打开一看，是一件淡菊丝绸旗袍，颜色与庄美的LOGO一致，穿起来竟刚好合身，将完美的曲线展露无遗。

"奇怪，怎么会这么合身？"

"在你做员工服的时候，就已经把尺寸量好了，这是前台特有的工作服。"

换完衣服后，盈盈给蘑菇绾了简单的髻，又化了淡妆，蘑菇瞬间变成了一个古典美人。

"哇，好像一个贵妇啊。"盈盈惊叹。其实，盈盈换装后也有小家碧玉的感觉，是区别于蘑菇的另一种美。

蘑菇点头认同："一个站门口的贵妇。"

两人到了大厅便遇上绫香，蘑菇上前打招呼，绫香定了定神才认出是她。

"你也来了？"蘑菇笑说。

"嗯，公关部忙不过来，我也早点来帮一下忙。"绫香不住地打量蘑菇的这身装扮。

此时，刚才那个公关部的女员工又过来，却带着一张笑脸："哟，行政部都是美女啊。"

"哪里，公关部才是。"绫香客气地说，"请问有什么可以帮上忙的？"

"对了，我已经给她们安排好工作了，盈盈经验丰富些，负责引导高层上台讲话，待会儿我会给她讲解引导路线。"她又望向蘑菇，"至于这位，负责站在门口迎宾，麻烦你教一下她需要注意的细节。"说完，她便将盈盈领走了。

接下来，绫香向蘑菇讲解了一些宴会的礼仪知识以及迎宾的注意事项。

这当然不会难倒蘑菇。读大学的时候，蘑菇是校礼仪队中的佼佼者，是那种穿着高跟鞋连站三个小时都不会皱眉的。

蘑菇心里正在感叹：在大学做了三年的礼仪，现在还要继续做，真是摆脱不了这"礼仪的命"啊。

六点过后，宾客纷纷开始进场，每位宾客都盛装出席，男的衣冠楚楚，女的雍容华贵。其中，不乏一些社会名流和政要人物，还有各路媒体。

如此盛大的晚会阵容，可是把蘑菇小姐忙坏了。

不断地微笑点头，蘑菇的笑容都快僵化了，还左一句"欢迎"，右一句"里边请"。

不过让蘑菇最困扰的不是僵化的表情，而是那个老拿着照相机对着她的记者。那个长得非常有创意的年轻记者不知道脑子里哪根筋搭错了，从方才就对准蘑菇一路狂拍。

"先生，我快睁不开眼睛了。"蘑菇终于忍不了那闪烁的镁光灯，礼貌地说。

"呵呵,真不好意思。"被这么一说,那记者倒脸红了,摸了摸后脑勺,"我是新来的,所以见着什么都爱拍。"

那又不见你拍站在旁边的保安,蘑菇心里嘀咕着,脸上却微微一笑:"我想你还是去拍那些贵宾吧,比拍我有价值多了。"

"可他们已经有很多人在围着拍了。"那记者憨厚地笑了,"大家拍出来都一样,没意思。"

言下之意是他专门来发掘豪门夜宴里的草根阶层吗?这也太有个性了。

此时,一群人正缓缓而来,走在前面的是董事长孙天晋伉俪,随后是他们的女儿孙璇及其未婚夫蒋澄思。这是蘑菇第一次见到孙小姐,只见她长发披肩,明眸皓齿,肤若凝脂,身着浅蓝色雪纺礼裙,一只手挎着白色的爱马仕手包,另一只手则挽着不苟言笑的蒋某人。平心而论,蘑菇也觉得两人非常般配。

场内的记者蜂拥而至,将门口围得水泄不通,开路的保安将人往边上拨,连蘑菇也被挤得往后跌了个跟跄,幸好被那记者扶住。

宾客如数入席后,蘑菇的工作也告一段落了。

"累了吧,跟我来这边歇会儿。"绫香领蘑菇到后台的休息室。

"我能先把这衣服换了吗?穿这个我感觉不自在。"蘑菇不大喜欢穿旗袍,走起路来不方便。

"待会儿还有个捐赠仪式,你可能要上台献花。"绫香说。

"哦?怎么刚刚没听说?"蘑菇问。

"是董事长要求临时加上去的。"

环视会场,宾客如云,媒体云集,在这时若能适当地展现爱心,定能起到锦上添花的作用,赢得回馈社会的美名。这个,蘑菇自然心里明白。

到了休息室,蘑菇屁股都没沾椅子,盈盈就冲了进来,气喘吁吁地喊:"不好了不好了!"

"怎么了?"蘑菇问。

"我……"盈盈见旁边有人,把蘑菇拉到一边,低声说,"我把董事长的演讲稿弄丢了。"

"什么？"还是被绫香听到了。

"公关部那女的说完路线后，递给我一张纸，也没说是什么，我就随手乱放了。"盈盈委屈地说。

蘑菇还没从震惊中缓过来，停留在表情呆滞的阶段。

"你太不小心了。"绫香说，"公关部那边还有多一份吗？"

"我问了，她说没有，蒋总的秘书就给了她一份。"盈盈着急了。

"蒋总的秘书？"蘑菇重复了一遍，又与蒋某人何干？

绫香看出了蘑菇的疑惑，解释道："凡孙董出席重要会议的致辞，都是由蒋总亲自起草。"

盈盈脸都青了："还有半个多小时董事长就要上台致辞了，那我们该怎么办啊？"

"盈盈，你去刚才到过的地方再仔细找找。莫茹，你打电话给蒋总的秘书，看能不能给我们发一份电子版的演讲稿。我再去找一下公关部，确认有没有多一份。"这情况，还是绫香冷静。

三人迅速分散行动，蘑菇打开休息室的电脑，进入公司的邮箱查找集团通讯录。蘑菇拿起电话时，看了看表，已经七点了，不禁担忧起来。

拜托一定要有人接，一定要有人接。蘑菇心里暗暗祈祷。

"喂，您好。"电话里传来了秘书小姐甜美的声音。

蘑菇长舒一口气，将事情的经过一一道来，当然在最后提出了非常诚恳的请求。

只是，人家秘书小姐说要电子版可以，不过，要先请示她的上司。

大企业就是专门培养这种对上司唯命是从的顽固分子，这都什么时候了，脑袋还不会转一下，难道真要董事长上台临场发挥才叫好？

蘑菇虽然很气愤，但也无济于事，只能乖乖地去请示了。

由于是中式宴会，每人都围席而坐，面向的角度都不同，蘑菇站在会场边上，眯着眼看了好一会儿，才看清蒋澄思的位置，是在第一排的主桌。

这时的蘑菇也没多想，便走上去了。

蘑菇注意到孙董伉俪正游走于席间，忙于应酬到来的宾客，而孙璇也在邻桌与女性友人闲聊，桌边只有蒋澄思与几位外国宾客。

蘑菇加紧脚步走到蒋澄思身旁，礼貌地说："Excuse me（不好意思）！"

蒋澄思与外国宾客正相谈甚欢，因这突然的打搅而略显不悦，转身见是她，面无表情地说："什么事？"

蘑菇俯身到他耳边，简短扼要地说明来意。

或许是蘑菇太紧张，忽略了两人的距离，她那水晶耳坠随着话音的起伏，若即若离地贴在他的颈间，那些凉意渗透到他心里去，竟生起了异样。

蒋澄思几乎冷笑出声："凭什么？凭什么要帮你？"

"因为稿子是您写的啊，如果派不上用场可不就白费您的一番心血了。"蘑菇早知他不是善良之辈，不会轻易出手相助，所以她是有备而来的。

见他在思量，蘑菇又耐心劝说："其实，我们工作的目标都是一致的，就是为了宴会能够顺利进行，所以，请您……"

"没错，我们工作的目标是一致，可我的部分已经完成，剩下的请恕我无能为力了。"他微笑地望着她。

蘑菇睁大眼睛，咬牙切齿，脸红气塞，立马掉头就走。她边走边骂自己，真是蠢得无可救药了，居然想到来求他，这个冷血无情的非人类。

蘑菇折回来的路上，正好碰见绫香，她问："情况怎样？"

"公关部那边确实只有一份，不过我想起高层出席公司宴会的所有发言稿都会在行政部档案室备份留底，我已经打电话让人帮忙找了，找到就会传真过来。我现在就去大堂等传真，你替我转告盈盈。"绫香说完便匆匆走了。

蘑菇回到休息室，见到紧张等候的盈盈早已两眼通红。

蘑菇心里不是滋味，连忙上前安慰："别这样，绫香有办法了。"然后，又将绫香的话复述一遍。

"可是来得及吗？还剩不到半个小时。"盈盈还是担心。

"放心，一定来得及。"虽然蘑菇嘴上肯定，可她看着时间一分一秒地流逝，心里也不免担心。

"真的吗？"盈盈哽咽，"莫莫，我真的不想被开除啊，我好不容易才找到这份工作……"

"好了，一会儿你还要引导高层上台，快点去准备一下。"蘑菇拍了拍盈盈的肩膀。

盈盈走后，蘑菇盯着表，越想越不是办法。

于是，她坐回到电脑前……

半小时后，绫香神色匆忙地推门进来，扬起手中的传真件："拿到了，拿到了……"

蘑菇缓缓地站起来，苦涩地笑了笑："不用了，已经太晚了……"

绫香脸色大变，立即回到会场，而蘑菇也紧随其后。

只见孙董正泰然自若地站在台上，对着演讲稿只字不差地念着，蘑菇忐忑不安地站在台下，心跳随着他音调的高低变化而强烈地起伏。

虽然她以前也写过相似的演讲稿，但材料准备都是十分充分的，而这次无论是演讲的主题，还是演讲的对象，她均一无所知，只能上公司的网站查找最新资讯，以及发挥自己丰富的想象力来润色了。

末了，台下掌声四起，不绝于耳。

蘑菇顿时松了一口气，悬着的心终于稍稍放下。

绫香转身缓缓望向她，她低下头没敢直视。

这时，盈盈跑了过来，握起绫香的手，热泪盈眶地说："太感谢了。"

绫香只是一笑，转而忧心忡忡地望着蘑菇，始终不发一语。蘑菇明白绫香的忧虑，只是笑着摇了摇头。

盈盈对绫香感恩戴德一番后，拉起蘑菇直走："要献花了，快跟我来。"

所以说，这个世界真是很奇妙的，越担心的事往往越会发生，越讨厌的人往往越容易不期而遇。

也许这就是天意，蘑菇手捧鲜花，心情无比低落，原因是她献花的对象居然是蒋澄思。

这种场合代表企业捐款的不都是最高领导吗？怎么会是他呢？

纵使千般不愿，可蘑菇小姐还是敬业的，上台保持微笑，双手献上，转身鼓掌，撤回一侧，表情、动作可圈可点。

献花时，她心虚地瞟了一眼蒋澄思，而他的目光也恰好对上她的，却深不见底。她真无法获悉他的想法，心里直发毛，看来这次还是在劫难逃，要杀要剐悉听尊便吧！

于是，她摆出一副英勇就义的姿态，报以嫣然一笑。

之后在宴会上的每一秒，蘑菇都保持着高度的警惕，慎防自己或者盈盈再出差错。

"哇，终于结束了，从来没感觉时间是如此漫长。"盈盈换下旗袍后，兴奋地高呼，"一会儿我们去吃点东西吧。"

蘑菇本想说不的，肚子却不争气地发出声音，一看时间原来快十点了，她连一口水都没喝过，当然是饿。

"去吧，去吧，我请客。"盈盈挽着蘑菇的手，"绫香都答应了。"

于是，收拾行装后，一行三人说说笑笑地走出酒店。

"我的车停在那边，我去开过来，你们在这里等好了。"绫香交代一声便去取车了。

蘑菇站在原地，听盈盈绘声绘色地讲述宴会上的见闻，心里却惦记着今晚发生的事，始终高兴不起来。突然，有一辆黑色奥迪停在她们跟前，一个长相敦厚的男子伸头出来："去哪里啊？送你们一程。"

"不用了，我们有车。"盈盈弯腰笑道，然后又摆摆手道别。

蘑菇上前一步："是谁啊？"

"在我最彷徨时给我帮助的人。"盈盈说，"刚刚不见稿子那会儿，我都快哭了，他看见不但安慰我，还帮我一块儿找。"

"看来塞翁失马，焉知非福啊。"蘑菇用手肘碰一下盈盈，盈盈傻笑，没有吱声。

又是一辆银色保时捷911停在她们跟前，这次是绫香伸头出来："上车吧。"

"哇，真是有米之人啊。"盈盈兴奋地一下子钻进前座，"我可没坐过这么好的车。"

虽然蘑菇家境富裕，可也没奢侈到砸100多万买一辆车的地步，她知道100多万可以买一套房子了。所以，她上车后的第一个问题是：请问开着一套房子上街的感觉是怎样的？

后来，她们在路边随便找了一家名为"不怎样"的小店，当然，那里的菜也正如其名，都不怎样。可是评价一家餐馆的好坏，除菜品的味道以外，还有它提供的服务。而这家店的服务可谓热情到家了，开店的那两口子一直围着她们转。

一会儿过来说"尝尝这个，新推出的凉菜"，一会儿过来说"尝尝这个，这是招牌小吃"，一会儿过来说"尝尝这个，饭后送的甜点"。

盈盈打趣地说："早知道你们有这么多免费送的，我们就不点菜了。"

逗得那老板娘呵呵直笑。

整顿饭下来，发言最多的当数盈盈，话题从今晚的宴会延伸到国际关系，又从国际关系回到绫香身上。蘑菇发现盈盈的话题转换是不需要过程的，前一秒还在讲述国际关系，下一秒就可以对绫香说："以前我总觉得你是个冷美人，可今晚才发现你是热心人。"

这往往让蘑菇的思维跟不上节奏。

账是盈盈争着付的，为表自己请客的决心，她还亲自到收银台付款。

蘑菇看着就发笑："别走那么快，根本没人和你争。"

绫香是先送盈盈回家的，盈盈一下车，整个车厢都安静了。绫香专心开车，蘑菇则闭目养神。

"你真傻……"良久，绫香说出这三个字。

"什么？"蘑菇睁开眼，不明所以。

"遇上这种事，每个人都避之则安，而你却奋不顾身。"

"盈盈是我朋友，我不会见死不救。"蘑菇明白过来后，淡淡地说。

望穿秋水的包子站在阳台上张望，见蘑菇从一辆银色跑车上下来，立即冲下楼。

"你怎么这么快就下来了？"蘑菇刚挥手道别完，就见包子站在马路对面。

"一见你下车，我就跑下来了。"包子气喘吁吁地说。

"我还以为你跳下来的。"蘑菇说。

"那是谁啊？"包子的目光紧随着那远去的跑车。

"我的同事。"蘑菇看他紧张的样子，笑着补充，"不过是个女的。"

"看来你们公司可真有钱，普通职员都开保时捷。"包子是汽车的狂热爱好者。

蘑菇没有接包子的话："或者是，人家家里有钱。"

包子说得没错，本来投行的收入就高，再加上庄美是这个行业中的佼佼者。在庄美的业务部门，助理以上的职位，年薪基本都是百万级别。而一般的后勤部门，也是其他公司同岗位收入的两倍。

次日是周五，根据蘑菇以往的经验，大家的心都放在周末了，按理说应该空闲一些才是，可从一大早开始，蘑菇小姐就没停过。

投资部、风管部、法律部……电话一个接一个，仿佛所有事情都堆积到今天，而且事无巨细全指名让蘑菇做："麻烦你上来布置会议室。""麻烦你上来取份文件。""麻烦你拿份快递上来。""……"

一个早上，蘑菇前前后后跑了不下十个部门，从前听过的，没听过的，都跑遍了。此外，每到一个部门，那里的员工都会对她指指点点，让她好不自然。

难道昨晚的事情已经败露，蒋澄思给各部门施压报复她？可是，杀鸡焉用牛刀，直接给她一封信，让她回家就好了，还需要这么大费周章吗？

蘑菇从采购部捧回两箱文件，准备送到档案室，上了电梯却腾不出手按楼层。本来要下去的，结果电梯直接上去了。

"叮咚"一声，电梯门开了，走进一个人，再次印证了这个世界真是很奇妙的观点。

蘑菇沮丧地想，看来一个人倒霉起来，喝水都会呛着，这句话真的没错。

"你这人还挺爱管闲事的。"蒋澄思站到她的身后说。

"总比某些人冷血无情要好。"她回敬。

"每个人都要为自己的过错负责。"电梯门再次打开，蒋澄思越过她，留下这么一句话。

蘑菇咬牙切齿，这个人不但冷血无情，而且毫无风度。眼看她捧着两箱文件都不帮忙按一下楼层，自己一个人走了。

快到十二点，蘑菇终于可以回到前台了。

"你终于回来了，快看这个。"盈盈兴奋地递过一张报纸，"是昨晚宴会的相关报道。"

在版面的正中位置，一个显赫的标题底下，出现了蘑菇小姐的照片。

"世间最美丽的迎宾小姐？"蘑菇目瞪口呆。

"难怪今天那么多人想目睹你的芳容。"盈盈不怀好意地笑开来……

这定是那位有个性的记者做的，那时她还不以为意，一点防范意识都没有，警惕性实在太低了。

见她闷闷不乐，盈盈不解："呵呵，一般宴会报道都是登领导或者嘉宾的照片，这次你却成了风云人物，怎还一脸不高兴？"

"我今天忙活了一早上，还要像珍稀动物一样被围观。"

蘑菇正窝着一肚子火，这年头尽是这些哗众取宠的报道，也不管是否会给当事人带来困扰。虽然父母从没指望她出人头地，同学也一向笑话她没有远大志向，但是也不是说蘑菇可以随便找份工作打发自己，毕业于名校国际经贸专业的她去做迎宾小姐，搞得她生活有多不济似的。唯一庆幸的是，这只是地方性报纸，要是全国性报纸，让蘑菇的亲友或者同学看到，她颜面何存？

但是可怜的蘑菇又忘了这是个网络信息发达的年代，随便一篇报道都会在网上同步刊登。

于是，她接到了第一个关心她的电话，是来自大学室友珍珍的。

"蘑菇，那是你吗？"珍珍咄咄逼问，"你怎么跑去B城了？还改行当迎宾了？那老包呢，他干吗去了？"

毕业后，蘑菇和室友虽有联系，但是也没有一五一十地透露自己的现状。她担心说了自己为爱背井离乡的事，又会被她们奉为惊人之举，嘲讽半天。

"因为包子在这边啊。"蘑菇起身，躲开盈盈说，"其实，我没有当迎宾小姐，只是去帮忙而已。"

蘑菇好说歹说讲了十分钟才挂电话，结果电话又来了，这回是她在家乡的前同事远姐。

"小莫，我刚看到网上有一则新闻，上面有一张照片，我不确定是不是你。"远姐说。

"那是我。"蘑菇又开始了，"但我真不是去做迎宾小姐……"然后又解释了十分钟，好不容易挂了，紧接着第三个电话来了，蘑菇好不耐烦，准备直接挂掉，结果一看是妈妈打来的。

完蛋了，这是蘑菇的第一反应，但仔细一想，不对呀，父母又不会上网。

尽管心惊胆战，她还是接了电话："妈妈，你找我有事？"

"没事不能找你啊？"蘑菇妈妈说，"这两天怎么没打电话回家？"

"那是因为我比较忙……"蘑菇悬起的心放下了。

昨晚本来就没睡好，今天还忙了一早上，再加上照片的烦恼，接完这几通电话后，蘑菇魂都没了。她上洗手间，用清水洗了洗脸，打起精神对镜子笑了笑，却发现笑容是那么苍白无力。

整个上午，她都没能逃脱万众瞩目的命运，路过前台的游客一直未曾间断。

"请问这个……"一女员工指着报纸上的图片，"是你吗？"

蘑菇抬起头，无奈地笑了笑，她已经不记得打发了多少这样的参观者了。

"我就说是她。"那女员工说对身旁的男同事说，"你信了吧。"

"还真是，我都没留意有个这么漂亮的女人。"那男同事一下凑近，蘑菇吓了一跳。

中午的时候，蘑菇没去食堂吃饭，也破天荒地没有接到包子的午间问候。

"就你一个人啊？"萧河拳头支面，趴在接待台上问。

蘑菇抬头应了一句："盈盈去吃饭了。"

见她无精打采的样子，萧河叹气："我说啊，现在的记者也不知道想什么，正经的新闻不报道，偏要报道一些旁门左道的事吸引读者的视线。"

"所以呢，你也别太上心，报纸上的东西，看过就算过去了，别人也就图个新鲜，回头就忘了。"萧河继续宽慰道。

"嗯。"她目光呆滞。

"不过，说句心里话，你这张照片真的很漂亮。"萧河非常诚恳。

她笑了笑，无言以对。

下午一上班，蘑菇被唤到档案室帮忙整理文件。

"实在太过分了，居然连档案室都不放过你。"盈盈挂完电话，气愤地说，"算了，还是我替你去吧。"

"不用了，既然指名让我去，你去也于事无补，回头还会让我去的。"蘑菇倒是想得开了。

蘑菇拖着沉重的脚步来到档案室，只见绫香一个人站在堆积如山的文件前。

"来了，这是今年第一季度的招投标文件，你留在这里好好整理一下。"绫香教她怎样将文件分类装订成册。

"谢谢你。"她笑着说。

"为什么谢我？今天档案室的人都去培训了，才让你过来帮忙的。"绫香不自然地说。

她知道绫香的好意，这堆文件足够让她在这里待一下午，免受其他人的打扰。

将近下班的时候，蘑菇才回到前台。

"你不知道，今天下午慕名而来的人有多失望。"盈盈笑着说，"对了，今晚有什么安排？和我们一块儿去吃饭吧。"

"不了，我想早点回家。"蘑菇谢绝好意。

这时，有一个人站在门前向盈盈挥手，蘑菇认得是昨晚那位敦厚的男子。

"你快去吧，人家都来了。"她拍了拍盈盈的肩膀。

下班后，蘑菇一个人怅然若失地走在大街上。她想起三个月前，自己还待在温暖的家乡，生活无忧，工作开心，唯一的烦恼就是包子。那时，她以为和包子在一起，就是童话故事的终结，没承想，现实生活远远比童话残酷得多。两人在一起后，面对工作、生活的各种烦恼，她深感在一起不是终结，而是开始。

蘑菇记得来到B城后，第一次乘坐地铁时，她发出的感叹：里面的人像沙丁鱼一样，脸都快被挤得扭曲了。

那时的包子对她说："没关系，待会儿我先冲上去，杀出一条血路，你紧跟着我就行了。"

但是后来，蘑菇大多是在没有包子的情况下乘坐地铁，她已经不记得被踩过几次鞋子，被吃过几次豆腐。当然她不是没有抱怨过，妈妈也曾提出要送一辆车给她，可被包子劝住了："放心吧，以后我一定给你买甲壳虫。"

蘑菇租住的地方附近正新建的一处住宅区，是美式风格的建筑，楼高不超过6层，全落地玻璃设计，还有入户花园。她还拉着包子兴高采烈地去看过，结果败兴而归。

"看来我们只能到鸟不拉屎的地方买房了。"她感叹。

那时的包子对她说："鸟不拉屎好，空气清新。"

很多时候，她都不明白为什么那么多人向往这座大城市，人多，交通拥挤，生活压力大，空气质量差……

沮丧的蘑菇回到家，包子已经做好饭菜在等了。她入房换衣，注意到包子的公文包里插着那份报纸。

蘑菇来到餐桌边坐下，一直低头没看包子。

"来，吃这个。"包子笑容可掬地把她最爱吃的西红柿鸡蛋夹到她碗里。

蘑菇沉默良久，才发出委屈的声音："包子，都怪你。"

包子赶紧接上："是，是我不好。我让你受委屈了。"

不记得从什么时候开始，蘑菇只要受到大的委屈，不管跟包子有没有关系，她都会怪罪到包子身上。考试成绩不好，她会怪包子没督促她复习。肚子不舒服，她会怪包子没阻止她乱吃东西。和朋友逛街丢钱包，她会怪包子没提醒她放好。蘑菇一直知道，其实，这些包子都做了，只是她当时不听，事后爱找补。这次找工作也是，当时包子已经力劝，她却仍旧一意孤行。

"现在怎么办嘛？"蘑菇泪汪汪地问包子。

"换一份工作吧，这份工作太屈才了。"包子决然地说。

"可现在形势不好，我又是外地来的，找工作谈何容易。"蘑菇说。

"那就辞职回家，我宁可你回家待着，也不要你干自己不喜欢的工作。"包子坚决地说。

"可我进庄美还不到两个月，这么短时间内辞职，简历上肯定不好看。"蘑菇想了一会儿，"要不我先干着，回头等形势好点再换吧。"

"也行。"包子为蘑菇拭干眼泪，将她搂入怀中，"相信我，一切都会好起来的。"

蘑菇抱着浑圆的包子，感到无比贴心温暖。

不过，年轻就是好，遇着不顺心的事，尽管哭过闹过，也说过晦气的话，却会很快过去，不会一直记着。

在这里，蘑菇小姐也是一样。

03

小幸福

　　周一，蘑菇小姐收拾心情回到公司，却迎来了一个轰动性的新闻——竞聘。

　　庄美和所有的大企业一样，拥有完善的员工晋升制度，每年都会举办一次内部竞聘，为各部门精英提供了良性竞争的平台。

　　按理说，这是再平常不过的事情，但由于今年最高级别的竞聘岗位是首席执行官，所以成为轰动全公司的头条新闻。

　　在庄美，董事会与管理层是分离的，董事会不会直接参与公司的日常管理，而是通过聘请首席执行官来负责公司的经营，并对公司及董事会负责。蘑菇入公司以来，从未见过现在的执行官，据盈盈说，他与孙董意见相左，佯装生病回家休养了。

　　在屈指可数的候选人中，当然少不了孙董的乘龙快婿蒋澄思。

　　看来那个孙董可真不避嫌，自己是董事会主席，还提名未来女婿做首执，既控制了董事会，又控制了管理层，这样一来便是庄美一家亲了。

"你说蒋总有没有机会胜任呢？论实力，这几年他负责的海外投资计划为庄美带来丰厚的回报；论名声，他在商场上独特的谈判方式以及灵活的交际手腕，都赢得了业界的美誉；只是论资历，确实浅了点，才二十八岁……"分析到这里，盈盈开始担心了。

其实论什么都是其次，最关键的是，还有谁能比蒋某人的后台强硬？蘑菇一看这份候选名单，就已经知道胜负了。她笑着说："当然有啦，难道写他的名字上去凑数吗？"

在竞聘的名单中，蘑菇还看到了两个熟悉的名字，绫香竞聘行政部副主管，萧河竞聘投资部助理。

"萧河真厉害，居然可以参加竞聘。"盈盈不无羡慕。

"哦？"蘑菇奇怪。

原来庄美助理级别以上的员工均是正式工，也就是说若萧河竞聘成功，就可以自动转正了。这样的机会对劳务派遣工来说，是非常难得的。

还不到十二点，萧河已经在前台现身了。

"来找盈盈吃午饭啊？"蘑菇给萧河一个大笑脸，"她去送文件了，一会儿就回来。"

"嗯。"萧河腼腆地笑了笑。

"恭喜你啊，有机会参加竞聘。"蘑菇说，"一定要加油啊。"

"谢谢，我会的。"萧河憨厚地笑了笑。

想不到平时话多的萧河也会有不好意思的时候，蘑菇看着直想笑。

今天蘑菇早餐吃得少，不到晌午肚子就咕咕叫了，可她还是坚持成人之美，让盈盈和萧河先去吃饭。她坐在位置上，左顾右盼，好不容易等到盈盈归来，却又被海外市场部唤去准备会议。

她都饿到快晕过去了，还要搬台摆椅布置会场，最可气的就是那个身材高大的男人，居然说自己畏高，要她一个弱女子爬高调整投影仪。蘑菇认得这男人，就是上次凑到她跟前端详她的那个无耻之徒。

等到蘑菇忙完，有气无力地跑到食堂时，所有的窗口都已经关闭，清洁人员都开始打扫了。她欲哭无泪，转身却发现绫香正走过来。

"你也这么迟才来啊？已经没有东西吃了。"蘑菇说，"我们到对面餐厅随便吃点吧。"

"不用跑那么远，你跟我来。"绫香笑说。

绫香领着蘑菇来到食堂的里厅，这是专门供高层用餐的地方。这里装修幽雅，宽敞舒适，堪比星级酒店的用餐环境。

一位女服务员端上两杯冰水，又递过两份菜单，礼貌地说："请随便点餐。"

蘑菇受宠若惊，双手接过，连服务都是星级标准，这些领导可真会享受。她翻开菜单，居然有她最喜欢吃的可乐鸡翅，真把她高兴坏了。

"你点一个就够了？"服务员问。

"嗯，虽然不花钱，可也不能浪费啊。"她笑着点点头，这是跟了包子后养成的节俭习惯。

这时，绫香合上菜单，又点了几个菜。

"对了，祝贺你啊，有机会竞聘副主管。"蘑菇想起来说。

"哦？这有什么可喜的？"绫香抿一口冰水。

看着绫香不在乎的表情，蘑菇不禁仔细一想，这里必须是副级以上才能进入就餐的，难道绫香早已经被内定了？

"当然可喜，这么年轻就能竞聘副主管。"蘑菇一本正经地说。

绫香一笑："是吗？还有和我一般年纪便竞聘首执的呢！"

是在说蒋某人吗？蘑菇郁闷了："那怎么能一样呢？你是凭实力的，人家只是凭裙带关系。"

"原来在你眼中，我是个凭裙带关系的人啊。"蘑菇身后传来冷冷的男声。

蘑菇的心犹如腊月寒风吹过，顿时凉了半截，整个人呆住了，只见蒋澄思面无表情，拉开一旁的椅子，径直坐下。

"当然不是，她说笑而已。"绫香赶紧转换话题，"我已经点好菜了。"

天啊，原来绫香是与蒋某人有约，早知如此，她宁愿饿死都不来。

需要强调的是，蘑菇小姐极少说人坏话，尤其是在人后，没想到今天却一击即中，她为此沮丧不已，想了想还是三十六计走为上计吧！

她皱眉，如果说突然想起还有工作，然后告辞，这样会不会意图太明显了呢？还是假装接到电话，说有要事，要先走呢？

她偷笑，嗯，这个借口似乎不错，就这样吧。她连忙翻手机，摸遍了口袋，居然没带。

她懊恼，为什么每次在关键时候都掉链子？

一旁的绫香正与蒋澄思交谈，却发现对方心不在焉，每说两句就会瞟一眼表情变化无常的蘑菇。

"莫茹，是我们部门新来的同事，主要负责前台接待。"绫香顺势简单介绍。

"我知道。"蒋澄思说。

"哦？你们已经见过了？"绫香问。

"嗯，我偶尔也会拿些文件给蒋总签。"蘑菇说。

"那么他有没有为难你？"凌香打趣。

蘑菇愣一下，蒋某人好歹是未来的首执，绫香又是有分寸的人，竟然敢当面笑话他。不过，蒋澄思也没有生气的意思，只是低头抿一口咖啡。

"当然没有，不过，一般都是蒋总的秘书拿进去的。"蘑菇昧着良心。

"看来蒋少还是懂得怜香惜玉的。"绫香笑起来。

蒋少？蘑菇皱眉，这也太随便了吧。

绫香解释道："我与蒋少是大学同学，又是同一批进庄美的。"

同学？蘑菇开始极力回想有没有在绫香面前说过蒋某人的不是。

就在此时，菜品终于陆续端上来了。饥饿的蘑菇当机立断，还是填饱肚子就走。

蒋澄思和绫香两人都不紧不慢，边吃边聊，吃相非常优雅。

只有她这个蘑菇，低头吃得飞快，并且虎视眈眈地看着眼前的可乐鸡翅，正努力克制自己。不行，吃鸡翅太费时间了，她几经艰辛，抗拒鸡翅的诱惑，拼命地将白米饭往嘴巴里送。最后，她终于以惊人的速度了结了一碗米饭。

"鸡翅是你点的，怎么一个都没吃呢？"绫香奇怪了。

"到最后我才发现自己最爱的还是米饭。"蘑菇放下碗筷，拍了拍胸口，可能吃太快了，有点难消化。

蘑菇话音刚落，旁边的服务员贴心地为她又端上一碗白米饭："我们的米是上等的泰国香米，难得你如此欣赏，请再吃一碗吧。"

始料不及的蘑菇连忙摆手："不用了，谢谢，已经够了。"

"不用客气，如果喜欢，就多吃点吧。"绫香也劝说。

"不是，我真的不是客气。"蘑菇抑郁了。

"如果不是的话，就吃吧。"蒋澄思不失时机地加上一句。

蘑菇哀怨地望一眼蒋某人，再次埋头到米饭堆里去……

吃完第二碗米饭后，蘑菇一连打了好几个饱嗝，而且嗝出的全是米气。为了保持身段，她素来少吃淀粉类主食，这次可是一次性吃够了。

这时候，蒋澄思和绫香也差不多吃完了，蒋澄思站起来礼貌道别。望着他离去的背影，绫香说穿蘑菇的小心思："下次不用那么紧张，虽然蒋少工作上严肃，但私底下还是挺平易近人的。"

午后的工作依旧忙碌，很多时候蘑菇都无意识地在忙。虽然蘑菇从不觉得自己有多么重要，但很多事情着实是没有她这样的小人物就无法开展，比如说这个重要的商务会议。

蘑菇气喘吁吁地穿过等候的人群，小跑到会议室门前，取出备用钥匙开门。

"怎么这么慢？"那个让蘑菇准备会议的海外市场部的男人嚷嚷。

"王笠，你丢了会议室钥匙，让别人送备用钥匙，还好意思说别人。"说话的是投资部高经理。

这时，蘑菇才发现参会的除了海外部的还有投资部的人，其中还包括萧河。

"待会儿有三位外国客户要来，麻烦你帮忙准备咖啡。"高经理交代蘑菇。

"好的。"蘑菇注意到在场的人都表情严肃地准备，几位海外部及投资部的高管都来了，应该是个重要的会议。

不一会儿，外国客户由海外部的副总杨麟陪同进来，参会的人均起立迎接。也许是受到现场气氛的感染，蘑菇也莫名地紧张起来，在端咖啡时竟差点洒了。蘑菇连连道歉，幸好那位叫杰克的先生没在意，反倒关心她有没有事。

蘑菇含笑摇摇头，看来有风度的男人还是有的。

再次回到前台忙活半天的蘑菇总觉得有点不对劲，终于到快下班的时候，她找到了不对劲的源头。她推了推一直伏在桌面上一动不动的盈盈："你怎么了？"

"你说我该怎么办啊？"盈盈沮丧地抬起头。

"什么怎么办？"蘑菇莫名。

"萧河今天问我，如果他这次竞聘成功，我是否愿意做他的女朋友。"

"这不是挺好的吗？萧河是个有为青年啊。"蘑菇替盈盈高兴。

"可我已经有别人了。"盈盈说。

"啊？"蘑菇僵住了，不会就是上次那个敦厚的男子吧？

得到肯定的回答后，蘑菇真想为萧河争辩几句：才认识人家几天，这么快就把萧河否定了，萧河对你痴心一片，每天中午必到前台报到，明眼人都看出他对你有意，可他又了解你的虚荣心，一直不敢向你表达，好不容易就要熬出头了，却被你一板砖拍死。蘑菇顿生怜悯之心……

见蘑菇不语，盈盈接着说："不过我没有回绝他，而是嘱咐他好好努力。"

"哦。"蘑菇不解，望了盈盈一眼。

"虽然不能和他在一起，可我还是希望他能竞聘成功。"盈盈皱起眉头。

蘑菇苦笑，是啊，虽然有缘无分，但还是希望对方能过得好。这样又何尝不是一种成全呢？

"你说，以后他知道了，会不会原谅我？"盈盈追问。

"会的，一定会的。"蘑菇宽慰道，"他一定会明白你的好意。"

包子在电话里说他晚上有应酬，蘑菇下班后倒也不急着回家。

"你晚来了一步，盈盈已经走了。"蘑菇正在磨磨蹭蹭地收拾琐碎东西，看清来人后说道。

"我不是来找盈盈的……"萧河摸了摸后脑勺。

"哦？"蘑菇放下手上的工作，看着极不自在的萧河。

原来今晚海外部和投资部将宴请下午那几位外国客户，而萧河的来意就是希望蘑菇今晚能作陪。

萧河竟是为了这个而来，蘑菇可真想不到。其实，公关部美女如云，哪里用得上她。

"是王笠提议把你也请来，说注意到杰克对你印象深刻。"萧河说话吞吞吐吐，"我也知道这让你为难了，可上级的意思我也不好违背……"

原来是有人给萧河施压了，想必萧河也是碍于竞聘在即，才硬着头皮来找她的。

见蘑菇仍旧不语，萧河急了："如果你真的不想，那就算了。"

蘑菇摇摇头："没关系，反正我今晚也没事。"

萧河一听，笑逐颜开，双手合十向蘑菇连声道谢。

这类商务宴会蘑菇一向是不作陪的，哪怕是普普通通吃个饭，名花有主的她总是能免则免。也不知为何，这次她却那么容易就松口了，也许是出于对萧河的同情。

所有的行为都像事先演练过一样，此类商务晚餐，该说话的时候说话，该笑的时候笑，该举杯的时候举杯，在蘑菇看来，这里的每个人，包括她，都戴着一张面具，只是不知道面具后的每张脸是否都像她的一样毫无生趣。

蘑菇低头看了看表，快九点了，时间似乎比想象中过得要快。

就在这时，一张宽大的手掌伸到她的眼底下："Shall I invite you for the next dance（下支舞，我可以邀请你一起跳吗）？"

简单的交际英语，蘑菇还是能应付的："It's my pleasure，but I'm not good at dancing（很荣幸，但是我并不擅长跳舞）."

"It's OK. I will teach you step by step（没关系，我会一步一步教你的）."那位杰克先生一再坚持。

"But I'm really sorry to let you down（但是我真的很抱歉让你失望了）."蘑菇一再拒绝，她是无意献丑的。

此时，他们的推搡已经引起周围人的注意，最不招人待见的王笠也上前起劲地劝："跳吧，不会可以慢慢学，反正杰克那么有诚意……"

这种场面是始料未及的，蘑菇夹在中间面有难色。柔美的《蓝色多瑙河》旋律缓缓响起，杰克显得有些不耐烦，乘着酒劲抓住她的手臂，而王笠也浑水摸鱼地推她的后背，就这样将她从座位上拉了起来……

"她都说了不愿意，你们没听明白吗？"话音未落，一个拳头已经挥向杰克的脸庞。

蘑菇还来不及反应，便被包子连拽带拉地拖走了。

路上人来人来，车辆川流不息，商店的霓虹灯七彩斑斓，两人一前一后异常沉寂地走着，与这喧哗热闹的夜形成对比。

虽然蘑菇不是第一次见识包子的愤怒，相信也不会是最后一次，但是她这回真有些心慌，心里懊恼真不该答应去那个宴会。

"你倒是说句话啊！"走了半小时，蘑菇忍不住了。

"你让我觉得自己很没用。"只见包子站定转过身，夜色模糊了他的表情。

"啊？这跟你有什么关系？"蘑菇不明白，"你见到的都是误会，那个客人只是喝醉了。"

"误会？如果不是我刚好看见，都不知道还会发生什么事。"包子生气地说。

蘑菇从未有过这般委屈，鼻子一酸，眼泪就流下来了。

包子心一软，上前拥她入怀："算我求你了，你辞职吧，哪怕你待在家里什么都不干也好。"

"嗯。"她也点点头，其实今晚闹成这样，她想待也待不下去了，还不如依了包子。

次日，蘑菇无精打采地回公司，见萧河和盈盈在前台正聊着。

萧河一见她就乱了方寸："你还好吧？昨晚的事我听说了。"

"嗯。"蘑菇强打精神笑了笑，"昨晚后来怎样了？"

"还不知道呢，还在开紧急会议。"萧河一脸愧色，"真的很抱歉。"

一旁的盈盈叉腰对萧河说："你啊，下次这些连你都不够格参加的宴会就叫上莫莫了，回头要真有什么事，你担负得起吗？"

萧河一个劲地说"是"，向她点头哈腰。

上午，蘑菇工作心绪不宁，踌躇着怎么把准备好的辞职信递出去。快到十一点的时候，她接到了绫香的电话，让她去一趟她的办公室。

绫香的办公室在B座的4层，光洁明亮，靠近窗台还能一览庭院的景色，非常别致优雅。但蘑菇无心看美景，她神色凝重地握着手里的信。

绫香先开口："今天一大早海外部和投资部针对昨晚的事开了一次紧急会议，主要是商讨应对措施以及处罚相关责任人。"

蘑菇开始后悔了，还不如刚刚先发制人，现在却落得被辞退的下场。

"这是一笔上10亿美元的融资案，蒋少为此事大为光火，负责这项目的副总将被记过处分，而王笠更是连降两级，被调离海外部。"绫香试图突出问题的严重性。

果然，蘑菇被震慑了。10亿美元，1后面有多少个0她可数不过来，理论上不会让她赔吧？如果回去告诉包子，他一拳抢走了10亿美元，他肯定会昏厥过去。

"而你将会被调去档案室。"绫香缓缓地说。

"档案室？"蘑菇奇怪，这怎么听都不像是一个处分啊。

她狐疑地看着绫香，难道是她暗中相助了？

"从明天开始，你就去档案室报到，下午会安排人和你交接。"绫香重复一遍。

蘑菇定了定神，虽然这个结果让人意外，但既然答应了包子，做人还是要信守承诺的。她把心一横，将辞职信递给绫香。

绫香似乎有些意外："公司并没有追究你责任的意思，为什么还要……"

"可事情毕竟是因我而起的，而且动手的又是我男朋友……"

"那你觉得你有错吗？你男朋友又有错吗？"绫香问。

"没有。"蘑菇摇摇头，这一点她是十分肯定的。

"如果你现在辞职，那么就等于承认是你们错了。"绫香认真地说。

蘑菇想了想，似乎挺有道理。

于是，绫香将接过的辞职信撕个粉碎，再塞回蘑菇手里。

当晚，蘑菇将绫香的原话转述给包子。

虽然包子对绫香的说法极不满意，但又无法挑出其中的毛病。他憋了半天，才说出一句："那也就是说，你今天辞职没有成功？"

"是的。"蘑菇郑重地点点头。

"刚刚你说被调去了档案室，是干什么工作的？"包子问。

"主要是做一些文件管理，比如录入、装订和归档之类的。"

"那还不是一样，大材小用。"包子说。

"我本来也没想成多大的材。"蘑菇狡辩道，"你不是说过你负责养家糊口吗？"

"当然。"包子冲口而出，又想了想，"其实，文案工作也是挺适合女孩子的，你高兴就好。"

见包子不再纠结于这个话题，蘑菇也松了一口气。她已经答应了绫香，也不想反口，还是先干一段时间再看吧。

当蘑菇坐在档案室的时候，她偶尔也会感慨这个世界真奇妙。

记得上周五她还为照片、工作、生活苦恼，现在却马上有了好转。

档案室的固定员工，分别是江叔、袁阿姨以及蘑菇。当然，在月末和年末特别忙的时候，会加调人过来帮忙。

都说档案室是照顾老弱的地方，只有快退休的或者怀孕需要特别照顾的，才会到档案室工作。所以，年轻力壮的蘑菇到档案室工作确实有点奇怪，但是作为底层的人只能听从安排。

档案室的工作量并不算多，基本上能在工作时间内完成。蘑菇之前也经常送文件到档案室，与江叔、袁阿姨关系不错。江叔将近五十岁了，说话大声，脾气直爽，而袁阿姨比江叔大两岁，说话温柔，有条理。他们都很喜欢蘑菇这个年轻漂亮的姑娘。

江叔和袁阿姨每天烦恼的只有两个问题：中午吃什么和晚上吃什么。他们说起的美食话题，对蘑菇来说还是很有吸引力的。

经过他们的点拨，蘑菇的厨艺有了极大的进步。

有时候，蘑菇会特意多做些带给袁阿姨和江叔品尝。

话说某天中午，绫香到档案室，看见他们三个边吃边说笑。

见绫香来了，蘑菇招呼："这是我亲手和面擀皮做的饺子，赶紧来尝一下。"

绫香正好肚子饿，一连吃了好几个："挺好吃的，下次做猪肉马蹄馅的，我喜欢吃。"

"没问题。"蘑菇点点头。

"我一开始还担心你来这边会不适应，看来你到哪儿都能活得很好。"绫香低声笑说。

后来的一段日子，绫香不时地找借口去档案室蹭吃的。

现在，蘑菇每天都能变着花样做出各种美食，这一改变让长期受蘑菇饭菜毒害的包子欣喜若狂。

"没想到，你去了档案室后，居然能做出一手好菜。"这晚，包子一口接一口地吃着蘑菇做的酸菜鱼。

"那当然。"蘑菇自豪道，"江叔和袁阿姨每天都跟我交流新的菜谱。"

"看来你待在档案室，还是很欢乐的嘛。"包子笑着说。

"是啊，工作没那么忙，也没那么杂，关键是不用面对那么多人。"蘑菇满足地说。

到档案室后的这半个月来，蘑菇脸上笑容渐多，每天都给包子说档案室的故事。包子知道江叔和袁阿姨都很照顾蘑菇，心里也挺感激的。

"那就好。"包子提醒，"对了，明天把上周你父母寄过来的桂圆，拿两盒过去给他们，反正这么多，我们也吃不完。"

于是，第二天蘑菇送了两盒桂圆给江叔和袁阿姨。

"这怎么好意思？"江叔客气道。

蘑菇高兴地摆摆手："是男友让我带给你们的。"

"哦？"袁阿姨说，"我之前还想问有没有你男友的照片，给我们看看。我们活到这岁数，也会看点面相。"

"有呀。"蘑菇爽快地掏出手机，给他们看包子的照片。

结果看完后，江叔还是问了跟所有人一样的问题："你长得这么漂亮，为什么和他在一起？"

蘑菇有点郁闷，不想回答这个问题。

袁阿姨白了江叔一眼说："我看这小伙就很好，圆头圆脸很机灵。那电影里不是说吗，帅不帅没关系，钱多钱少没关系，关键是知冷知热知心。"

蘑菇直点头："是啊，他对我真的很好。"

袁阿姨接着说："其实两个人在一起，就是搭伴过日子，过得幸福比什么都强。"

"嗯呢。"这话真说到蘑菇心坎里去了，这么多年还是第一次有旁人这么跟她说。

晚上，蘑菇回去原话转述。

"你看年纪摆在那儿，说话就是有内涵，有水平。"包子称赞道。

"确实。"蘑菇也跟着笑了。

"对了，明天你跟他们补充一下，我虽然矮矬穷，但有一颗高富帅的心。"

"得了吧你。"蘑菇乐不可支。

确实，和包子在一块儿，蘑菇真的很幸福。而这些幸福是由两人相处的无数个瞬间组成的。每当包子鞋带松了，蘑菇俯身给他系鞋带的时候，每当蘑菇来例假小腹不舒服，包子半夜起来给她冲红糖水的时候，每当两人逛超市提着大袋小袋，还腾出两只手牵在一起的时候，蘑菇都会感觉无比幸福满足。

这天，蘑菇做了寿司，自认为做得很不错，还特意拿给绫香和盈盈尝。

"你现在过得真滋润啊，有兴致去做这么多好吃的。"盈盈一连吃了五个寿司，"自你调走以后，每天到前台的人少了一半。"

蘑菇笑了笑，看了一下周围："怎么今天不见绫香？"

"可能还在忙吧。"盈盈应道。

"再多吃点吧，还有这么多呢。"由于刚刚学会做寿司，蘑菇一时兴起，连做了两大盒带来。

"我已经很给面子了，我之前可是吃过一碗面了。"盈盈用纸巾擦了擦嘴巴，"你还是拿给绫香吧。"

于是，蘑菇给绫香挂了个电话："你吃过了吗？"

正好绫香说她忙得没时间吃饭，蘑菇立即热情地说："我今天又做了好吃的，那我给你送过去。"

蘑菇来到C座5层的会议室，敲了敲门。

"请进。"是绫香的声音。

偌大的会议室里空荡荡的，绫香正与另一个人埋头讨论。蘑菇上前打招呼，发现那人是蒋澄思。

绫香抬头见是她："来了。"

"嗯。"蘑菇心里嘀咕，怎么他也在？

蒋澄思也抬头看了她一眼，又低下头去。

"我看一下你又做了什么好吃的。"绫香接过蘑菇手中的保鲜盒，"原来是寿司啊。"

"还真做得像模像样啊。"可能是真饿了，绫香随手就拿起一块扇贝寿司咬了一口，"嗯，真好吃。"

"要配点酱油或者芥末会更好吃。"蘑菇连忙从袋子里翻出了吃寿司专用的酱油和芥末。

"你想得真周到。"绫香温婉一笑，转向蒋澄思，"蒋少吃点吧，估计你也饿了。"

蒋澄思望着那两盒寿司，又看了看蘑菇。

这时的蘑菇也犹豫了一下：不会是要我请他才吃吧？

"蒋总，如果不嫌弃的话，请尝一下我的手艺。"这是蘑菇有史以来说出的最官方的邀请。当然，"如果嫌弃的话，就算了"这一句，她倒没说出来。

"那我就不客气了。"蒋澄思扬眉一笑。

说完，这个蒋澄思果然不客气了，先是挑了一块三文鱼寿司放进嘴里，又接连消灭了好几个海苔卷。

其实，看着自己制作的食物那么受欢迎，蘑菇心里还是很高兴的，虽然这个食客不大讨人喜欢。

"对了，下午我们有个会议，麻烦你从档案室里找一下前年我们与北软集团合作开发数据分析系统的合同，然后复印一份给我。"绫香吃饭的同时，仍不忘工作。

"嗯。"蘑菇站起来，"我这就去。"

离开的时候，碰巧蒋澄思的秘书推门进来，与蘑菇擦肩而过。

背后传来秘书小姐的声音："蒋总，孙小姐刚刚打电话来，说她在西苑已经点好餐，正等着您过去。"

"哦，你告诉她，我不过去了，让她自己吃吧。"蒋澄思淡淡地说。

蘑菇回到档案室时，刚好投资部的人送文件过来，她忙了好一阵才交接完。当她匆匆忙忙将文件送去时，会议早已开始了。

蘑菇推门而进。

海外部的副总杨麟正在主持："下面，我们进入第二个议案，也是本次会议的重点，纵横国际融资案。昨天，纵横已正式委托我们作为第三方……"

幸好，大家正专注地开会，并没有注意到她的到来，她蹑手蹑脚地来到绫香身边。

正当她欲离去时，旁边的一位女员工低声叫住她："慢着，帮我拿去复印十份。"

蘑菇认得这海外部的员工，以前她做前台的时候，也经常将她当工人使。她本想一走了之，但见大家都在认真开会，心一软，便依她的话去办了。

不一会儿，蘑菇又进来了。

场内音："而我们会根据纵横的要求，分别对这两家公司进行比较分析，出一份详尽的评估报告。这份评估报告将直接关系到接下来融资项目的可行性……"

蘑菇将复印好的文件递过去，谁知道那个女人说："我要的是单面复印，你怎么双面复印了？拿去重新复印。"

蘑菇深呼吸，压抑心中的怒火，环视四周，大家仍旧在认真开会，她忍气吞声地接过文件。

不一会儿，蘑菇再次进来了。

场内音："……所以，撰写好这份报告对于整个项目至关重要。那么，现在请大家提议撰写报告的人选。"

语毕，会上众人议论纷纷。

蘑菇又一次将复印好的文件递过去，然而那个女人又说："你怎么才复印十份？我不是让你复印十二份，在座的每人一份吗？"

蘑菇彻底崩溃了，这个女人是老年痴呆吗？该说的不说，说过的都白说。

好脾气消失殆尽，她憋住劲，鼓起脸蛋，盯着那女人……

就在此时，一份文件抛到她面前："你的文笔这么好，那就你写吧。"

顿时，会场的议论声戛然而止。

还处于崩溃状态的蘑菇愣了一下，慢慢地抬头见蒋澄思正笑着看向她……

我只是路过的，究竟发生了什么事？

蘑菇感到一阵凉风扑脸，为什么大家均以看天外来客的目光打量她？可怜的她暗自叫苦，不禁将求救的目光投向绫香。

绫香方从惊讶中回过神，缓缓起立："蒋总的意思是，希望你能够负责纵横融资的评估报告。"

"啊？"蘑菇一脸惘然，委屈地说，"种什么报告？"

话一出口，在场的人从惊讶转向憋笑。

虽然明眼人都知道蘑菇是无辜的，但领导已经发话，你有条件要上，没有条件创造条件也要上。

副总杨麟深知这个道理，赶紧圆场："希望你能不负重任，出色地完成这份报告。"然后又瞬间转折，"接下来，我们将进入第三个议案，关于数据分析系统的升级……"

"就这样完了？"蘑菇目瞪口呆。

后来，呆若木鸡的她是被绫香推出来的。

"放心吧，我会教你写的，下班后来我办公室。"绫香临走，还不忘将蒋澄思扔的那份文件塞给她。

站在走廊上，处于飘忽状态的蘑菇，时而困惑：他到底知不知道她是什么部门的？

时而忧郁：这是什么玩意儿？怎么全是英文？很多专业单词，她根本见都没见过。

转而躁狂：看来这个人是不懂吃人的嘴短，拿人的手软的道理，中午才吃过她的寿司，下午就像从不认识她似的。

江叔和袁阿姨见蘑菇苦着脸回来，便上前关心她。

听完，江叔说："闻所未闻事，竟出自档案室。"

"你是不是误会了？还是再和绫香确认一下。"袁阿姨说，"按理说，海外部人才济济，应该用不上你。"

刚到下班的点，蘑菇顾不上整理今天送来的文件，便匆匆忙忙去找绫香了。当蘑菇提出为什么由她负责这份报告的疑问时，绫香给出以下的解释。

蘑菇所在的档案室属于行政，而行政部协助各部门整理文件材料、撰写报告也是常见的。只是通常都是一些简单基本的报告，至于专业性强、项目金额较大、保密程度高的报告，都会由本部门的人员亲自操刀。所以，这份本应由海外部专业人员撰写的报告，落在蘑菇的头上确实有点不合常理。

"是很不合常理好不好？简直就是存心谋害。"蘑菇想哭了。

"但是没办法，领导开口，谁敢说不呢？现在海外部的人也很紧张，副总杨麟开完后特意拜托我，让我好好协助你写这报告。这毕竟是他们部门今年的大单，如果能成，光提成就是上亿美元。"绫香尽量从正面引导她。

蘑菇听了压力很大："这报告起码上万字，而且是全英文的，专业名词又多，中文我都不一定能写好。"

"不会呀，蒋少说上次你写给孙董的演讲稿就很好，写得比他好。"绫香笑着说。

当晚，蘑菇回家和包子诉说这悲惨的遭遇。

"贵司真乱。"包子给出这四个字，"以前你做前台就做公关部的事，现在去档案室就做海外部的事。你们公司是不是流行做非本职工作？"

蘑菇摇摇头，据她所知，迄今这样的只有她一人。

"没事，想开一点。反正你是跨界的，尽力而为就可以，相信大家都能理解的。"包子安抚她。

自此，蘑菇在档案室幸福快乐的日子到头了。现在最让她烦恼的除了报告本身，还有出报告的时间，只给了她两周去完成。

纵横国际是世界著名的矿业公司，主营业务是煤炭、铁矿石、铜铝、钻石等矿产资源的勘探、开发、提炼和加工，以及成品的运输和销售。近日，纵横成功竞得西南地区一片铜矿的开发权，准备进行项目融资实现开发。由于本次融资的金额巨大，加上经济尚未完全复苏，银行普遍认为有色金属的市场价格和销售存在风险，不敢轻易提供贷款。而纵横计划与国内一家有名的铜矿贸易商签订长期分销协议，作为融资的有利条件。

现在纵横已经筛选出两家铜矿企业，蘑菇的工作则是对两家企业进行综合分析，看哪一家更符合纵横的合作条件。

"听起来好复杂啊。"蘑菇挠了挠脑袋。

"不复杂，其实你只要了解这两家公司最近五年的财务状况、经营业绩和发展趋势，分析两家公司的资产负债表、利润表、现金流量表……"绫香耐心地教导。

"这……"蘑菇听出一身汗。

自此，蘑菇被迫爆发小宇宙，开始奋发向上的生活。

让她感动的是，江叔和袁阿姨非常照顾她，经常主动分担她的工作。

当她需要去绫香办公室请教的时候，他们会说："没事，去吧。这里有我们。"当她沮丧气馁的时候，他们会说："没事，不就坚持两周吗？很快就到头了。"有时候，蘑菇想，能在档案室待到退休就好了。

让她内疚的是，绫香很快就要参加竞聘了，现在为了帮助她完成报告，一直都没有好好准备。

每晚到家后，蘑菇还要盯着电脑继续写报告。此时，包子的见习期也结束了。现在他和另一位同事负责一家公司贪污受贿的案子，也渐渐忙起来。

这天晚上，两人到家后并排对着电脑加班。

"真是拿卖白菜的钱，操卖白粉的心啊。"包子伸了伸懒腰。

"你是说我还是说你？"蘑菇笑道。

"眼看快到端午了，还没给我妈准备礼物呢。"包子说。

这时，蘑菇才想起端午要去包子家，她几乎忘记了。

此后，给包子妈妈的见面礼，便成了她工作以外最大的烦恼。

然而，没想到解决蘑菇这个难题的人居然是袁阿姨。

话说某一天，袁阿姨戴了一个翡翠玉镯，逢人都刻意将手摆到前面晃两下，别人想假装看不见都很难。

"你这玉镯真漂亮。"蘑菇恭维道。

"这是我托朋友好不容易买来的。"袁阿姨略带炫耀地说，"你看看，确实是晶莹透亮，色泽均匀……"

蘑菇仿佛想起了什么："那您能托朋友帮我也买一个吗？"

"哦？"袁阿姨有些奇怪。

听完蘑菇说明她买镯子的因由，袁阿姨感叹："你的婆婆可真有福气啊！不过，事先说明白，这玩意儿可是不便宜的。"

当蘑菇得知这个玉镯的价格竟是她三个月的薪水后，内心挣扎了好久。

最后，她想起了爸爸的一句话："凡是钱能解决的问题都不是问题。"

于是，她一咬牙，豁出去了。

距交报告还不到一周，蘑菇通常是上午见完会计师，下午又见律师，又或者上午听完纵横的需求，下午又向候选的两家公司提需求，只得晚上汇总整理当天的会议内容。

这天还发生一件特别的事情，当蘑菇结束加班离开公司的时候，有一位身着黑色西服的中年男子拦住她。她认得这是纵横候选的两家铜企之一的天恒公司的张总经理。

"莫小姐，不知能否赏脸吃个饭？"张总笑着说。

蘑菇也猜测到对方的来意，摆摆手说："不用客气了，张总。"

那张总见蘑菇拒绝，就有话直说了："莫小姐，对我们这些民企来说，能和纵横这种跨国公司合作真是一个难得的机会，所以务必请您高抬贵手。"

蘑菇笑道："张总，您言重了。我就一写报告的，哪能帮上什么忙。"

"当然可以了，这报告怎么写完全受你控制。"张总若有所指地说，"莫小姐，如果您有什么需要我帮忙的，请尽管说，我们相互帮助。"

当蘑菇正烦恼于如何脱身的时候，有一辆车停在她旁边。

绫香按下车窗，对她说："走吗？我载你一程。"

然后，如释重负的蘑菇迅速和张总道别，跳上了绫香的车。

"那张总找你是为了评估的事吧？"绫香问。

"嗯呢。"蘑菇点点头。

"做这种金融项目，要谨记不能和任何当事人私下接触。"绫香神色凝重地说，"否则下场将会很惨。"

"嗯呢，牢记。"蘑菇再次点头。

车内的气氛有点尴尬，绫香转换了话题。

绫香说："偶尔可以抽调一两个人过来帮忙。"

蘑菇欢呼雀跃："好呀好好呀。"

结果，绫香指出帮做的只是蘑菇的本职工作——整理档案。

见蘑菇瞬间泄气了，绫香笑说："如果报告需要人帮忙，我也可以和海外部的副总说，只是那边的人你也见识过，能不能帮上，你心里有数。"

蘑菇一想，绫香所言甚是。

由于报告的关系，最近蘑菇也与海外部的人有所接触。凡是对外会议，海外部都会派人参加。会议上，一些听不懂的行业术语或者有疑问的专业内容，她都在会后请教海外部的人。他们基本上都会耐心作答，但是一具体到报告上应该如何表述，就会三缄其口。说一些，不说一些，让蘑菇充分发挥自己的想象空间。

蘑菇也明白，报告只要求她一个人写，写好了，他们沾不上光；写得不好，也不会记他们的过，他们还不如独善其身。

"还是求人不如求己吧。"蘑菇叹道。

周五下午是海外部的周例会，蘑菇的报告需要提交供审阅。

蘑菇一大早到公司，就接到了绫香的电话。

"一会儿上来，我再和你过一遍。"绫香在电话里说。

"嗯？"蘑菇奇怪。其实昨天绫香已经看过一遍了。

"蒋少今天从国外回来，也会来参加会议。"

"哦，知道了。"蘑菇心想，真讨厌。

挂电话前，蘑菇也没忘了说："那今天让盈盈上来帮一下忙吧，现在的文件有点多，我怕江叔和袁阿姨忙不过来。"

绫香的回复是"当然没问题"。

前后忙了两周，蘑菇对这份报告还是挺有信心的。

蘑菇心想，虽然时间紧张，学我是学不来，但我还抄不来吗？

利用本身在档案室的优势，蘑菇翻阅了海外部这几年针对融资的评估报告，选了几份比较精辟的，取其精华，去其糟粕，改改词句，换换数据，重新拼凑这份单词上万的英文报告。就连绫香看完初稿，也佩服道："还真有模有样。"

上午，蘑菇和绫香又仔细对了一遍报告，重新理了一下顺序，改正了几个错漏。

"应该差不多了。"绫香说。

"我总感觉你对这份报告比我还紧张？"蘑菇笑说。

"当然啦，我们部门和海外部的人，都知道我在协助你写这份报告，要是写砸了，我的脸往哪里搁。"绫香深呼一口气。

蘑菇笑了笑："放心吧。"

中午的时候，绫香说有朋友过来约了午餐，让蘑菇午餐后早点到会议室准备。

蘑菇到会议室的时候，注意到今天室内摆放的鲜花是香水百合，芬芳淡雅的香气，沁人心肺。

例会是下午三点开始的，蘑菇打印好报告，整齐地摆在会议桌上各个位置的时候，还不到一点，是不是太早了呢？

蘑菇想，这里一个人都没有，反正坐着也是坐着，还不如歇一会儿，干脆调好手机闹钟，趴在会议桌上歇息。

也许这几天真累了，蘑菇蒙眬中听到有人推门进来的声音，却还是继续酣睡，最后是因为听到手机闹铃响，才恋恋不舍地起来。

蘑菇先是擦了擦嘴角的口水，打了一哈欠，再伸了伸懒腰，然后揉揉迷蒙的眼睛张望一下四周。

不是吧？蘑菇心中一惊，又揉了揉迷蒙的眼睛。

会议桌主位正坐着一个人，那人不是蒋澄思又是谁啊？

蒋澄思此时也正看着愣住的蘑菇，目光淡然，只是瞬间视线又落回到文件上。

蘑菇脑里一片混乱，拼命地寻找各种办法来打破室内的沉默。

"蒋总，您来了？"蘑菇站起来，强作微笑，"那我出去转告他们提前开会吧。"

蘑菇庆幸自己反应够快，找到了这个可以离开又不失体面的借口。

"不必了。"蒋澄思的声音有些嘶哑，"你坐下。"

蘑菇小姐又开始低落了，快快地坐下等候发落。

今天的蒋澄思依旧是风度翩翩，平整修身的黑色西服，挺括的白色衬衫衣领，搭配得干净利落，只是……

蘑菇注意到他的坐姿松散，脸上苍白倦怠，不时发出几声干咳，正低头拿笔在文件上书写。

该不会是生病了吧？蘑菇经过细致观察后猜测。

"打开你的报告。我说，你改。"顷刻，蒋澄思发出指示。

蘑菇打开电脑，根据他的提示一一修改报告。

"第1页第2段第8行，单词拼错了，是invest（投资，动词），不是investment（投资，名词）。"

不是吧？一开始就错了。蘑菇开始冒冷汗，而且是这么低级的错误。

"这段有点多余，删掉。"

"把数据分析挪到图表后。"

"这里加上文字注释，in this approach（在这种方法中）……"

蒋澄思说得很快，蘑菇气都不敢喘才勉强跟上。

"最后一页最后一段倒数第3行，公司的名字错了，纵横公司的英文缩写是L&B，你写成Z&B了。"蒋澄思一连说了二十多分钟，原本嘶哑的声音越发低沉了。

改完后，蘑菇看到全文修改的地方多达三十六处，高低级错误均有，最离谱的是公司名字都写错了。本来她还对报告信心满满的，现在信心跌至谷底，但已顾不上那么多，赶紧重新打印，将原来的报告换掉。

正当一切就绪的时候，开会的人陆陆续续进场了。先来的人都是有说有笑的，但一见到蒋澄思已经来了，马上噤声就座。

这时的蘑菇站到边上，来庄美的这几个月，她也学会了一件事，位置不是随便坐的。不一会儿绫香也进来了，蘑菇才挨着绫香坐下。

她发现这时的蒋澄思收起了倦容，正襟危坐。而上次使唤她的那女人，不知什么时候亲自给他端上了一杯热茶。

蘑菇突然冒出了一个想法，为什么她刚刚就没想到给蒋某人端茶呢？看来还是职场经验不够深厚。但是转身蘑菇否定了这想法，为什么要给那人端茶？求虐不是？

会议仍旧是由海外部的副总主持，第一项议题，是汇报目前部门正进行融资的几个项目情况。

这是蘑菇来庄美以后，第一次像样地坐进会议室开会，而且还是公司要害的海外部的会议室。想起以前进会议室不是端茶递水就是送文件，蘑菇的心情还是有点兴奋。

在他们汇报前两个项目的时候，蒋澄思会简单地问几句，再简单地交代几句。接下来的项目，不知道是他的嗓子实在说不出话，还是什么原因，蒋澄思一直沉默听讲。到后来他竟摆摆手示意终止，直接进入下一个议题。

这个时候，蘑菇又发现那女人不知道什么时候出去了，回来的时候竟给蒋澄思递上了一盒"渔夫之宝"。蒋澄思点头致谢，却一直没有打开。

众目睽睽之下，这马屁可拍得真响，蘑菇看着直摇头。

第二个议题，是讨论计划融资的几个项目的情况，蘑菇的报告就属于这个议题的内容。

终于提到纵横报告，蘑菇紧张得一下子坐直了。在座的人先是翻阅了一遍文件，分别向她提了几个问题和建议，她一一作答和记录。正在她庆幸这份报告就要风平浪静地过去时，蒋某人发话了。

"William，你就这份报告做两个财务模型，放到……"

"Susan，你将这份报告的英文仔细核对一遍……"

听完，蘑菇松了一口气，好在不是什么让她难堪的发言。

"是。"两个员工分别应声。蘑菇注意到Susan居然是那个她讨厌的女人。

接着进入下一个项目的讨论，而此刻的蘑菇完全是放松状态，用手肘碰了碰旁边的绫香，给了她一个大笑脸，绫香则用眼神示意她要严肃一点。

过了没多久，蒋澄思的秘书进来了，俯身和蒋澄思说了几句。他听完站起来，扣好西服纽扣，匆匆离会，参会的人均站起来相送。

会后，蘑菇与绫香一同返回行政部。

"这也算无惊无险吧。"蘑菇乐开花了。

"当然。"绫香问，"只是觉得这份报告，跟我和你最后确认的那一稿不太一样。"

蘑菇顿时又垂头丧气了，将会议前发生的事大概说了一遍。

"哦？我还说呢。确实比之前那稿好太多。"

"我觉得太丢人了。"

"那有什么丢人的，几十页上万字的报告，改三十多处算什么。"绫香安抚道。

"我是说最后连公司名字都搞错了。"

"那我也有责任，你写成了什么？"

"Z&B。"

"哈哈。"绫香大笑，"你是不是抄了之前海外部的那些报告？"

"嗯。"蘑菇点点头。

"你知道Z&B融资报告是谁写的吗？"

蘑菇摇摇头，她就看内容，没顾得上看撰写人。

"是蒋少啊，哈哈。"

"啊？"蘑菇深吸一口气。

"Z&B是当年他刚来海外部的时候负责的项目。"

蘑菇这回真是丢人丢到家了，偷吃还忘了擦嘴巴。

04
成长

　　端午节放假前一天，蘑菇将报告的最终稿交了出去，但她的心依然未能放松，因为今天是公司竞聘的日子，她正为绫香默默祈祷。

　　蘑菇从早上开始，总不自觉地看表。

　　"明天你就得去见未来婆婆了，害怕不？"袁阿姨问。

　　蘑菇回过神："害怕算不上，只是不知道该和她说些什么。"

　　"老人家嘛，都喜欢嘴巴甜一点的，勤快一点的，到时好好表现一下就好。"江叔加入谈话。

　　"嗯，知道了。"蘑菇点点头。

　　"你呢，手脚是够勤快的，可嘴巴还是得学着点，多说些好话。"袁阿姨教诲，"不过就冲你那份厚礼，你婆婆就没理由不喜欢你。"

　　最近工作忙，蘑菇已经将去包子家的事抛到九霄云外，突然想起虽然已经给包子妈妈准备了礼物，但是包子爸爸还没有呢，要不要晚上去商场看看？

蘑菇随手就给包子打了电话，结果包子在那头乐呵呵地说："我爸这人好说话，就免了吧。"

中午的时候，蘑菇给绫香打了电话："结束了吗？"

"嗯呢，早完了。"

"结果怎样？"蘑菇迫不及待地问。

"哪会那么快知道结果？一周以后公示才知道。"绫香那头笑了。

当天下班后，蘑菇早早回家。这是她这半个多月以来第一次按时下班，她回家后收拾了行李和准备带去包子家的礼品。

这天晚上，包子还是很晚才回家。

包子家所在的城市离B城并不远，动车四个小时就能到达。

蘑菇是好久没出游了，兴奋不已。每一站停车，她都高兴地拉着包子下车拍照。而包子则一路无心看风景，全程心事重重的样子。

蘑菇知道他是为工作的事烦恼，便打趣道："包大人，能介绍一下现在你负责的案子吗？"

"暂时不太方便透露呢。"包子配合她，打起了官腔。

"说一下嘛，别装了。"蘑菇伸手去揉包子的肚子。

"别闹，作为人民检察官，我是负有保密责任的。"包子坐直腰身，用肚子顶开了蘑菇的手，一副正义凛然的样子。

"电视上不是有检察官接受采访介绍案情吗？"

"那都是过后的，正在办的都不能说。"

到站后，两人下车。

包子一人拿着两桶油，扛着一包米，还背着一个大背包。而蘑菇背着书包，手拎着一床丝绵被子，跟在他身后直想笑："包子，你说我们像不像外来务工者衣锦还乡？"

"你再拎着一个水桶，里面放满衣架就差不多了。"包子附和道。

这些都是包子和蘑菇的单位发的，平常都用不上，于是包子建议都拿回家。

蘑菇四处张望出租车等候区的标识，结果包子叫住她："别看了，我们坐公交车回家。"

"不是吧，我们拿着这么多东西。"蘑菇难以置信。

"没和你说笑，快走吧。如果打车回去，我妈妈看见，会说我们不懂得节约的。"

包子家离车站约三十分钟车程，是一个典型的旧式单位大院。

初次见面，蘑菇对包子父母的印象还是挺好的，包子爸爸一见他们就乐呵呵的，感觉非常亲切。而包子妈妈虽然表情稍微严肃，但是也一直保持笑意。

午餐的时候，包子父母将好吃的菜都往蘑菇碗里夹。虽然有地方差异，菜有些不对蘑菇的胃口，但她一样吃得不亦乐乎。包子见状，好生嫉妒。

"我们这附近也没什么好逛的，但是下午可以让啦啦带你去他学校走走。"

"啦啦？"蘑菇捂嘴就笑，差点没呛着。包子对蘑菇翻了一个白眼。

面对包子父母的热情，原本还有些拘谨的蘑菇，开始得意忘形了。

当然蘑菇也很会表现，等大家吃完饭，马上抢着洗碗，还指挥包子从行李袋里翻出带给他父母的礼物。

结果，等到蘑菇洗完碗，兴高采烈地出到客厅时，感觉气氛有点不对劲，怎么都不说话了呢？

只见包子妈妈手拿蘑菇送给她的玉镯，示意蘑菇坐到她的身边："小茹，这个翡翠玉镯花了多少钱买的？"

蘑菇没想到包子妈妈会问这个，一时反应不过来，就照实说了。

"什么？你们现在一个月才挣多少？"包子妈妈难以置信，"这玉镯子我心领了，你拿回去退了吧。"

蘑菇顿时石化了，她没预料到包子妈妈会为这个发难。

包子爸爸赶紧打圆场："孩子不是因为孝顺才给你买这么贵重的礼物吗，你看这玉镯子多漂亮，还是小茹有眼光。"

包子也一块儿来劝说："是呀，妈妈，这是我们的一番好意。"

后来，好说歹说，包子妈妈才收下，蘑菇虚惊一场。

回房后，包子安抚了蘑菇几句："别太放心上，我妈妈是觉得我们的首要任务是攒钱买房子，不应该那么铺张浪费。"

"不过。"包子话锋一转，"你怎么没跟我说这玉镯子多少钱？"

"你也没问啊。"蘑菇有些心烦。

由于包子一直坚持男人应该养家的理论，所以两人的生活支出一直由包子负担，而蘑菇的收入则自己留着花，包子也很少过问。

由于这件事的影响，接下来的两天，蘑菇过得小心翼翼，慎防再有闪失。

临走前一晚，包子神秘兮兮地回房间，掏出一个红包放到蘑菇面前。

蘑菇好生困惑："这是什么？"

"我父母给你的见面礼，收下吧。"

蘑菇打开红包，大概数了一下，差不多是那个玉镯子的价格，心里好不是滋味……

回B城的路上，蘑菇还是心有戚戚焉："你妈妈不会因为这个而嫌弃我吧？"

包子笑着搂过蘑菇："这是什么话？你别嫌弃我妈才好呢！"

"我怎么会呢，啦啦同学。你爸妈为什么会给你取一个好玩的小名？"

"我刚出生那会儿，大院里成天广播《卖报歌》。"

"原来是这样啊，这也太随便了吧。"

"是啊，我多么希望那会儿播放的是哥哥的 *Monica*（《莫妮卡》）。"

"你也太风骚了吧。"蘑菇戳了一下包子的脸。

"反正都是女性化的名字，Monica还洋气一点，呵呵。"

蘑菇被逗乐了，她最喜欢的就是包子的幽默了。

端午节后，蘑菇的工作也回归了清闲。

这天，蘑菇按时下班，去超市买完菜，准备回家做饭。

正当蘑菇提着菜回到楼下时，发现一个八九岁的瘦弱的小男孩，背着书包坐在楼梯口。路过的时候，蘑菇多看了两眼，印象中没见过这个男孩。

到家后，蘑菇在厨房忙活了一个多小时，做了几道简易的拿手菜。

等到八点多还没见包子回来，蘑菇给他打电话。

结果，那头的包子赔了个不是，说工作没忙完，不能回来吃饭，让蘑菇好好吃。

大约快到十二点，包子才回家。那时的蘑菇已经抱着电脑躺在床上快睡着了。

"你终于回来了，包大人。"蘑菇酸溜溜地说。

"怎么还没睡？"包子放下书包就乖乖来到床前。

"你这包子，才接第一个案子就开始夜不归宿了，回头接第二个、第三个就搬去单位睡好了。"蘑菇转过身不搭理包子。

好脾气的包子将肉乎乎的脸贴上蘑菇的后背："哪敢，回头你背夫偷汉，我怎么办？"

"你这人能不能想点好的？"蘑菇又转过身，发现包子眼皮都拉下了一半，疲惫不堪。她不忍心再埋怨他，催促他赶紧去洗漱睡觉。

一连三天，蘑菇提着菜回到楼下时，都能见到那个男孩。

终于，她心里犯嘀咕了：这孩子是在等人，还是被家长关在门外了？

正当她犹豫着是否要管闲事的时候，那男孩走到她跟前，怯生生地问道："您好，请问您知道柳检察官住哪儿吗？"

该不会是说包子吧？蘑菇定了定神："知道，你找他有什么事吗？"

"我有东西要给他。"小男孩说。

"但他现在不在家，要不我帮你转交给他？"蘑菇说。

小男孩摇摇头："我要亲自交给他。"

"那要不你明天早上再过来，到时他应该在。"明天是周末，包子应该在家。

小男孩点点头，还问了她具体时间和地点。

晚上，蘑菇转告包子。

包子纳闷了："你说一男孩找我干什么呢？？"

"谁知道啊！快想想你年轻的时候有没有干过什么轻狂的事？"蘑菇双手环抱胸前，揶揄道，"回头要是那男孩叫你爸，我可受不了。"

"这不挺好的吗？你白捡一这么大的儿子。"包子顺着说。

蘑菇吃醋了，双手狂拍包子："你这臭包子，要是真的，我就生煎了你。"

"别啊，我说笑的。"包子笑着躲开。

夜里，包子一如既往地睡得很香，只有蘑菇想着白天的事辗转反侧。

次日，阳光明媚，小男孩如约而至。包子将他请进屋里。

小男孩坐在沙发上，打开书包，取出一个白色信封递给包子："这是我妈妈让我给您的。"

包子和蘑菇对视了一眼，打开信封，却发现里头是几张皱巴巴的百元纸币。一旁的蘑菇毫无头绪，怎么回事？

"小朋友，你是什么意思？"包子淡定地问。

"我妈妈说，我们家不比宁伯伯，只有这么多了，请您收下吧。"小男孩怯生生地说。

蘑菇终于明白了，这也太明目张胆了吧。

"小朋友，你回去跟你妈妈说，我没有收宁伯伯的钱，也不会收你们的钱。"包子蹲下来和小男孩面对面。

"不行，妈妈说一定要让你收下，不然哥哥以后都不来了。"小男孩突然哭起来，"虽然我妈妈是生病了，我们是家里穷，但是我妈妈从小就教育我们人穷不能志短，生活再困难，也要清清白白做人，所以我哥哥真没有犯法。"

见孩子一哭，包子和蘑菇慌了神，赶紧翻箱倒柜找吃的去，不一会儿拿来了一袋大白兔和一包奥利奥。

蘑菇剥了颗糖放进男孩嘴里，满屋子的哭声才终止。

蘑菇抚着男孩的寸头，笑了。毕竟，还是个孩子。

小男孩离开前，包子对他说："请放心，我也相信你哥哥没有犯法。"

周一早上，蘑菇回到公司，马上打开公司邮箱。果然，竞聘结果出来了，绫香和萧河都成功了。

"恭喜你啊，荣升副总了。"蘑菇赶紧打电话祝贺。

"也恭喜你啊，调到海外市场部了。"那头的绫香笑着说。

"啊？"蘑菇没听明白。

"你没看到下面还有一份人员变动名单吗？"绫香笑说，"你被调到海外市场部了。"

蘑菇打开那份名单，仔细一看，在最后一行出现了她的名字。她定了定神，又看回那份竞聘结果，第一行公示，蒋澄思出任首席执行官。

"恭喜你啊。"江叔走过来，特有感触地说，"我就知道你会走的，你来的第一天我就知道。"

"干吗说得那么伤感？"袁阿姨埋怨江叔，"这是件好事，小茹还这么年轻，在档案室待着太憋屈了。"

"哪里？"蘑菇一时百感交集，"跟你们在一块儿我真的很开心。"

"不过，海外部可不比这里，说话和做事都要小心谨慎。"袁阿姨嘱咐。

"你怎么说得像闺女出阁一样？"江叔笑了。

中午，蘑菇和绫香、盈盈相约在食堂吃饭。

"你真完成了不可能的任务，来了庄美三个多月，连续三级跳。"盈盈一见蘑菇就揶揄。

"其实莫茹这也不算升职了，只是换部门而已。"绫香辩解。

"可是待遇真会差很多，业务部门和后勤部门同样是职员，待遇起码相差三倍以上。"盈盈说。

"啊？真的吗？"本来蘑菇还在纠结自己莫名换部门这问题上，现在一听盈盈的话，马上两眼发亮，什么纠结都抛诸脑后了。

"是的。海外部是主要创收的业务部门，肯定不止三倍。"绫香接着说，"但这都是辛苦钱，你要做好心理准备。"

"当然，我应聘的本来就是海外部。"蘑菇信心满满地说。

"对了，既然这么高兴，今晚我要请你们吃饭。"盈盈突然提出。

"这哪好意思，就算请也该我们请，你又没有升职加薪。"绫香说。

"不，一定要我请的。"盈盈积极地说，"我要向你们正式介绍我的新男友。"

"哦。"绫香和蘑菇恍然大悟，相视一笑。

晚餐定在公司附近一家高档酒店的西餐厅。

明黄的水晶灯照射下，餐厅内的一切显得金碧辉煌，餐具都被映射得金光闪闪。在用餐区的正中，传出钢琴独奏曲*Kiss The Rain*（《雨的印记》）的旋律。

蘑菇和绫香并排坐着，看着对面的盈盈介绍她的新男友。

"这是梁宇桥，之前你们也见过了。"盈盈笑着说。

"是。"蘑菇点点头，打量了眼前这位看上去斯文实诚的男子。

"庄美果然美女如云。"梁宇桥恭维道，"今天我很荣幸能和三位美女共餐。"

"当然。"盈盈笑着说，"但是这两位在公司算是上乘美女了。"

自从这位梁先生开口说话，蘑菇就不太舒服，她感觉这是一场商务晚餐，而不是朋友聚餐。

梁先生显然是这场晚餐的主角，先是客套了一番，又介绍了一下自己公司的情况，最后开始问到绫香和蘑菇的私人生活。

整个过程中，绫香和蘑菇二人都是有问才答，从不主动发言。

绫香在回答为什么还没有男友这问题时，显得非常不自然："平常工作忙，也没太关注这方面的事。"

"哦，正好我身边也有年纪相仿、各方面条件不错的男性朋友，要不回头给你介绍一下？"

"好呀。"绫香客气地回答，然后起身要去洗手间。

"我也去。"蘑菇说。

两人走远了，绫香低声说了一句："我觉得萧河比那男的强多了。"

"我也觉得是。"蘑菇深有同感。

两人出了洗手间，在经过一个敞开门的包间时，被一个熟悉的声音叫住了。回头一看，原来是投资部的林总。

包间里的沙发上坐的全是公司部门的老总和董事，连董事长孙董也在列。

绫香领着蘑菇仪态大方地进入包间内，和各位高管一一打招呼。

那林总向孙董介绍绫香："孙董，这位是绫香，刚升任行政部副主管。"

孙董觉得绫香眼熟："我想起来了，你好像是和阿思同一届入职的吧。"

绫香乖巧地说："是的，孙董您记忆力真好。"

林总连忙说："蒋总那一届真是人才辈出啊。刚升任海外部副总的项维，也是那一届的。"

然后，那林总还不忘介绍躲在绫香身后的蘑菇："孙董，这就是上报纸的那位姑娘，挺标致的吧。"

绫香负在身后的手动了一下，示意蘑菇上前。

孙董抬头打量了一下蘑菇："不错，不错。"

蘑菇向前跨了一小步，与绫香平齐："谢谢孙董夸奖。"

这时，身后传来了清脆的男音："不好意思，来晚了。"

只见蒋澄思快步走来，向着孙董说："爸，可以上桌了。"

然后大家纷纷站起来走向餐桌就座，蒋澄思初见绫香和蘑菇有点愕然，但马上神态自若地朝她们点头致意。

绫香和蘑菇离开后，并排走回餐桌。

蘑菇捂嘴笑："你听到了吗？他叫孙董'爸'，可真会做人。"

"也不能这么说，蒋少和孙小姐在一起也快五年了，听说明年初就会订婚。"绫香解释。

"那蒋总也是深谙攀龙附凤之道，追到孙小姐做他女友。"蘑菇说话经常忘了分寸。

"这你又错了，是孙小姐追他的。"绫香纠正道，"记得当时我们还在做入职培训，每天下班以后，都见到孙小姐在公司楼下等着他。"

"啊？不是吧？"蘑菇惊讶了，她一直都想反了。

"所以，当你见到的只是事情的片面的时候，请不要随便评价一个人。"绫香停下来，认真地说。

被绫香一说，蘑菇本来是挺郁闷的，但回家见着包子，心情又好起来了。

"恭喜你，宝贝。"包子抱着蘑菇亲了一下。中午，蘑菇已经在电话里告诉他了。

"虽然道路是曲折的，但是前途是光明的。"包子兴奋地说，"幸好你坚持下来了。"

"那当然。"蘑菇得意忘形地说，"你知道我的待遇能提高多少吗？"

包子摇摇头。蘑菇说出了一个数。

包子深吸一口气："哇，那你不是比我的收入还高了？"由于庄美待遇高，蘑菇现在的收入就已经和包子相当了。

"所以，以后失业不用怕。"蘑菇拍拍胸脯，"姐养你。"

"哇，没想到长成我这样还能当小白脸。"包子双手揉了揉自己的脸。

蘑菇也乐了，伸手去揉包子的肚子。

三天后，蘑菇小姐挥泪告别档案室，正式到海外市场部报到，结果第一天就闹出了笑话。

由于在本次庄美人员变动中，调往海外部的员工只有蘑菇一个人，她没有经过部门培训，就直接被安排进入项目组。

海外部由一名总经理、一名副总经理和五个项目组构成（不含海外机构。另外，庄美部门副总级别及以上，都会由行政部配备一名秘书，不占该部门的员工名额）。每个组有三至四人，由五个中级经理担任组长，另有五个助理担任副组长。平常这些组都独立完成项目，遇到大的项目也会临时合作完成。

总经理是由原副总杨麟升任，副总则由原中级经理项维升任。

蘑菇是先到副总项维办公室报到的，发现是她之前见过的William。

项维是一个有着古铜色皮肤，仪表非凡，笑起来十分阳光的男子。

"欢迎到海外部。"项维的第一句话。

蘑菇一听，便觉亲切："谢谢。"

然后，项维问了蘑菇一些个人信息，诸如兴趣爱好、家庭情况等。

蘑菇一一作答，项维均满意地点头。

"你会被安排到Susan那一组，一会儿我带你过去。"项维说。

蘑菇心凉了半截，Susan不是那个难搞的女人？

"对了，在海外部，我们通常都叫英文名字。我看过你的英文简历，只是中文名字的拼音。你的英文名字是什么？"

蘑菇想了一下："Mushroom。"

"啊？"项维没听明白。

"Mushroom。"蘑菇重复了一遍，"Mushroom Mo。"

项维目瞪口呆，彻底无语了。

听到这个英文名，惊住的还有和她同组的助理——说话和举止都有点娘娘腔的林庭，他说："Mandy、Grace、Isabella……那么多英文名，你叫什么不好？非要叫个蘑菇来害自己。"

大学的时候，不但中文名，连英文名都被叫蘑菇，时至今日，她已经异常习惯了。见蘑菇没有要悔改的意思，林庭长叹一声走了。

蘑菇的组有四个人，分别是Susan、Bruce（林庭）、Lily（雨涵）

以及蘑菇。由于Susan外出开会了，蘑菇先和另外两个组员见面。

林庭走后，蘑菇与雨涵聊天。雨涵是一个漂亮文静的女孩，小圆脸，刘海侧扎露出饱满的额头，妆容柔美不失稳重。

雨涵话不多，只有蘑菇问，她才回答。

"你来这儿几年了？""三年。"

"工作辛苦吗？""辛苦。"

"Susan怎样？""要求很多，也很高。"

"杨总和项总呢？""都挺好说话的。"

"那蒋总呢？"蘑菇多嘴问了句。

只有提到蒋澄思的时候，雨涵才打开话匣子："蒋总工作上要求严格，顾全大局也注重细节，而且很有魄力和远见。记得我来的时候，海外部有一百多人（含海外机构）。蒋总升任总经理后，要求提高效率，精简人员，还大力开拓海外市场，以致外界都难以相信海外部还不到六十人的团队（含海外机构），居然创造了公司40%的收入。"

蒋某人的工作能力，确实不容置疑。但是蘑菇感觉雨涵和盈盈一样，好像很崇拜蒋某人，也没那必要吧。

"不过，蒋总工作以外对我们都是很友善的。我觉得能和这么优秀的人共事，真的很荣幸。"雨涵补充道。

一直到下午，Susan还没回来，倒是蘑菇又被叫到副总办公室。

"今天蒋总看了我们部门新的人员职位名单，看到你的英文名字，差点笑背过去。"项维说，"但是我说了，你不愿意改名字。后来蒋总说，那就叫M吧，取名字的第一个字母。"

"M？"蘑菇重复，"感觉好怪。"

"要么好怪，要么好笑，你自己选吧。"项维笑着说。

最后，蘑菇屈服了。

Susan是快下班的时候，才回到了办公室。

当时，蘑菇已经收拾好东西准备走了。然而，Susan一回来，马上召集项目会议。Susan年约三十岁，是个短卷发、菱形脸、眼大、鼻高、嘴唇薄的女人，外表给人一种干练强势的感觉。

Susan首先介绍了项目的内容和重要性："这是我今天好不容易跟杨总争取回来的，虽然时间很紧，只有十天，但是只要做成了，这一季的奖金可不会少。"接着，又开始进行人员分工。

"你来完成数据分析和模型。"Susan对着蘑菇说。

"啊？可是我不太会啊。"蘑菇皱眉。要知道数据向来是报告最难的一部分，她之前根本没有接触过。

"没有人一开始就会的。"Susan冷笑。

"但是时间那么紧，我担心……"蘑菇解释道，想学也得要时间啊。

"我不管你是因为什么和靠什么关系到海外部，但是到了这里，你就别想着靠脸蛋吃饭。"Susan的话明显带有讽刺。

蘑菇不再争辩，憋了一肚子气。

Susan补充道："还有，把你的刘海梳起来，露出前额，化妆也要……总之，你前台那一套在这里不适用。"

蘑菇无语了，这个Susan实在过分，连个人形象都要管。

蘑菇一向自我感觉良好，前额留着整齐的刘海，后面梳一个简易花苞头，平常也化淡妆，上粉底，扑胭脂，涂唇膏，当然眼妆是没有的，整体属于可爱甜美的风格。

所以，她决定当是听神话，听完就算了。

蘑菇是夜里十二点多到家的。不过，在海外部加班至通宵都是常见的事。

第二天一大早，Susan一见蘑菇莫名就火了，把她叫到办公室："昨天的话，你没听见吗？让你改变形象。"

蘑菇缺觉，心情也不好："不好意思，我觉得形象是私人的问题，我不会随意改变。"

"一个人的形象会影响到公司，你打扮好一点，不仅是对自己的尊重，也是对客户的尊重。"Susan说，"看你背的那个书包，怎么跟我出去开会见客户？"

蘑菇觉得她实在好笑，随便提升一个问题的高度，便不再说话。

原本Susan对蘑菇就带有敌意，自此以后，两人更是水火不容了。

第二晚，蘑菇顶着熊猫眼加班。第三晚、第四晚……

蘑菇虽然是学经济出身的，不乏财务数据的知识，但是理论和实际还是有区别的，她并不具备独立完成做数据分析和模型的能力。所以，她只能通过没日没夜地学习研究，不断地向林庭和雨涵请教来恶补。幸好，蘑菇是个聪明的孩子，基本过目不忘，一听就能明白。

五天后，她终于骄傲地交出了第一稿。

"这是什么东西？拿回去改。"Susan翻了翻，扔回去给她。

蘑菇拿起文件，灰溜溜地出了办公室。

所以，当林庭和雨涵能好好享受午休的时候，蘑菇仍在焦头烂额地改着数据。

"好像最近都没见过蒋总。"雨涵说。

"你不知道吗，蒋总去了欧洲，要一个月后才回来。公司的大股东都在欧洲。"林庭说，"蒋总新官上任，肯定得拜访一遍。"

"听说孙小姐也跟着去了，估计是顺便度假了。"林庭接着说，"真是神仙眷侣的生活。"

此时，蘑菇用哀怨的眼神看着林庭："我都快忙晕过去了，你还有心情八卦。"

"M小朋友……"林庭叹气，"跟人家Susan斗什么气，人家一句话就能让你忙活一天了。"

"是呀，不就改改形象吗？"雨涵也劝道，"当初她也说过我，我就改了，也不是原则问题。"

"我不。"蘑菇坚定地说，"我绝不低头。"

有时候，蘑菇也是挺死心眼的，认定的人和事都会坚持下去，比如说包子，又比如说自己的形象。

由于加班劳累，工作高负荷，蘑菇的免疫力开始下降，再加上室外天气炎热，室内冷气寒凉，她的身体开始支撑不住，终于无可避免地生病了。

"你病成这样就不要去上班了。"包子劝道。

蘑菇摇摇头："我才不要跟那大妈请假。"

"你咳嗽成这样还来上班？赶紧去看病吧。"林庭劝道。

蘑菇摇摇头："我的咳嗽要转成肺炎，我也要传染给大妈，才去看病。"

终于，在那份数据分析改了十次以后，Susan不再提出意见了。

在庄美，一个项目首先要通过本部门的评审答辩，才能上高层会议投票表决。海外部的评审委员，是由两位正副总经理、除负责项目以外的其余四位中级经理组成的。

很快就迎来了项目评审的日子。

长形会议桌，评审委员和项目小组成员面对面坐着，就项目报告内容讨论和问答。由于蘑菇咳嗽严重，是戴着口罩出席会议的，虽然她心情很紧张，但是外人看不出她的表情。

不过，老总杨麟看完报告后说："数据部分做得不错，分析得很全面。"

蘑菇心中狂喜，辛苦没白费，小嘴在口罩下笑开了。

副总项维接着说："但是法律意见太过含糊，只给了律师的建议，没有就建议得出结论。"

"哦，这是M做的，可能她刚来，还不太清楚吧。"Susan说。

蘑菇一听，立即怒了，法律部分不是Susan自己做的吗？她拉下口罩："这部分不是我做的。"

Susan的脸马上黑了："年轻人做得不好不要紧，但起码要敢于承认。"

这时全场静寂，所有人看向蘑菇。

蘑菇哪里受过这样的委屈，当场眼泪就流下来了……

室内气氛十分尴尬，还是项维打圆场："再看回公司概况，我想问一下……"

蘑菇又戴上口罩，她是淌着泪开完这个会的。

会后，蘑菇没有回办公室。

她一个人躲到安全楼道，坐在楼梯上，埋头痛哭。

不知多久，有人进来坐到她身边："我要是你，刚刚就认了。"

蘑菇抬起头，吸了一下鼻子，发现原来是项维。

项维掏出烟盒，抽出一支烟，点上："你真像当年的我，但后来有人跟我说，一时的忍耐，是为了走得更远。所以，你首先得学会忍耐，得学会让领导舒心。只有让领导舒心了，她才能给你表现的机会，你才能抓住机会，一步一步向上。"

"凭什么？凭什么让她舒心？"蘑菇抽噎。

"报告的数据部分是你写的吧？你是很有能力，你完成了最艰难的一部分，但是Susan不说，领导们就不知道。那你做和没做有区别吗？"项维吐了一团烟雾。

蘑菇怔住了，胡乱抹了一把眼泪，看着项维。

"别跟我说，你努力工作是为了献爱心，不求回报的。"项维拍了拍蘑菇的肩膀，"你好好想想吧。"

后来，蘑菇请了三天病假。

这天，包子回来，见蘑菇已经在家，情绪却很低落。包子抚着她的头发，问发生了什么事。

蘑菇不语，包子转过身："你不高兴是不是因为工作？要是觉得辛苦就别干了。"

"不是。这份工作虽然辛苦，但是我挺喜欢的，很有挑战性，能学到很多东西。"蘑菇解释，"只是想要更好的发展，需要我改变自己。"

"为什么？你现在这样就挺好的。"包子说，"我不希望你因为工作改变自己。"

"也许改变是件好事。"蘑菇说。

"但也许会更坏。"包子说。

"但是我还是想试一下。"蘑菇笑了笑。

蘑菇上班前一天，上网找了很多发型和化妆介绍，把以前妈妈送的压箱底的三个名牌包翻出来。这些她都很少背，只因为当时包子笑话说："你跟我在一块儿，背这些包，别人都会以为是假的。"

蘑菇还以为这辈子都没机会用上了……

次日，蘑菇六点起来梳妆打扮，包子起来看见深吸一口气。

"你这是要去上班吗？这打扮会不会显老气啊？"包子发出疑问。

"没错。"蘑菇要的就是这效果。

蘑菇用珍珠发箍将前面的刘海往后固定，露出光洁的前额，后面的长发梳成两条麻花辫再往中间绾起，比之前的发型要端庄。她还画了眼线、涂了睫毛，使整个人显得更成熟。

当蘑菇焕然一新地出现在海外部时，很多同事都认不出来。

"没想到短短几天，你居然有这么高的觉悟。"林庭审视着蘑菇。

"那是好还是不好？"蘑菇笑着问。

"当然是好啦。"雨涵说，"我个人认为比之前好。"

这时候，Susan正好经过，同样用奇怪的目光注视蘑菇。

蘑菇马上朝她嫣然一笑，然后尾随她进入办公室。

"Susan，之前我不懂事给您添麻烦了。"蘑菇笑容可掬地说。

"呃……"Susan半天没反应过来，"那你病好点了吗？"

"好多了，请您以后多多指教。"蘑菇微鞠躬一下，然后转身出了办公室，扔下了仍处在惊呆状态的Susan……

自此之后，蘑菇对待Susan的指示，只有"好的"和"没问题"这两个回答，而且脸上总是保持微笑。虽然Susan对蘑菇仍颇有微词，但蘑菇的百依百顺，经常让Susan无可挑剔。

自从到了海外部，蘑菇的全部就是工作，项目一个接一个，有时候还两三个一块儿做，另外，她还要学习专业知识和英语。每天夜里十二点以后，她拖着疲惫的身躯到家，第二天早上九点还要神采奕奕地出现在办公室，周六周日经常是无偿奉献。让她更痛苦的是，业务部门配给的商务智能手机，Susan要求组员二十四小时随身携带，任何时候收到邮件都要立即回应。

每天清醒的时候，她和包子见面的时间，只有早晨的半小时。

"我还以为你之前忙完，能休息一阵子。"包子不禁埋怨。

蘑菇正对着镜子扎头发："我也以为啊。不过后天领导就出差了，估计我们能闲一些。"

"对了，下周三就是你生日了，你想怎么庆祝？"包子从后面搂着蘑菇的腰。

"哦？我都忘了呢。"蘑菇啄一下包子的脸，"等我好好想想。"

果然，Susan出差当天，蘑菇终于松了一口气，于是约上绫香和盈盈一起吃午餐。由于绫香已升为副主管，可以进入高层用餐区域，午餐的地点定在了高层用餐区。

一路上，蘑菇脚步轻快，在食堂门口见着萧河还拼命挥手，招呼他过来一块儿用餐，却被正好赶到的盈盈拦住。本欲过来的萧河一见盈盈，又瞬间远离。

"怎么了？"蘑菇问。

"我和他说了我有男友的事。"盈盈低声说。

"那也还是朋友啊。"蘑菇问，"为什么现在见面都很尴尬似的？"

"不说了，赶紧走吧。"盈盈拉着蘑菇走了。

蘑菇和盈盈到的时候，绫香已经在等待了。

盈盈第一次来，对餐厅环境很感兴趣，左顾右盼的。

点餐完毕后，盈盈的注意力回到了蘑菇身上。

"哇，你现在走在路上，手上捧着杯咖啡就跟那些成功人士没区别。"盈盈调侃道。

"这是外表光鲜，内里寒酸。"蘑菇满腹怨言，"十二点到家，六点又要起来梳妆，而且这发型还难看。"

"现在敢露额头才是真美女。"盈盈拍了拍蘑菇光洁的额头，"你是鹅蛋脸，任何发型都无死角。"

"盈盈说得对，你的新形象比之前好多了。"绫香也加入谈话。

这时，餐厅内的脚步声放大，各位高管簇拥着一人，经过她们走往落地窗旁的包间。

"中间那人好像是蒋总？"盈盈不住张望。

"是的，蒋总昨天回来了，今天召开高层会议。"绫香说。

而蘑菇则无心观热闹，正苦着脸拿着手机浏览邮件，她居然忘了这个世界上还有邮件这回事。

虽然Susan已经远在祖国的最南部，但是她一下飞机，连给蘑菇发了三个邮件，全是特急需回复的。

"看来我是逃脱不了她的魔掌了。"蘑菇顿时毫无心情。

"看来我之前也说错了，你挣的不是辛苦钱，而是血泪钱啊。"绫香笑道。

盈盈和绫香说说笑笑，悠然地享受着午餐，只有蘑菇一直可怜兮兮地低头回复邮件，有一口没一口地吃着。

"赶紧先吃吧。"盈盈催促着，"你点的可乐鸡翅都凉了。"说完，夹了一块鸡翅放蘑菇碗里。

蘑菇心不在焉地夹起鸡翅放进嘴里，边嚼边回邮件。

突然，有两人一前一后走近她们的餐桌，盈盈显得惊慌失措，还是绫香娉婷站起："您好，蒋总。您好，项总。"盈盈马上照样站起来问好。

蒋澄思和项维礼貌地点头回应："你好。"

而蘑菇还在低头发奋回邮件，盈盈用脚触一下她，她才含着鸡翅抬头。

只见蒋澄思依然穿着寻常的制服，头发比之前要短，却异常神采飞扬，整个人更显精神。

蘑菇大惊失色，马上吐了鸡翅，用纸巾拭嘴，连忙站起问好。

此情此景，站在后面的项维差点没笑出声，而蒋澄思看着蘑菇却出了神，二人均没回应蘑菇。

"蒋总，欧洲之行顺利吗？"绫香的发问，缓解了尴尬的气氛。

"嗯，一切顺利。"蒋澄思回过神，淡淡地说，"你们慢慢吃吧。"然后，转身离开了。

三人纷纷落座，盈盈发出感叹："一个月没见，蒋总更英气逼人了。"

蘑菇捂着胸口，平复心情："更吓人才是。"

此时，一直强忍的绫香终于笑开来了……

当晚，虽然Susan不在，但是蘑菇那组成员还是老实地待在公司加班。

海外部助理及以下级别，工位是在一个大开间分别隔开，小组成员临近坐在一起。

快到九点的时候，有一位活泼的妙龄女子走近工位靠过道的蘑菇。

"您好，请问总经理办公室在哪儿？"女子问，"我记性不好，来过都忘了。"

"沿着通道往左能看见。"蘑菇指了指方向。

女子走远了，蘑菇不禁说："没想到杨总的女儿这么漂亮。"

坐前面的林庭笑了，转过身说："谁告诉你那是杨总的女儿？那是他女朋友好不好？"

"不是吧？"蘑菇惊住了，"杨总看上去起码有四十多岁了。"

"那是看起来老成，其实还不到四十岁。"林庭说，"听说他女友还在读研，计划今年'十一'结婚。"

"还真看不出来。"蘑菇感叹。

"那你能看出来项总有个五岁的孩子吗？"林庭说。

蘑菇再次摇头感叹："看不出来，项总不是才二十八岁吗？"

"校园恋爱，一毕业就生孩子了。"林庭果然是海外部的天线。

"那你还不赶紧解决？"蘑菇笑话单身的林庭。

"哪有时间？"林庭叹气。

蘑菇看了看旁边专心工作的雨涵，给林庭使眼色："听过近水楼台没有？"

"滚。"林庭红着脸坐回位置。

很快到了蘑菇的生日，她已经提前邀请了绫香和盈盈。那天早晨，她还不忘让包子把明达也叫上。

"为什么？"本来还赖在床上的包子坐起来问。

"我想把绫香介绍给明达。"蘑菇平常也跟包子提过自己在公司的朋友。

"就是常送你回来的那位白富美？"包子嘲笑，"还是算了吧，别把自己的择偶标准套到所有美女头上。"

"至少我觉得绫香和我一样，不会以貌取人。"蘑菇不高兴了，"我挺看好明达的，虽然胖了点，但幽默乐观，还是一个勤奋上进的律师。"

"好吧，好吧。"包子顺从了。

虽然蘑菇家境宽裕，但是父母无偿给予的，跟自己亲手挣的感觉还是不一样。所以，当她在海外部领到第一笔高薪时，顿时倍感自己是一个有为青年。这促使她决定豪气一把，将生日宴定在了本市一家高档的西班牙餐厅。

由于Susan还在出差，蘑菇提前和林庭说了有事要早走。一到下班时间，她便与绫香和盈盈在公司大堂会合。

三人一起来到餐厅时，明达已经在等候了。

他一见蘑菇，赶紧奉上一束香槟玫瑰："生日快乐！"

"谢谢！"蘑菇接过花，给了明达一个拥抱。

那头的盈盈见着膀大腰圆的明达却惊住了，僵硬地笑问："这是你男友啊？"

蘑菇摇摇头："这是我男友的朋友。"

"哦。"盈盈松一口气，"我还以为……"

蘑菇在介绍明达时，着重强调："明达目前单身。"

而在向明达介绍绫香时，也着重强调："绫香还没有男友。"

蘑菇的意图已经很明显，绫香一直保持微笑，盈盈则不禁摇头报以冷眼。

明达是个健谈的人，和谁都能聊得来，与蘑菇她们自然不缺话题。

包子是八点以后到的，提着蛋糕姗姗来迟。

包子走近时，蘑菇站起来一手接过蛋糕，一手娴熟地挽着他的手臂坐下。这时，盈盈又屏住呼吸了。

当蘑菇向她们介绍包子时，绫香淡定自如地和包子寒暄，倒是盈盈喃喃自语："这俩有区别吗？"

虽然声音很小，但是绫香还是听见了，用手肘碰了盈盈一下，暗示她注意一些。

整个用餐过程还是很欢快的，尤其是包子和明达的一说一和，为整个用餐气氛增色不少。

"你看你这眼睛，笑起来就成一条线了。"包子调侃明达的长相。

"又不是照明灯，要那么大干吗？够用就可以了。"明达反驳。

话音一落，女士们都捧腹大笑。

在他们唱生日歌时，餐厅贴心地让钢琴现场伴奏，这场景让蘑菇十分感动，她不舍地吹灭蜡烛许愿。

切蛋糕后，绫香和盈盈送上生日礼物。蘑菇当场打开，绫香送的是一对香奈儿的双C珍珠耳环，盈盈送的是一条巴宝莉的经典格子围巾，均是一看就知道价格不菲的奢侈品。

"你们公司的人真有钱。"包子低声在蘑菇耳边说。

虽然包子掩饰得很好，但是蘑菇还是发现了，今晚包子右手的拇指不断摩擦食指，这是他不开心时的小动作。

蘑菇听了，莞尔一笑，没有理会。

结账的时候，明达正在和绫香她们交换联系方式，蘑菇也正附和着说以后大家要多联系，谁也没留意到包子接过账单那一刹那的铁青脸色。

两人回家的路上，蘑菇心情愉快，和包子说着今晚的联谊还是挺成功的，至少能看出明达是对绫香有好感的。

"今晚你是怎么了？"见包子一直沉默不语，蘑菇问。

"你是知道要收贵重的礼物，才选择那么贵的餐厅吗？"包子毫不客气。

"什么？"蘑菇不明白。

"你知道刚刚那顿饭吃了我快半个月的薪水吗？"包子说。

蘑菇顿时红了眼，包子对她一向大方，从来不会在钱的问题上说她半句，没想到这次居然当面指责她。

"你是不是担心没钱买房子？放心吧，依我现在的收入，不出两年，肯定能买上房子。"蘑菇也急了。

一见蘑菇要哭，包子心软了，搂过她安抚："好了，是我心情不好，不该对你发脾气。"

　　次日，蘑菇工作非常繁忙，中午接到盈盈的电话，盈盈让她无论如何都要一块儿吃午餐。
　　"你啊，没想到你会找这么个男友。"盈盈一见蘑菇就直摇头。
　　"这话什么意思？我男友挺好的。"蘑菇不屑。
　　绫香安静地坐着，看着两人争辩。
　　"虽然人是挺风趣的，但终究与你不般配。"盈盈感慨。
　　"可不许你这么说。那电影不是说了吗，他也许不会带我去坐游艇、吃法餐，但是他可以每天早晨都为我跑几条街，去买我最爱吃的豆浆、油条。"蘑菇甜蜜地说，"我男友也许不会让我住洋楼、养番狗，但他可以不计较地吃我的剩饭剩菜，自己省吃俭用却把钱全部都留给我花。"
　　"你是没救了。"盈盈叹气，"但你别把绫香也往沟里带。"
　　蘑菇辩解："我觉得明达挺好的，一个幽默乐观的胖子。"
　　"这长相，这收入……"盈盈简直没法说下去了。
　　"其实，外表帅不帅，钱多钱少，根本不重要，关键是要对你好。"蘑菇语重心长，"人过一辈子，找一个能聊得来的人才是王道。"
　　此刻，从没见过蘑菇如此严肃的绫香突然笑出声了。
　　"你笑什么？"蘑菇认真地说，"答应我，如果明达约你，至少要尝试一下，给大家一个机会。"
　　绫香含笑不语，而盈盈则还是一直摇头。

　　接下来的日子，虽然新工作逐渐上手，但是蘑菇依然非常忙碌。
　　一天下午，有两位外国客户拜访，由林庭和蘑菇负责接待。
　　在会议中，有位客户英文问道："What's the Reserve Requirement Ratio in China（国内的存款准备金率是多少）？"
　　林庭蒙住了，不知道问的是什么。

而蘑菇则很快用电脑查了一下，做出回答。

会后，两人收拾文件。

林庭感慨地说："你知道吗，你刚来的时候，我和部门很多同事一样，看你是从档案室调来的，也不是高学历，又长成这模样，很怀疑你能干出些什么。但这两个月以来，你的勤奋、努力和机智，让我对你的看法彻底改观了。"

第一次被人认可，蘑菇心里很是得意，可嘴上还是谦虚地说："只能说人的潜力是无限的。"

到海外部后，蘑菇在工作上确实流下很多辛勤的汗水，付出大量的心血，不断努力完成工作，并学习了大量的专业知识。

有时，蘑菇也很佩服自己能坚持下去。

也许是因为她骨子里就是一个坚强的人，而且她喜欢这份有挑战性的工作，另外，这工作还能带给她可观的收入。

回到办公室，蘑菇发现桌面上放了一张请柬。

原来是部门老总杨麟的婚礼请柬。时间是在"十一"假期里的最后三天，地点却是境外的某著名海岛，宾客的机票和酒店费用全包。

蘑菇不禁惊叹："这可真有钱啊。"

林庭不屑地说："这不算什么，前年投资部林总的婚礼也一样，好像业务部门的老总都挺爱高调的。"

"你说到时蒋总的婚礼，会不会也是一样？"雨涵甜滋滋地问。

蘑菇观察到雨涵很少参与闲谈，但是每次她参与的话题定必与蒋某人有关。而每次林庭的回答不是把孙小姐也带上，就是说一些带有贬义色彩的反话。

"难说，他这么低调的一个人，办不办婚礼还不一定呢。"林庭回答，"还记得以前部门要给他办生日宴会，他全都拒绝了吗？"

"那看在孙董的分上也会办吧。"雨涵说，"孙董这么有身份、地位，而且只有孙小姐这么一个女儿。"

"难说，虽然都知道他与孙董的关系，虽然他已经贵为首执，但他在人前还是那么谨慎。据说他的制服入职五年都没换过，没准是想刻意保持一种低调节俭的形象。这是典型的自欺欺人心理，就算大家都心里明白他是靠什么上位的，他却还要装。"林庭毫不留情地说。

"你这话也太过分了吧。"雨涵生气了，"把蒋总的能力都否定了。"

蘑菇也觉得这话说过了，赶紧打圆场："好啦，人家办不办婚礼跟我们有什么关系？反正都不会请我们这些小土豆。"

05
不期而遇

当晚，蘑菇告诉了包子杨总婚礼的事。

"你父母不是计划'十一'过来吗？现在你去参加婚礼了，那怎么办？"包子问。

"我想了一下，要不后三天，就你一个人陪我父母？"蘑菇建议。

包子摆摆手："不行，我招架不住。"

"怎么会呢？我父母挺喜欢你的。"蘑菇笑了。

"还不如你不去参加婚礼呢。"包子出主意。

"不行，这次也属于部门的团队活动，大家都去，就我不去，太没有集体主义精神了。"蘑菇非常正面地说。虽然她心里打着小算盘，反正去不去都得给礼金，免费的海外出游，不去才是傻瓜。

后来，两人各让一步，商议让蘑菇父母中秋节过来。

其实，蘑菇父母主要是想来看女儿，至于时间，一点都不重要。

所以，蘑菇建议他们中秋节过来时，她妈妈还是挺高兴的，因为可以早点见到女儿。

蘑菇的工作是一直繁忙的，包子也因接了其他的案子而很忙，所以对于蘑菇父母的这次到访，二人一点准备都没有。

但蘑菇父母是明白事理的，机票、酒店都是自己安排好，完全不需要孩子去操心。所以，蘑菇也很内疚，想着见到父母要好好补偿，带他们吃喝玩乐一番。

蘑菇父母入住的是城里颇为高级的五星酒店，他们不但给自己订了一间，还给蘑菇和包子也订了一间，理由是不想蘑菇为了陪他们来回跑那么辛苦。

包子知道这事时，十分不理解："我们有地方住，为什么还要住酒店？这不是浪费钱吗？"

蘑菇也知道他很难明白，干脆直接说："这是我妈的主意，你有问题就找她吧。"

包子一听就噤声了，未来的岳母大人还是不能得罪的。

蘑菇父母是在中秋假期的前一天下午抵达B城的，蘑菇和包子都没计划去接机。两人相约下班后，赶到酒店会合。

蘑菇到酒店后打电话给包子，结果那头的包子说："我已经到了。"

"怎么可能？你单位离酒店这么远。"蘑菇奇怪。

"我下午请假，去接机了。"包子笑着说。

"讨厌，居然瞒着我。"蘑菇口不对心地说。其实，包子对她父母如此上心，她心里乐开花了。

"说了就没惊喜了，你父母见到我的时候可高兴了。"包子说，"得把握机会，好好表现。"

蘑菇父母有半年多没见她了，妈妈一见她就问长问短："怎么瘦了这么多？怎么脸色也不好？"

蘑菇是一米六八的身高，原本体重五十五公斤，不胖也不瘦，但因为工作辛苦，直接跌到了五十二公斤，所以看起来还是很明显的。

"我减肥啊。"蘑菇不想让妈妈担心，故意说。

"好端端减什么肥。"蘑菇妈妈说，"女人要有点肉才好看……"

"好了，别一见面就没完没了。"蘑菇爸爸在一边说，"先去吃饭吧，估计他们肚子也饿了。"

被妈妈一直念叨的蘑菇，终于盼到救星了，马上挽着爸爸的手："好呀，爸爸万岁。"

四人商议晚餐地点。包子建议去一间B城有名的老字号饭馆，而蘑菇妈妈则表示有点累，想直接在酒店用餐。最后还是尊重长辈的意见，到酒店的自助餐厅用餐。

出门时，蘑菇和包子走在前面，她发现包子有点闷闷不乐。

"怎么了？"蘑菇问道。

"这里的自助餐厅好像很贵，还要收服务费。"包子说。

蘑菇笑了："哈哈，你担心什么？又不用你请客。"

包子不解："你父母远道而来，怎么可能让他们请？"

"别逞强了，我父母肯定不会让你结账的。"蘑菇认真地说，"他们知道我们的收入。"

果然，用餐后包子非常积极地让服务员过来结账。结果，蘑菇爸爸一句"把账记在入住的房间上"，就把服务员打发了。

包子觉得自己丧失了一个表现的机会，有点沮丧。但这份心意，蘑菇爸爸还是能看出来的，回房的时候他一直开导包子。

蘑菇和妈妈走在后面，突然妈妈笑出声："你有没有觉得你爸爸和小航挺像的？"

"哦？"蘑菇看着二人的背影，还确实挺像的。

蘑菇爸爸也是一个身材不高、圆头圆脑的胖子，而蘑菇妈妈则是个子高、身材好的美人坯子。所以，当年妈妈奋不顾身嫁给爸爸引起的轰动，绝不亚于蘑菇与包子的结合。由于爸爸先天机智，再加上后天努力，婚后不久就发财致富。在蘑菇出生的时候，他们家已经是当地数一数二的富裕家庭。所以，蘑菇父母自小教育她，千万不要以貌取人。

以前，蘑菇觉得自己选择和包子在一起，可能是受家庭教育的影响，但现在她发现，自己会不会是有点恋父情结呢？

想到这里，蘑菇不自觉地笑了。

假期第一天和第二天的行程都按照包子的计划进行，他们去了各大旅游景点参观游玩。蘑菇父母没有来过B城，对包子细心安排的行程非常满意。

"你什么时候做的计划？我怎么不知道？"蘑菇问。

"还是那句话，说了就没有惊喜了。"包子说。

第三天，也是假期的最后一天。

原计划是去一个历史悠久的博物馆，但蘑菇妈妈提出，先去他们租住的房子看一下。于是，蘑菇最担心的事情，终于发生了。

虽然蘑菇父母年轻时也吃过苦，但是父母往往又是世间最矛盾的角色，他们吃过苦并不代表他们也愿意见到自己的孩子吃苦。蘑菇爸爸甚至毫无讳言，自己取得的成就全部归功于蘑菇。因为做了父亲以后，不愿意孩子经历自己曾经经历的苦难，他多年来努力不懈，不断积累财富，为下一代创造了良好的环境。

所以，当蘑菇父母身处他们租住的环境时，蘑菇妈妈不禁心酸地说："这还没有你在家里的房间大。"

这话包子听了显得十分窘迫。

"这不一样啊，这是B城好不好，大城市不能跟小地方相比啦。"蘑菇非常正面地说。

还是蘑菇爸爸解围了："好吧，看也看过了，走吧。"

蘑菇父母预计停留五天，在蘑菇他们上班后，自己游玩两天再走。

节后第一天，蘑菇还是不可避免地加班，晚上约九点回到酒店。

蘑菇父母已经用过晚餐了，正在房间里休息，蘑菇敲了敲房门。

蘑菇妈妈一见她就乐呵呵，牵着她的手说："今天去给你们看房子了，已经交了定金，明天请个假去签约吧。"

"啊？"蘑菇深吸一口气，"怎么事先不和我商量一下？"

"你刚来的时候，我就和你提过，但被你们拒绝了，你们说要靠自己。"蘑菇爸爸笃定地说，"这半年来B城房价涨了一半，估计接下来还会继续涨，再这么等下去，本来能买市中心的房子的钱，最后只能够买郊区的房子。作为一个商人的女儿，这笔账你该不会不懂得算吧。"

蘑菇觉得爸爸所言极是，但是困扰她的是该怎么跟包子说这事。

"一会儿我跟小航说这事吧。"蘑菇爸爸知道女儿的难处。

"不用了，还是我去说吧。"蘑菇拒绝了爸爸的好意。

之前的案子，让包子显现出仇富的心理，她担心爸爸如果说得不好，包子会觉得自己家人财大气粗。但事实上，怎么说都很难避免包子产生这种想法。

包子有应酬，十点多才回来。

他本想到隔壁房间和蘑菇父母寒暄几句的，但是蘑菇叫住了他，并将今天父母给他们买房的事简单地说了一下。

包子的表情首先是惊愕，后转向迟疑，最后冷笑出声。

"呵呵，之前你还说不出两年能买上房子。"包子整个人瘫坐在沙发上，"其实，你莫大小姐只要愿意，随时都能买。"

"昨天，你父母去完我们的房子，我就觉得他们神色不对。"包子叹了一口气，"原来就是为了这事。"

"包子，你看着我，看着我。"蘑菇走到沙发前，掰过他的脸，直视他的眼睛，"我父母是为了我们好，出于一番好意。"

"这好意我是心领了，明天你自己去签约吧，我就不去了。"包子负气地说。

"那你自己过去和他们说吧。"蘑菇也不耐烦了。包子自尊心太强了，逼她使出撒手锏。

终于，包子做出了让步，答应明天跟着去看看。蘑菇心想，这总比连人都不出现要好，于是就同意了。

当晚，两人躺在同一张床上，各怀心事，辗转反侧。

第二天，蘑菇和包子分别告假半天，随蘑菇父母前往购房地点。

房子位于城区东部的一个高档住宅区，离市中心有十五分钟车程。该地段最大的特色是靠山，建有两个大的生态公园，绿化非常好，还有仿意式的高档购物中心、全外资的私立医院、知名的国际学校等，一应俱全。而对蘑菇和包子来说，最实用的莫过于靠近地铁站了。

"你们父母真有眼光，选了这么好的一个小区。"在小区门口等待蘑菇他们的中介，一见面就不断地说好话，"这附近住着不少有钱人和明星，你看出入的都是外国人居多。"

蘑菇心想这房子肯定便宜不了，不禁抱怨："为什么选这么贵的地段？"

妈妈解释道："你知道你爸爸，不求最好，但求最贵。他性子又急，看了两个地段就不耐烦了，马上要定下来。"

房子是二手的，有三年房龄，位于整栋楼的中间层，是南北通透的板楼，面积169平方米，三室两厅两卫。室内的装修是欧式田园风格，看起来非常清新。据中介说，上任业主装修好不久，就被公派出国了，这房子基本没人住过。

蘑菇看完房子后，不禁埋怨："为什么买那么大的房子？"

妈妈又解释："这哪里大啊？三个房间，你们一间，以后孩子一间，保姆一间，正好。"

在蘑菇得知这房子每平方米约等于她两个月的薪水时，不禁大惊失色，再次痛呼："为什么买这么贵的房子？"

妈妈说："这还不是最贵的房子，你看斜对面那个小区，那才是最贵的。本来你爸爸要看的，但是中介说那小区的房子，很少有人出售，所以才没能看成。"

蘑菇从窗外看过去，那小区更像一个园林景区，被一片葱葱郁郁的树木环绕，只能隐约看见里面的房子。

蘑菇参观完房子后，感觉压力很大。须知道就算父母出首付，她和包子也不一定供得起。

倒是蘑菇爸爸看出了女儿的忧虑，笑着说："放心吧，这房子谈好是全款买下来，不需要你们月供。"

"这多不好，我们都工作了，自己供就可以了。"蘑菇推却。

"钱财是身外之物，生不带来，日后也带不走。"蘑菇爸爸豁达地说，"你是我的女儿，我的还不是你的？"

蘑菇知道爸爸的心意已决，现在的另一问题是，该如何说服那顽固的包子接受父母的馈赠呢？

　　果然，在临近签约的时候，包子把她拉到一边，明确表示自己不会在合同上签字。

　　"这钱权当我父母借我们的，等我们有钱就还给他们。"蘑菇好言相劝。

　　"不，这是原则问题，我不能接受不劳而获。"包子很坚决。

　　此时，蘑菇爸爸过来了，要和包子单独聊一会儿。

　　蘑菇满心希望爸爸和包子沟通后，包子能改变主意。但是事与愿违，最后合同上只有蘑菇一个人签字。

　　完成购房手续后，四人在附近的露天西餐厅吃午餐。

　　用餐过程中，蘑菇和包子显得心事重重，与兴致勃勃的蘑菇妈妈形成鲜明对比。

　　"现在房子的问题解决了，你们也没有后顾之忧了。"蘑菇妈妈笑道，"明年就抓紧把婚事办了吧。"

　　"妈，你急什么？"蘑菇一听脸红了。偷瞟了一眼包子，这时，包子脸上才有点笑容。

　　"这还着急啊，我像你这个岁数的时候，你都三岁了。"蘑菇妈妈认真地说。

　　"现在时代不一样。"蘑菇反驳。

　　"那你想当女强人啊，整天见你拿着手机看邮件。"蘑菇妈妈埋怨。

　　"是呀，阿姨，我都说过她了。"包子也加入抗议的队列。

　　"讨厌，你们合伙欺负我。"蘑菇心情也好起来了，"爸爸，我和你是一伙的。"

　　蘑菇爸爸摆摆手："在你的婚事上，我和你妈的意见是一致的。"

　　"不都是婆家着急迎娶，哪有娘家上杆子逼婚的？"蘑菇也急了。

　　蘑菇父母和包子一听，都笑开了。

　　当晚，蘑菇父母离开，蘑菇送他们前往机场。

　　路上，蘑菇爸爸对她说："虽然小航品性不错，但是脾气还是有点倔。站在家庭的角度，小航确实不可多得，执着地承担男人的责任。但站在社会的角度，小航更应该学会的是变通。在这方面，你还得好好开导他一下。"

"我知道了。"蘑菇挽着爸爸的手，叹了一口气。

蘑菇到家的时候，包子已经回来了。

"今天你真的是不给面子。"蘑菇板着脸，"我爸爸已经把你当成一家人，而你却要分那么清楚。"

见包子不语，蘑菇又心软了："我也没有别的意思，只是……"

包子突然紧紧抱住蘑菇："我答应过给你幸福，但我会通过自己的努力，而不是通过别人给予的方式。"

认识包子这些年，蘑菇也知道要说服他很困难。

她在他耳边怯生生地问："那房子你该不会连住进去都不愿意吧？"

包子突然笑了："当然不会，你住哪儿我住哪儿。"

"不要脸。"蘑菇推开包子，噘起嘴，转而又笑了。

蘑菇和包子又回到了忙碌的生活，错了，是更加忙碌的生活，因为他们除了忙工作，还要开始忙房子了。

原来以为不用月供就能轻松应付的蘑菇，发现自己大错特错了。虽然房子装修很新，基本不用动，但是添置家具是一项大开支，而且欧式风格的家具向来不便宜。

其实包子也劝过蘑菇："还是买现代风格的家具吧，选择多，还便宜。"

但是蘑菇摇摇头："欧式装修风格的房子，摆一堆现代风格的家具，你不觉得很诡异吗？"

"但是我们能力有限啊。"包子叹气。

"租房子可以将就，但是有了自己的房子就不一样了。"蘑菇坚持己见。

于是，蘑菇和包子开始勒紧裤腰带过日子了。

"十一"前，绫香和盈盈、蘑菇相约一起吃午餐。

三人纷纷议论长假的行程，盈盈要和男友去香港购物，绫香则准备回青岛看望父母，蘑菇说要看家具和参加婚礼。

得知蘑菇买房的事，盈盈高兴地祝贺："这多不容易啊，什么时候装完，请我们去看看。"

"确实不容易啊。"蘑菇一想到因购置家具欠下的巨额信用卡账单，不禁发出感叹。

绫香倒是关心另外一件事："对了，你去参加婚礼，准备好衣服了吗？"

"衣服？"蘑菇想了一下，"需要特别准备吗？"

"当然，都到海岛办婚礼了，这种场合通常是很正式的。"盈盈说。

"而且相信不少公司高层也会出席。"绫香说。

蘑菇开始犯愁了，自己好像没几件能出席正式场合的衣服。

绫香笑着说："你的身高和我差不多，要不今晚去我家看看？"

"好呀，谢谢了。"蘑菇像见到救星一样，紧握绫香的手。要知道，现在穷得叮当响的她，可不想再浪费钱去添置衣服了。

绫香的家位于市中心的地段，在一家酒店式公寓内。

房子在27层，窗户全是落地玻璃，能一览B城的繁华夜景。

蘑菇转了一下，房子装修非常豪华，虽然是一室一厅，却非常宽敞。

绫香领蘑菇进入衣帽间，全是琳琅满目的衣物饰品："这边是礼服，随便挑吧。"

蘑菇试穿了一件白色荷叶边领的蕾丝长裙，上身的效果很好。

"你身材比我丰满，穿起来比我好看。"绫香赞叹，"不过，我觉得那件抹胸的紫色礼裙会更好看，不如试一下。"

"太暴露了，我男友不喜欢。"蘑菇摆摆手，"就这件吧，谢谢。"

换下衣服后，绫香去取衣套装好。

蘑菇在房间等候，百无聊赖的她发现床头柜上放着一块帝舵男表。她细看了一下，感觉在哪里见过。

绫香送蘑菇出门的时候，蘑菇问："明达后来找过你吗？"

绫香莞尔一笑："有啊，约过我几次。"

"那你去了吗？"蘑菇问。

"去了一次。"绫香答。

"有感觉吗？"蘑菇问。

绫香摇摇头："不过他确实很风趣，说话很有意思。"

"十一"假期的第三天早晨，蘑菇舍下了仍在为房子忙碌的包子，踏上了参加海外婚礼之旅。

她在机场与部门的同事会合，由于大家平常都是穿制服上班，换上便装后几乎辨认不出。林庭穿着一身牛仔短服，特显男子气概，与平日娘儿们的言行大相径庭。雨涵穿了一身七彩吊带裙，再加一件小外套，与平日斯文的装扮截然不同。Susan则穿了一件深可见沟的V领背心，再加一条热裤，与平日严肃的外表相去甚远。

蘑菇暗自惊讶，深感工作和度假是两回事。

经过八小时的飞行，蘑菇一行到达印度洋上的著名度假海岛。

他们入住的是当地有名的海滨酒店，蘑菇惊叹："办一个这样的婚礼，得花多少钱！"

走在她前面的Susan鄙视地说："真没见过世面。年薪几千万的人，花个百万办婚礼算什么。"

已经习惯了Susan冷嘲热讽的蘑菇，完全没把话放心上。

蘑菇和雨涵住的是高级海景房，阳台能看见一望无际的海洋。

由于许久没出游，蘑菇的心情格外兴奋。

她先是很高兴地给包子打电话，然后用手机拍了几张房间的照片，通过无线网络发给包子看。相反，雨涵则闷闷不乐地坐在床上。

"怎么了？"蘑菇问。

"不知道今晚蒋总会不会来。"雨涵说。

原来是为了这事？

"应该不会吧，他这样忙。"

虽然首执办公室就在海外部楼上，但蘑菇感觉好久没见过他了。

"听说蒋总刚来海外部，是在杨总底下工作。杨总从来都对蒋总照顾有加，两人关系一直不错。"雨涵说，"传闻说这次杨总能顺利当上总经理，蒋总也出了不少力。"

蘑菇则无心继续这个话题："我们还是赶紧换衣服吧，一会儿晚会就开始了。"

婚礼分三天进行，第一天是烧烤欢迎晚会，第二天是结婚典礼及晚宴，第三天是欢送会。

欢迎晚会是在沙滩上举行的，参加的人员穿着都比较随意。

会场上除了本部门的同事外，还有好几位其他部门的老总，今早没有同行的副总项维也出现了。

蘑菇心想，海外部是庄美的要害部门真不假，那么多公司领导都给面子出席。

杨麟携妻子举着酒杯，兴高采烈地周旋于高层之间。

雨涵四处张望，却没发现盼望见到的人，不免有些失落。

蘑菇和相识的同事打过招呼，便和雨涵到烧烤摊上取了一些食物和饮料，找了餐桌坐下。

"两位美女赏脸喝一杯吗？"林庭和同部门的男同事Sam举着两杯啤酒走过来。

蘑菇接过Sam递过的酒杯，可雨涵并没有接过林庭的。

"这杯我也收了。"仗义的蘑菇接过林庭的酒杯。

林庭和Sam坐下，开始与她们攀谈，但雨涵很少说话。

Sam对蘑菇很感兴趣，一个劲和她聊天。

"你上报纸以后，我听公关部的人说，本来想要你过去的，但行政部不肯放人，没想到最后你居然来到海外部。我想这就是缘分吧。"

公关部？蘑菇奇怪了，怎么没听绫香说过？

"人家有男朋友的。"林庭提醒。

"我说的是共事的缘分。"Sam反驳，"你来了以后，海外部增添了一道靓丽的风景。"

这时，天空出现了绚丽的烟火，会场所有人的目光都被吸引过去。

"好漂亮。"蘑菇他们纷纷站了起来。

看完烟火后，雨涵拉着蘑菇："走吧，我们去给杨总敬酒。"

蘑菇回望了林庭一眼，他的表情尽是落寞。

最近，雨涵待林庭十分冷淡。难道还是因为上次林庭对蒋某人说了不敬的话？蘑菇对林庭深表同情。

她们给杨总伉俪敬酒后，便回房休息了。

当晚，由于路途劳累，蘑菇一直睡得很香。

次日，由于婚礼在下午举行，蘑菇和雨涵打算早上前往当地一个著名的宫殿参观。临出门的时候，她们接到召唤去准备婚礼会场。

"真不好意思，需要你们过来帮忙。"新郎的家属说，"最终确认有重要的人出席，临时换了一个大的会场。"

其实，蘑菇还是很乐意帮忙的。因为她会一边忙活，一边幻想自己和包子的婚礼情景，心里甜滋滋的。

会场布置工作，直到中午才结束。

下午，蘑菇穿上白色蕾丝长裙，将长长的卷发放下，长刘海简易侧分，配上了白色珍珠耳环，还喷了迪奥香水。

蘑菇心想，有时Susan说的话是对的，穿着得宜是对人的一种尊重。

后来，蘑菇自我感觉良好，还自拍给包子看了。

结果，包子回了八个字："美女，没事早回，求聊。"

结婚典礼是西式的，在酒店的玻璃礼堂举行，会场摆满了白色的马蹄莲。

出席的宾客约有一百人，场面颇为盛大。而且宾客衣着明显比昨晚要庄重，男士是西服套装，女士则是各式礼裙。

蘑菇和同事坐在一起说笑。

雨涵兴奋地用手碰了碰蘑菇："来了，来了，在那边。"

蘑菇向前看去，只见身着蓝黑西服的蒋澄思正站着和杨麟说话，还有两位董事会高层也来了。

不少女同事注意到蒋澄思出席均兴奋不已，含Susan在内的几位同事还专门跑到他跟前问候。

仪式即将开始，沸沸扬扬的礼堂顿时安静。

礼乐奏响，花童撒花开路，新娘挽着父亲的手臂进场，场面庄重唯美。

新郎杨麟年近四十岁，中等身高，体型微胖，由于发际线后移，看起来比实际年龄还要大些。而新娘才二十多岁，身材娇小，清纯可人，尤其是梳了娃娃头，更显年轻活泼。

蘑菇用手机拍了照，传回去给包子看。

结果，包子回了七个字："那男的是二婚吗？"

蘑菇一看，笑得几近抽搐。

仪式结束后，晚宴在酒店的花园内举行，还请了乐队现场演奏。

杨麟一开始就喝高了，一手举着酒杯，一手直拍蒋澄思的肩膀向众人说："这小子刚分到海外部，我就知道他是个人才，以后一定出人头地。所以，我一直都对他很好。怎样，我没看错人吧？"

蒋澄思没有说话，罕有地露出了青涩的笑容。此刻的他与杨麟不像上下级关系，更像晚辈与长辈的关系。

"蒋总笑得好腼腆。"同事Linda花痴地说。

"要把这个拍下来，以后再给杨总看，他会不会后悔死？"林庭说。

蘑菇不禁失笑，在讲究等级制度的庄美，此等行为已属严重冒犯上级了。雨涵时不时望向蒋澄思所在的方向。

晚宴后期，杨麟已经不胜酒力被送回房间，新娘正与蒋澄思在草坪上共舞。座上的女宾一见蒋澄思踏入舞池，纷纷邀请男宾跳舞。因为当每一首舞曲演奏结束时，相邻的舞伴可以重新组合共舞。

顷刻，偌大的宴桌，就只有蘑菇一人坐在位置上了。

"美女，赏脸跳个舞吗？"林庭弯腰向她发出邀请。

蘑菇摇摇头："我不太会跳舞。"

"别装了，我妹妹也学跳舞的，你站立的姿势和她一模一样。"林庭说。

蘑菇被拆穿了，不好意思地揉揉后颈。小时候，蘑菇走路有些驼背，妈妈就把她送去学舞蹈。自从和包子恋爱以后，蘑菇很少和包子以外的男生跳舞。

"就当帮我个忙吧。"林庭低声说。

"那我有什么好处？"蘑菇知道他的意图。

"Nex项目的翻译，我帮你做。"

"还有Win的财务模型。"

"趁火打劫是不是？"

"可我来公司的第一跳献给你了，第二跳还不知道献给什么人。"

"成交。"

虽然，林庭有时话是多了些，但是待人还是很真诚的，所以，蘑菇也乐于成人之美。

会场演奏的是经典英文歌曲*What A Wonderful World*（《美好世界》）。

跳舞的时候，蘑菇有个习惯，就是喜欢和舞伴聊天。她边跳舞边和林庭说着话，林庭却示意她噤声："你别说话。"

"你怎么了？"蘑菇纳闷了。

"才发现你今天很漂亮，我想安静地与你跳一曲。"林庭认真地说。

"谢谢。"林庭轻易不称赞人，蘑菇心里还是挺美的。

舞曲临近结尾，两人朝雨涵的方向靠近。

就在舞曲结束时，几对跳舞的都挤到了一起。

蘑菇被推搡了一下，整个人踉跄往前，正好靠在一个男子的胸膛。

"不好意思。"蘑菇立即道歉。

"没事吧？"蒋澄思稳住她。

蘑菇抬头见是他，在心中骂了一声。

这时，歌曲*Unchained Melody*（《奔放的旋律》）响起，舞伴自由组合完毕。蘑菇和蒋澄思两人自然只能结伴共舞。

蘑菇近距离才发现他今天的衣着十分优雅，蓝黑西服搭配的是白色蓝条纹衬衫，并没有打领带，只是在西服的左上袋放了白色的口袋巾。

"你在新部门还适应吗？"蒋澄思问。

"嗯。"蘑菇习惯性抬头。

蒋澄思身高接近一米八，但蘑菇穿了高跟鞋，稍稍抬头便能对上他的眼睛。当两人目光交接时，蘑菇感觉局促，立即转移视线。

接着，两人又是一阵沉默。

其实，蘑菇也在拼命寻找话题，但二人毕竟层次不同，交集又少，除了天气问题外，基本没有可聊的，只能作罢。所以在这时，三分钟多的舞曲，会显得尤其漫长。

两人只是安静地共舞，蘑菇一直低头别过脸。当她发现林庭居然在和Susan共舞时，她顿时忍俊不禁。

"你笑什么？"蒋澄思不解。

蘑菇的头摇了摇，却始终没有抬起。

逐渐地，环绕在他们二人周边的宾客又多起来，尤其是女宾客，每个都对蘑菇的位置虎视眈眈。蘑菇注意到，雨涵也是其中之一。

舞曲越近尾声，蘑菇却越发紧握对方的手。

蒋澄思心中存疑，却随她这样握着，渐渐也加重贴在她背上的力度做出回应。

就在舞曲结束一刹那，蘑菇突然转身一手牵住雨涵，一手紧握蒋澄思，将两人的手准确无误地交放在一起，便离开了。

蘑菇能成林庭之美，也能成雨涵之美。

虽然她不理解，为何雨涵明知不可能，却还要期待这份不可企及的爱，但她至少知道，这一晚的雨涵会是快乐的。

蘑菇离开草坪时，遇见了同部门的王笠。

"哟，不是说不会跳舞吗？陪客户不会，陪领导就会了。"王笠拦住她的去路。

"我想跳的时候就会，不想跳的时候就不会。"蘑菇没好气。这讨厌的男人还在惦记之前的事。

"还挺有脾气的嘛。"王笠乘着酒气，居然伸手要碰她的脸蛋。

"王笠，你是醉了吧。"不知何时赶来的项维一把抓住王笠的手。

王笠一见项维，马上清醒了不少，连忙向蘑菇赔不是，就赶紧闪人了。

蘑菇向项维道谢，项维只是笑笑。

蘑菇对项维的印象一直很好，他虽然是领导，却没有架子，对待下属十分友善，上次他还对蘑菇进行劝导。

蘑菇回到位置上，不时也有男宾过来攀谈。但她想起要和包子聊天，只坐了一会儿就回房了。

次日，蘑菇早起，准备外出游览。

雨涵却表示自己昨晚喝多了，要多睡会儿，不能一块儿去。

于是，蘑菇只能一人前往。

用过早餐后，蘑菇站在酒店门口等待去景点的班车，手捧着旅游攻略仔细阅读，完全没留意周围。

"你要去哪里？"蒋澄思问。

这时，蘑菇才发现身穿一身浅灰休闲服的蒋澄思正站在旁边。

"普兰卡宫殿。"第一次见他着便服，蘑菇还有些新奇。

"我也是。我叫了车，你要一块儿吗？"蒋澄思问。

有顺风车坐为什么不呢？但蘑菇又一想，和蒋某人同行会不会很无趣？

正当她犹豫不决时，一辆酒店接送的房车开过来，停在他们前面。

"走吧。"蒋澄思径直上了车。

蘑菇来不及多想，也就跟着上车了。

一路上，蘑菇隔着车窗看着外面的蓝天白云，路旁的椰子树，三三两两穿着当地服饰的居民，感觉心情轻松愉快，还拿出相机拍照。

而旁边的蒋澄思却对岛上的美景兴趣不大，一直拿着手机浏览邮件，还接了几个电话。

蘑菇觉得蒋某人也挺可怜的，虽然贵为首执，但出来玩还要带着工作。

到达目的地时，还不到早晨九点，宫殿门口排队购票的人却出奇的多，而且多数是华人面孔。

蘑菇走近一听，说的全是汉语。"每逢中国公共假期，世界就会被中国人'占领'"，这句话果真没错。

"你去那边歇会儿吧，我来排队。"蘑菇这孩子还是很公道的，既然坐了免费车，那就请逛景点吧。

蒋澄思却说不用，让蘑菇到边上休息。

两人相互推让时，有一个当地的小朋友走过来，指着长队摆摆手，又向他们招招手，示意跟他走。

蘑菇犹豫不决时，蒋澄思却已随小朋友走了，她只能跟在后面。

两人被带进一片茂盛的鸡蛋花树林，小朋友指着一堵白墙，用手势示意越过墙就是宫殿了。

蒋澄思付了一张百元美钞，小朋友兴高采烈地走了。

国外景点门票价格普遍不高，这钱足够买十张门票了。正处于贫困边缘的蘑菇看着眼都红了。

这堵墙并不十分高，墙下还有几块石砖垫脚。

蒋澄思踏着石砖，手抓住墙檐，双脚一蹬，敏捷地站在墙檐上。

蘑菇跟着品行端正的包子，从没有过这种行为。所以，这对她还是有难度的。

她踏上石砖后，蒋澄思伸手去拉她，她有些迟疑，却还是将手放在他手中。第一脚踩在墙面的凸起处，第二脚却踏空了。

"啊！"蘑菇又落回原地。

"第一脚踩上去，用力一蹬就上来了。"蒋澄思俯视着她说。

蘑菇按指示重复几次，但由于动作过于笨拙，还是没有成功。

"算了，我还是去排队买票吧。"沮丧的蘑菇仰头说。

这时，不悦的蒋澄思一跃而下，让蘑菇踩着他的肩膀爬上去。

这太疯狂了吧？这可是首席执行官，哪能乱踩？蘑菇惶恐了。

"快点。"蒋澄思催促。

几经思想挣扎的蘑菇踩上他的肩膀，他再慢慢站起，她抓住墙檐，轻松地站了上去。

可是，问题又出现了，墙另一边的地势比原来要低许多。

蘑菇有畏高症，虽然不是特别严重，但这高度绝对超过了她的承受能力。她站在上面脚软了，不敢往下跳。

已经先下去等候的蒋澄思劝说："不用怕，下来吧。"

烈日炎炎，浓密的鸡蛋花树叶遮挡了视线，墙檐上的蘑菇闻到了淡淡的花香，却看不清底下人的脸："我不敢。"

只听见下面传来笃定的声音："我接着你，我保证。"

楚楚可怜的蘑菇犹如三岁小孩，难以克服心理恐惧，使劲地摇摇头。

两人僵持了约十分钟，最后蒋澄思不耐烦了："赶紧下来，一会儿来人就给祖国增光了。"

蘑菇心神一震，立马往下跳，整个人落入蒋澄思的怀抱。从未如此亲近的二人四目交接，气氛尴尬暧昧，他将她稳稳地放下。

"啊，我的隐形眼镜好像掉了。"蘑菇下意识摸了一下眼皮。

于是，两人又开始在草地上找眼镜。

见他俯身为自己仔细寻找眼镜，蘑菇突然觉得，其实除却光环，他也只是个凡人。或许正如绫香所说，工作以外的他，没有那么高高在上，还是挺平易近人的。她模糊中看见他衣服上还留有自己的脚印，还帮他拍了拍。

又过了十分钟，还没找到，两人不得不放弃了。

这是有着一千多年历史的宫殿，建筑外表是纯白色的，由一块块巨型大理石堆砌而成，殿内的围栏和天花板均有雕刻，有些雕刻还镶嵌着宝石，十分华丽。室内摆放着许多雕塑品，墙上挂着不少古画，以及当地特色的工艺制品。

蘑菇虽然看得不真切，但朦胧也是一种美，她取出相机和手机左看右拍。而蒋澄思大致参观了艺术品，只在一幅名为《露台》的古画前停留了许久。

见他看得入神，蘑菇也凑过去端详。画的是一位前朝的帝王，站在宫殿的露台上接受万众敬仰的场景。

"这有什么特别的？"蘑菇看不出所以然。

"这位布鲁士大帝，是中东颇负盛名的一位君主，出生寒微，成年后历尽曲折，最终创立阿尔摩帝国。"蒋澄思解释，"在大学时期，我写过一篇关于他的论文。这是他仅存的画像。"

"哦，那你过去，我帮你照个相。"蘑菇说。

蒋澄思拒绝："眼睛看过就好。"

当然，虽然他不拍照，但偶尔也会主动帮蘑菇拍两张。

一开始，蘑菇还会不好意思，但是很快她就习以为常。既然出来玩了，就要放开些，不能想上下级关系。人都踩过了，还怕什么呢？

出来到了宫殿的广场上，蘑菇要拍全景照，把相机和手机全扔给了蒋澄思。

正要拍时，旁边一个高大的外国人让蒋澄思帮其拍全家福。

拍完后，外国人客气地表示也要帮他们合照。

盛情难却，蒋澄思只能走到蘑菇身边。而蘑菇也不太自然，笑容生硬地拍了两张。

两人走到景点出口，发现还有人守着抽检门票。

"怎么外国人也兴这一套？"蘑菇顿时抑郁了。

"如果一会儿被抓到，我们会不会被驱逐出境？"蘑菇焦虑了，"我可不想再上报了。"

由于过度紧张，蘑菇走着走着，便站住了，止步不前。

"走吧，不走更引人注意。"蒋澄思牵起她的手，示意她放松自然。

两人随着人流走到出口，眼看就要出去，却被拦下，要求出示门票。

只见蒋澄思右手从口袋里抽出什么递给了给检票员。检票员一看，马上笑容可掬地放行了。

上车后，蘑菇好奇："你刚刚给了什么？"

"美元。"

欢送会在十二点举行，蘑菇一回到酒店马上换洗。

118

"今天好玩吗？"雨涵还躺在床上，一副宿醉的样子。

"我拍了很多照片，你可以看看。"蘑菇进浴室前说。

过了一会儿，蘑菇才想起不对，连忙穿好衣服出来。

"看完了，确实挺漂亮，可惜我没能去。"雨涵说。

趁雨涵换衣时，蘑菇快速翻了一遍手机和相机，都没有找到她和蒋澄思的合照。

居然没有保存，蘑菇突然感觉有点可惜。

欢送会是在酒店的泳池边举行的，雨涵身穿一条紧身的抹胸短裙，吸引了不少宾客的目光。

得知蒋澄思已经提前离开，不参加欢送会时，雨涵显得有些失望，蘑菇心想，她要是知道早上蒋澄思也一块儿去宫殿的事，肯定悔死了。

"也许我不该那么贪心，昨晚我已经很满足了，能和他一块儿跳舞。"雨涵调整心情，"M，谢谢你。"

突然被感谢，蘑菇还有点脸红了。其实能帮助别人，她自己也是高兴的。

"M，我恨死你。"这时，在她耳边响起了另外一个声音。

蘑菇转过脸，发现林庭正用怨恨的眼神看着她，她不禁笑了起来。

假期结束后，蘑菇又继续着忙碌的日子。

在初冬的一个周末，蘑菇和包子正式入住新房。

蘑菇一遍又一遍地看着这个她和包子一点一滴筑起的小窝，内心倍感温暖。

"终于忙完了。"蘑菇大呼。

"地狱般的生活结束了。"包子感叹。

"我们去吃点好的庆祝吧。"蘑菇精神抖擞地说。

"咱们还有钱吗？"包子提道，"附近的餐厅都这么贵。"

"那怎么办？"蘑菇想起月末到期的信用卡账单，又垂头丧气了。

"自己做吧。"包子轻啄一下蘑菇的脸蛋。

于是，两人开始倒腾家里能吃的东西，发现只有几包速冻饺子。

在厨房里，蘑菇一边煮饺子一边抱怨："没想到开伙的第一顿居然这么简朴。"

"日子本来就该这样的，简单朴实。"包子从后面环抱蘑菇，"你知道我多久没吃你做的饭了吗？"

蘑菇也答不上来，好像自从到海外部后，她就没在家下厨了。

"你我都这样忙，对一个家庭来说，不是一件好事。"包子说。

"这是工作，也没办法。"蘑菇笑了笑。

"你有没有想过换一个部门？"包子问。

"没有。"蘑菇摇摇头。

之前包子也提过，她现在的工作太忙了，不太适合女孩子。但是蘑菇觉得这份工作给她带来了前所未有的充实和满足感。海外部是庄美精英云集的部门，每位员工对工作都充满激情，每晚放眼望去，庄美C座4至8层总是彻夜通明的。身处如此卓越的团队，即便是胸无大志的蘑菇都会被带动，不自觉地勤奋上进。

见包子有些失望，蘑菇补充道："不过，以后有了孩子，我会考虑的。"

"那就让小狗蛋赶紧出来吧。"包子的手开始不安分了。

"别闹，饺子还没煮完呢。"蘑菇笑着挣扎。

冬夜的寒气逼人，室内却温暖人心，洋溢着欢乐的笑声……

周一早上，海外部各个项目组循例召开每周晨会。

每位组员需汇报上周工作完成情况及本周工作计划，Susan正在责难某项目进度缓慢时，突然被行色匆匆的总经秘书Candy叫走了。

一直到中午，Susan都没回来。

午休时，林庭神秘兮兮地回来说："好像是风合的人来了，估计没什么好事。"

雨涵一听，流露出惊讶。

"什么是风合？"蘑菇不明白。

林庭解释，风合事务所是欧洲知名的金融监察机构，专门调查金融企业内部存在的问题。为了防范及追查内部人员违规经营使公司蒙受损失，庄美股东每年都会花费上千万美元聘请风合作为第三方独立内部监察机构。

"哇，一年上千万美元，有这个必要吗？"蘑菇震惊了。

"当然，这里经手的每个项目基本都是成千上万上亿的，收益越大，风险也越大，稍有不慎就会损失惨重。"林庭说。

雨涵说："不过，一般来调查都会提前通知，这次说来就来，也太突然了。"

"不用猜了，是希光制药的破产案。"Sam也来凑热闹，手里拿着一份报纸，"刚刚问了Candy。"

报纸是上周的，大标题是《希望之光熄灭，中医药长路漫漫》，内容大致是三年前，希光制药研发的三种中成药通过了美国FDA认证，并已成功注册。原以为能走出国门，大开销路的希光，接受融资在海外建厂，盲目地生产该药品，结果药品一直滞销，导致资金链断裂，不得已申请破产。

"听说公司共投了4亿美元，现在清算最多能收回2亿，至少造成2亿的坏账。"Sam说。

"记得负责这项目的组长是项维，而Susan则是组员。"林庭说。

"不过，在业务部门3亿美元以上的项目，就至少要有一个副总及以上级别的高层人员参与管理。"蘑菇很是熟悉公司规定了。

"那么当时参与这个项目的高层是？"雨涵问。

"现任首执蒋澄思。"Sam挑了一下眉毛。

一直到下班时间，Susan还没回来。

雨涵开始忐忑了，难得地发起话题："不知道蒋总会不会有事。"

"难说，还记得去年信贷部的副总吗？被查出违规放贷，导致损失了2000万美元，马上降职调离了。"林庭说，"像这种大项目有问题，主要追究的都是最高领导的责任。"

"如果真有事，孙董应该会帮忙吧。"雨涵不安地说。

"难说，按公司惯例，出现这类问题，基本没人会保的，尤其是高层，特别怕沾上这种事。再者大家都知道他们的关系，他就更不好出面。"

听后，蘑菇原来是担心项维的，现在也开始担心蒋澄思了。自从上次海岛之行后，她对蒋澄思的看法有所改观，在公司遇见他也会笑脸相迎，尽管在庄美，下属迎面遇见上司微笑让道是惯例。

这时，蘑菇的电话响了，是绫香打来的，让她去档案室取文件送到首执办公室。

"江叔，袁阿姨。"蘑菇一到档案室就乖巧地打招呼。

"是来取希光的资料吧？"江叔指着五本板砖厚的文件说，"刚回来的，全在这里。"

"谢谢。"蘑菇娴熟地拿起交接本签上名字，"那您知道他们主要翻的是哪几本吗？"

袁阿姨笑了："换作别人问，我还真不说了，应该是这两份吧。"

蘑菇在档案室待过，知道借出文件时，只要稍微留意装订情况，待收回后就能知道对方看过哪些。绫香也是知道她在这里的交情，才让她来的。

蘑菇捧着文件，上到C座9层首执办公室。

一出电梯，呈现的是苏式园林景象。堆砌玲珑的山石是园景中心，造型别致的花木环绕在周围，底下是清澈见底的池水，旁边铺着弯曲的卵石小道，构成了一幅雅逸宁静的画面。

这也太奢侈了吧？蘑菇心想，要我来就查内部账务，还查什么操作风险？

首执秘书Cici起身相迎，蘑菇笑说："蒋总的品味真高雅。"

"哦？您误会了，这里的装修都是前任首执留下的。"Cici说，"蒋总一贯低调，并不喜欢繁复的环境，只是觉得拆除可惜，就保留原样而已。"

推门而入是一个偌大的圆形会议室，正对面是通往里间的双开大门。

"您先在这里等一会儿。"Cici出去了。

室内空无一人，蘑菇放下文件静坐，却听见里间传出声音。

门是虚掩着，蘑菇走近探看，只见项维坐在转椅上，而蒋澄思则背对着站在窗前。

"……很明显是有备而来的。"项维说。

"听着，我不想和这事扯上关系，还有海外部也不能……"蒋澄思说。

这时，门外有声音传来，蘑菇立刻坐回位置。

只见绫香、Susan、Linda等几人抱着笔记本和文件资料进来，各自就座。蘑菇知道，这是要重新审查希光的项目资料，她抱起文件走到绫香身边，指出重点看哪两本。

里间的人也闻声出来了，蒋澄思神情严肃，匆匆瞥了一眼蘑菇，便在主位落座："大家都到齐了，开始吧。"

座上的人纷纷翻开文件或敲动键盘，蘑菇也自觉离开了。

周末，蘑菇和包子邀请绫香、盈盈、明达来新居做客。

"哇，真让人羡慕，这么大的房子。"盈盈一进门便说，"没想到你男友原来是个富二代啊。"

蘑菇愕然，她忘了提前交代，一时不知如何作答。

"不是我，是她。"包子倒是想得开，指了指蘑菇。

盈盈自知说错，尴尬地拉着绫香在房子里转悠，包子则在客厅陪明达聊天。

"这装修风格真好看。"盈盈恭维。

"家具搭配得也很好。"绫香也附和。

"还好吧。"蘑菇谦虚了。

盈盈坐在主卧的床上，若有所指地说："你看这大床，你家那位可真会享受啊。"

"得了吧，我们在一起都五年多了。"蘑菇不以为然，"除非皮囊下能换个人，否则都没有激情了。"

"至于吗？"盈盈拍了一下蘑菇的屁股，"你可是个大美人啊。"

"莫茹这话还真没错。"绫香突发感慨，"在一起久了，你就知道了。"

"所以说，爱情真与长相、金钱无关，两人能处得来才是王道。"蘑菇又开始言传身教。

"行了行了，你别逮着机会就给我们洗脑。"盈盈不耐烦地打断。

蘑菇察觉出盈盈有些暴躁，本想探明原因的，但被包子喊去准备午餐了。

　　午餐吃的是包子最爱的火锅，按包子的话说，没有比在冬天里吃火锅更大快人心的了。为此，蘑菇和包子提前一个晚上逛超市准备食材。

　　"这牛肉真好吃。"绫香一连吃了几块，她也是好吃之人。

　　"这是我用特制酱汁腌制的。"蘑菇得意地说。

　　"嫂子真是入得厨房，出得厅堂啊。"明达赞许。

　　"那是，不然当年她怎么能从众多狂蜂浪蝶中脱颖而出，赢得我的青睐。"包子大言不惭。

　　"不是吧？"盈盈惊住了，看着蘑菇，"你？"

　　"是吗？"蘑菇轻蔑地说，"是谁当年每天跟在人家屁股后面上自习？是谁当年每晚赖在人家宿舍楼下不肯走？是谁当年每回拦着人家强调非君不娶？"

　　"不知道，我早忘了。"包子马上低头吃菜，还夹了一块萝卜给蘑菇，"这煮得真入味，你多吃点。"

　　"我跟你们说，当年多少人不看好他追我。"蘑菇一口将萝卜吃进嘴里，"本姑娘就是好心，秉着我不入地狱，谁入地狱的精神才收了他。"

　　"是，是。小的日后必定为奴为婢侍候主子。"包子低眉顺眼。

　　"这就对了。"蘑菇神气地说，"把那金针菇给我下了。"

　　在座的绫香、盈盈和明达见状，哄堂大笑。

　　大笑过后，明达补充道："其实在读研时，柳航的个性和口才还是挺受女同学欢迎的。"

　　蘑菇是个醋坛子，包子和她在一起后，除她的女性朋友外，在她面前，包子很少与其他女性有接触。所以，蘑菇还是挺不屑一顾的："行了，你就别给他找补了，一会儿他又起劲了。"

　　餐后，包子和明达忙着收拾碗筷，盈盈忙着和男友打电话，蘑菇陪着绫香站在阳台上看风景。

　　"这边空气清新，环境也很好。"绫香说。

"是呀，前面是山，旁边两个大公园。"蘑菇说。

"咦？"绫香细想了一下。

"怎么了？"

"好像蒋少也住这附近。"

"哦？是吗？"说起他，蘑菇还有些担心，"调查怎样了？他会有事吗？"

"当然不会，他可是蒋少啊。"绫香自信地说。

又是周一，Susan神清气爽地召开小组会议，照例将蘑菇他们挨个训了一顿。当时，蘑菇就知道，内部调查是没问题了。

果然午休的时候，Sam过来说了："刚收到消息，调查初步认定是风管部没有做出正确的风险评定，导致项目的决策有误。"

庄美所有业务部门的项目，在上高层会议投票表决前，都需要由风险管理部出具一份关于该项目的风险鉴定及评估报告。

"真是虚惊一场。"雨涵笑颜渐开。

"这招可真损，责任全推给风管部了。"林庭说，"这事只要和海外部沾上半点关系，都是往蒋总的脸上抹黑。"

"这本来就和我们部门没关系，蒋总怎么会有问题呢？"雨涵不高兴了，"M，你说句话啊。"

蘑菇笑着打圆场："我只知道这事跟我们这些小菜鸟一点关系都没有。"

下午，蘑菇将之前借出的文件归还到档案室。

到档案室时，蘑菇看见有个中年男同事对着江叔痛哭流涕。

"怎么了？"蘑菇低声问袁阿姨。

原来那正是负责希光制药项目风险评估的员工，江叔以前也是在风管部工作的，与他是多年旧识。

"当时海外部为了业绩增长，是蒋澄思给我不断施压，跟我再三强调如果这个项目有问题他会负全责，我才让降低风险评级的。"那男子气愤地说，"现在出问题了，却将责任全推到我身上，真是太无耻了。"

"那些高层都是一丘之貉，处事重利轻义，遇事明哲保身。"江叔感慨万分，"我在这儿待了这么多年，早已看透。这也是没有办法的，换作别人也只能和你干一样的事。"

"我现在该怎么办啊？上有老下有小的……"那男子哭诉。

听后，蘑菇顿时义愤填膺。她万万没想到蒋澄思居然是这种人，之前她是对他有偏见，觉得他与孙小姐在一起是为了功利，但是后来因为绫香说的话以及她与他的接触，她开始纠正自己：他青云直上是靠实力，同理，他与孙小姐是真心相爱的，与功利无关。但是现在她又全盘推翻了，原来她一开始就是对的，他本就是一个功利的人，还是一个为了功利不择手段的人。枉她之前为他担心，实在是有眼无珠了。

偏偏有这么巧合的事，处于气头上的蘑菇返回办公室，在大堂乘坐电梯时，正好碰见了蒋澄思和项维。蘑菇一反常态，对两位高层视若无睹。不过，两人也不在乎，依旧谈笑风生。

三人进入电梯，蘑菇站在他们身后，怒视蒋澄思的背影，突然想起了发生在这部电梯里的往事。

"曾几何时，有人冠冕堂皇地说过，每个人都要为自己的过错负责。"蘑菇冷冷地说，"结果，自己的过错却往别人身上推。"

"你在说什么？"蒋澄思转身，难以置信地望着她。

此时，电梯门开了，蘑菇迅速越过他，留下一句话："拜托下次说教之前自己先照照镜子。"

其实这事和蘑菇八辈子都搭不上干系，她却为此路见不平去冒犯上级。如果问她后不后悔，很明显她是不会的，因为她是真心讨厌说一套做一套的人。

没过多久，蘑菇被叫到了副总办公室。她也自知在劫难逃，做好了挨批的准备。

"你真挺可爱的。"谁知项维一见她就笑了，"冲撞蒋少是为了内部调查的事吧？"

蘑菇默不作声，看来项维和蒋澄思同样是交情匪浅，他也称呼他为蒋少。

项维继续笑得她摸不着头脑："你知道吗，蒋少生气了，见惯世面的他，为了你这个小职员的话生气了。"

"那是恼羞成怒。"蘑菇忍不住了，"如果不是被我说中，为什么要生气？他就敢说自己是清白的。"

"如果说这三年来，蒋少执掌的海外部业绩和收入一直保持高速增长，里面一点瑕疵都没有，那是假的。"项维说实话，"关于希光这个项目，无论你听到的是什么，蒋少这么做是有原因的。当时，J.P（另一家投行）同意我们跟投一个GH项目，但是有隐藏条件，就是我们要跟投J.P指定的另一个项目，即希光制药。你知道我们在GH项目现时的账面净收益是多少吗？"

项维比画了一下手指："是12亿美元。希光亏的钱只是个零头。"

"不管什么原因，现在出事他推卸责任就是不对。"蘑菇不屑。

"他坐在那样的位置上，所考虑的事情与你不一样。"项维说，"况且这都是过程，结果才是最重要的。"

蘑菇冷笑道："那结果最惨的肯定是那个可怜兮兮的评估员吗？"

"当然不是，应该负责的是发起这次调查的人。"项维点上一根烟，意味深长地说。

"什么意思？"蘑菇不明白。

"风合不是每个失败的项目都会调查，这次来势汹汹，而且早有准备，显然是有人告发的。"

蘑菇皱眉："不会吧？谁那么无聊？"

"小妞，这里头水深着呢。"项维缓缓地吐着烟雾，"别看那些公司高层表面上都一团和气，暗地里也是存在人事斗争的。蒋少如此年轻就升任首执，并不是所有高层都买账。从他竞聘开始，就已经困难重重。上任后，本来首执理应在董事会占有一席之地，却有人从中作梗，使他没能入驻董事会。现在又有人翻旧账，想往他身上泼脏水。"

"没想到庄美这么大的投行，高层都是受过高等教育的精英，最后竟和清宫剧里的妃嫔一样钩心斗角。"蘑菇皱眉。

"美国国会精英云集，还斗得更厉害呢。"项维笑了，"机构越庞大，人事关系越复杂，其他投行同样存在人事问题。"

这一点蘑菇也不置可否，她转而问道："为什么和我说这么多？"

"以前我和你一样愤世嫉俗，看不惯各种职场上的不公。"项维站起来，绕到她身旁，"后来有人和我说，存在就是合理。每一个机构都有自己的游戏规则，如果想在这里玩下去，首先是接受，其次是学会，然后是运用，这样才能保全自己，走得更远。"

"凭什么？凭什么我要接受这些肮脏的规则？"蘑菇轻蔑地说。

"人不是活在真空中，现实就是如此残酷，只有顺势而为的人才能胜出。更何况……"项维灭了烟蒂，手搭在了她肩膀上，在她耳边说，"人活一辈子又有几个是干净的？"

蘑菇怔了一下，她想起爸爸也说过类似的话。

蘑菇爸爸长年经商，偶尔会在家里抱怨商场上的尔虞我诈。

小时候的蘑菇会安抚爸爸，天真地说："爸爸，他们坏他们的，你做好人就可以了。"

"小茹，爸爸也希望做个好人。"爸爸抚着她的头发，苦笑道，"只是人生在世，又有几个能脱俗的？"

蘑菇明白这句话的含义是在长大以后，总觉得里面蕴藏着辛酸与无奈。也许正是因为爸爸见过商场上太多的黑暗，他不愿女儿再去走自己的老路，所以在蘑菇大学毕业后，爸爸并没让她继承家业，而是给她找了一份安稳的国企工作。

顷刻，蘑菇回过神，斜眼看项维，拨开他的手："我和你有这么熟吗？"

项维笑着说："当然，我自认为是你的职场导师。"

"这是……"蘑菇紧紧盯着他的手腕。

"哦？这是袖扣，上面刻的是我女儿的英文名字。"项维将手伸到蘑菇面前。

"哦。"但其实蘑菇盯着的不是袖扣，而是那块帝舵男表。

06
小风波

那天，蘑菇过得浑浑噩噩，心情极度低落。

晚上到家，她见包子坐在沙发上，一个人在喝啤酒。

"怎么不开灯？"蘑菇问。而包子没有回答。

看来心烦的不只她一个人，她坐到包子身边，整个人靠在他身上："你怎么了？"

包子喝了一大口啤酒："有一个贪污的案子，我觉得顺藤摸瓜查下去能抓到大鱼。但领导让我别查了，赶紧结案。我不同意，还和领导吵了一架。他说如果我继续坚持，就把我撤出这个案子。"

"啊？那你还是接受吧，和领导闹翻可不是好事。"蘑菇向来担心包子因为耿直的性格在工作上会误事，一听就急了。

"这太荒谬了，我当检察官是为了理想，怎能每回遇到现实就屈从？我不会认同拥有金钱或权势的人就能逍遥法外。"

"这世间荒谬的事多了去了，因为无法改变，所以得学会接受，但是接受并不代表认同，却能使心里好受一些。"蘑菇耐心地说给包子听，也像在说给自己听。

"我没你想得开。"包子倔强地说。

"你应该这么想，虽然这个案子我无法伸张正义，但还有千千万万个案子等着我去伸张正义。所以，现在你要做的就是保全自己，回头再去实现你的理想。"

"你真会说话。"包子苦笑。

此刻蘑菇的内心充满矛盾，其实她自己也该照照镜子，劝包子别和领导较劲，自己却跑去顶撞上级。她蔑视项维说的话，和现在包子说出来的几乎没两样。人往往是说别人容易，放在自己身上却看不清了。

三天后，风合调查的结果公示出来了。希光制药的项目失败被认定是由于融资风险被严重低估，由风险管理部承担全责。评估该项目风险的负责人仅仅由中级经理降级为助理，而时任风管部的总经理陈光文（现任证券服务部的副总）则连降两级变为中级经理，被调职新德里。

公司内部纷纷议论，陈总没有直接参与项目，这样的处罚显然过分了。虽然出大事，部门头头也难逃处分，但是对没有直接参与的人，一般都是记过处理。

快下班的时候，蘑菇抽空去了一趟绫香的办公室，将上次借的礼服还给她。这衣服是早就该还了，但是一直留在干洗店，蘑菇老是忘记去取。

绫香升职后换了办公室，比之前的宽敞许多了，景色依旧优美。

"你先坐一会儿。"蘑菇进来时，绫香正忙着。

蘑菇静坐在转椅上，也没干别的，只是看着对面的绫香忙活。

过了一会儿，绫香的秘书进来了："这是陈总的调令，人事部需要您会签一下。"

"好，先放这里。"绫香头也没抬。

待秘书出去后，蘑菇问："陈总是不是发起这次调查的人？"

绫香抬头，错愕地望着她："没错。"

蘑菇感叹："你曾要求我在这里工作严于律己，但那些高层……"

"那是因为我不想你像他们那样，表面上作风正派，内里却是不堪入目。"绫香说，"相比之下，我更羡慕你和你男友活得表里如一，简单而快乐。"

蘑菇想问，这个"他们"是否也包括蒋澄思，但是她最终只说了一句："你对我真好。"

"但是你对我不好，让我徒增烦恼。"绫香从桌面上拿起一张歌剧票，"这是明达寄过来的。"

"哇，这多好啊。网上说这歌剧很热门，门票找黄牛都买不到。"

"我在犹豫要不要去。"绫香说。

"去吧。反正男未婚，女未嫁的。"蘑菇冲口而出。

绫香眼神闪烁了一下："我再想想吧。"

随着风合调查事件的逐渐平息，庄美迎来了一系列的公司变革。

其中最大的变革当属在首席执行官之下，设立了副总裁一职。该职务主要是分管公司非业务部门的日常运营管理。

蘑菇一早就注意到庄美组织机构扁平化得出奇，首执下面就是各部门总经理，一个人面对那么多的部门，根本很难实现有效的管理。

而且蒋澄思是业务部门出身，让他来管后勤事务，根本不得要领。之前还出过一个笑话，公司洗手间的马桶一直不好冲水，后来经过高层决议，统一更换马桶。结果采购部和财务部吵了起来，采购部要求换高端大气的，财务部以预算不足拒绝，两个部门主管一直闹到首执办公室。蒋澄思为这事头疼不已，苦思了半天才想出一折中的方法，平息二人的纷争。底下的人都笑话，所向披靡的蒋总居然为了一个马桶发毛。

最行之有效的办法还是多设立一个职位分担这些事务。这个职位由各非业务部门主管竞聘，最后确定由公关部主管戴茵菁担任。

而对蘑菇他们，影响最大的变革是，业务部门增加月度例会，向首执汇报部门当月的工作情况，要求全体员工出席。而之前的业务部门只实行每周例会，向部门总经理汇报本周工作情况，只要求助理级别以上的员工出席。

这次变革在业务部门引起了极大的震动，众说纷纭，褒贬不一。

对雨涵来说，无疑是一件好事，因为她可以在每月例会上见到蒋澄思。

而林庭的评价则是："这招太狠了，让业务部门的员工都只认他一张脸。"

现时公司四大业务部门，海外市场部、投资部、证券服务部和企业信贷部之间的业务存在交叉竞争关系，各部门总经理为业绩明争暗斗，谁也不服谁。当高层决策与部门利益存在冲突时，决策的传递与贯彻就会受到部门的阻力，普通员工就无法正确执行。所以，最有效的方法就是高层直接传递决策。通过这些变革，加强对业务部门管理，蒋澄思全面提升公司业绩的野心是显而易见的，因为业绩才是衡量一家投行地位的标准。

至于蘑菇，她唯一能肯定的就是，这次变革会带来愈加繁重的工作。

蘑菇是第一次在北方过冬，室内室外温差巨大，室内暖气开到二十五摄氏度，室外却是气温达到零下的冰冷，一不小心，她就开始了漫长的感冒。

再加上年底工作繁忙，蘑菇更是苦不堪言。经常加班回到家里，倒头就睡过去，次日早晨才起来洗漱。

某天夜里，蘑菇喉咙干燥，咳醒了，发现身旁空空如也。她爬起来倒水喝，在客厅碰见包子正在观看爱情动作片。包子见到她立马合上电脑，像偷糖吃的小孩一样窘迫地笑着。她突然觉得很对不起包子，自搬到新居以后，她工作劳累加上身体不适，两人就没恩爱过几次，严重忽略了他正常的生理需求。

她走过去坐入他怀中，头埋在他耳边说道："包子，你有需要就来吧。"

隔着薄薄的丝质睡裙搂着她凹凸有致的身体，包子也不能是说没有感觉的，只是见她病恹恹的样子，辣手也不忍心摧花了。

"还是等你病好了再说，你快去睡吧。"他贴心地说。

"你不睡，我也不睡。"她开始耍赖了。

"好，我和你一块儿睡。"他抱起她进房，两人相拥而眠。

次日早晨，蘑菇为了感激包子近来的理解和包容，信誓旦旦地说要好好补偿他，满足他N个愿望。

"N个愿望就不必了，只要一个就够了。"

"说。"

"下周四晚，我们单位举办年会，希望你和我一块儿去。"

"这算什么愿望？这本来就是我这个贤内助该做的事。是不是那些领导的太太都会去，就像电视里的那样，如果想丈夫的仕途一帆风顺，妻子也得在太太圈中搞好关系。"

包子汗颜："你想多了吧？只是我们领导交代有家属的尽量带上，可以活跃气氛。我们科室没有单身的，我不想一个人傻乎乎地坐在那儿。"

"放心吧，都交给我好了。"蘑菇豪气万丈。虽然上次包子最后服从了领导的安排，但毕竟是闹过不愉快，与领导的关系始终不尽如人意。所以，她还是很希望自己能出一点力，在包子的领导面前说几句好话，能为他挽回几分薄面。

这天上午，海外部第一次召开月度例会，大家都一大早在准备会议资料。由于蘑菇被安排去分派文件，她提前半小时到达会议室。没想到蒋澄思已经到了，他的秘书Cici也在整理会议资料。她发现蒋某人有一个很好的习惯，开会从不迟到，甚至比下属来得都要早。这是两人自上次冲突后的首次见面，蘑菇表达了作为下属应有的礼貌问候，蒋澄思也大度地点头回应，一切又恢复了常态。

如果问蘑菇小姐有什么优点的话，比较会变通算是一个。蘑菇爸爸自小教导她，一样米养百样人，遇上与自己不是一路的人，就笑着绕过去，没必要去纠结。虽然上次调查的事，蘑菇一开始是纠结过，但后来她总结出，能坐上高层位置的都不是一般人，尤其是蒋某人这样年轻的，所以每个人都有自己的活法，事不关己的话，还是高高挂起吧。

海外部的会议室，密密实实坐了三十多个人，当然只有助理级别的才能上桌，而一般职员只能搬个椅子坐外围。

蘑菇原本以为这么多人的会议会十分冗长拖沓，却没想到会议进展得飞快。整个过程，蒋澄思完全处于主导地位，他只要听到重点就会打住，其余无关紧要的内容示意直接跳过。同样，他表达自己的见解时，也是一两句简明扼要地概括。

整个会议控制在九十分钟内，其中有三分之一时间是围绕CWT项目进行讨论。

CWT是美国商业地产的龙头企业，专门兴建大型商业中心，五星级酒店，写字楼，公寓，集购物、餐饮、文化、娱乐等多种功能于一体的大型商圈。目前正计划进军亚洲地区投资商业地产，准备聘请一家投行作为金融咨询顾问。该项目投资金额高达百亿美元，相信融资规模也是近年来罕见的，必定引起国内投行的激烈竞争。

蒋澄思指示由海外部和投资部共同负责该项目："下月CWT负责亚洲区事务的总裁会到国内考察，我们一定要争取到顾问的资格，为日后的融资取得先机。"

"我希望这个项目全部由海外部来负责。"杨麟说。

蒋澄思显得愕然，却没有问原因："这个恐怕要通过内竞会来决定。"

"好的，请尽快安排。"杨麟坚定地说。

"什么是内竞会？"蘑菇悄悄问旁边的Sam。

"业务部门竞争项目的会议。有些项目涉及两个以上业务部门，如果部门间不愿意合作完成，就通过内竞公平竞争，最终决定由哪个部门负责。"

"这不是内耗吗？只要项目是公司的，哪个部门做不都一样吗？"

"当然不一样，这关系到部门的业绩，两个部门做，业绩就平分了。"Sam说，"不过看来这次杨总是为了争口气，之前投资部林总曾笑话他说没有蒋总的海外部会江河日下。"

会后，海外部又迅速召开紧急会议。

这个项目定了由蘑菇和Sam所在的小组负责（业务部门5亿美元以上的项目，就必须由两个小组负责完成），由Susan担任组长，杨麟和项维担任项目正副主管。

同时，内竞会的时间也确定下来了，竟然是在下周五举行。

"看来杨总是当真了，要求暂停手头上的所有项目去准备内竞会。"林庭说，"一下投入这么多的精力到CWT项目，万一输了都是白搭。"

"这也难怪，蒋总离开后，我们部门是被公开不看好的。"Sam说，"杨总肯定是想借此机会出一口恶气，表表实力。"

"不知道蒋总会不会主持这次内竞会，以前都是首执主持的。"雨涵就关心这个。

"应该不会吧，蒋总是海外部出身，是要避嫌的。"Sam说。

而此刻的蘑菇心里只想着一个事情，就是包子单位的年会。

午休的时候，她提心吊胆地找了Susan说下周四晚要按时下班的事，没想到Susan居然头都不抬就答应了。

蘑菇立马松了一口气，想想自己是瞎担心了。在这个项目组里，其他成员都是资历深厚的，哪里轮得上她上场，她充其量就是个凑数的。

果然在第一次召开项目会议时，蘑菇只被安排负责很简单的一部分数据分析。

很快到了周四下午，蘑菇是掐着下班的点去更换衣服的。

Susan正好出来，见蘑菇穿着一身便服在收拾东西就不爽了："你要去哪里？"

"领导，我之前跟您说过了，我今天要去参加男友的年会。"蘑菇笑容可掬。

"哦？"Susan想起好像有这么回事，"不过，你是去不了了。今晚要开项目会，最后过一次明天上会的资料。"

蘑菇心想这人怎么言而无信："但是我已经和我男友说好了。"

"你以为就你有私事？这里谁没有私事，项总的女儿还生病住院了，他不一样留在这里加班？"

"可是我的部分已经完成了，您看过也没有问题，所以留下来意义也不大。"

"你有没有团队精神？大家都在这儿忙活着，你好意思走？没事也得在这儿陪着。"

看着周围操劳的同事，蘑菇又于心不忍了，本来他们就关照自己是新兵，才没有分配过多工作，自己竟然以此作为提前离开的借口，确实不应该。

"包子，我去不了了，要加班。"

那边传来不悦的声音："不是都说好了吗？"

"可突然晚上要开会……"

"我已经和领导说了，今晚会带家属的。"

"对不起……"

"好吧，不说了。"

电话挂断，蘑菇心乱如麻，不禁担心自己出尔反尔缺席年会，会不会加深领导对包子的负面看法。

项目会一直持续到晚上十二点，其间蘑菇偷偷摸出来打了三个电话给包子，两次是无人接听，一次是关机，这让她急得像热锅上的蚂蚁。她能想象出包子孤独地坐在年会上，面对领导和同事的尴尬，整个晚上自责和愧疚充斥着她的内心。

加班结束后，蘑菇继续拨打包子的电话，却还是关机状态。归心似箭的她走出大厦才发现下起了漫天大雪。此刻她真的是沮丧至极，不但打不通电话，还打不到车。

突然，有一束亮光打在她身上，一辆黑色奔驰房车停在她面前，后座的车窗降下，蒋澄思探头出来示意她上车。

是他？蘑菇正将手放在嘴边哈气，极端恶劣的环境和心境，让她不做多想便拉开了车门。

上车后暖和多了，她报完住址后，头抵着车窗两眼发直，身心俱疲地安静坐着。

"我在玛莎见过你，和一个男的。"蒋澄思缓缓说道。玛莎是蘑菇家附近的一个购物中心。

"那是我男友。"这个问题带有试探性，她直接回了，又补充了一句，"他不是富二代。"

蒋澄思笑了："我又没问。"

"一般都会这样想。"

"但我不会，你一向不按理出牌。"

蘑菇一时语塞，分不清这个评价是褒义还是贬义。

"看上去他对你挺好的。"

想起包子的好，想起今晚自己做的混账事，蘑菇越发低落了。

"你怎么了？"自她上车，蒋澄思就觉得她情绪不对。

她憋了一个晚上，真想找人倾诉一下，无论那人是谁，是否合适。

"我从没听说过，上级考核员工，还要参考员工家属的表现。"蒋澄思向来是听重点的人，说话也是。

车厢内黑暗，间或迎来的车灯照亮他从容的侧脸，蘑菇再一次觉得工作以外的他是那么不同，远没有那么冷漠自私，心怀叵测。

沉寂片刻，蘑菇的手机响了，是包子打来的。

"你怎么不接电话？"她快要哭了。

"哦？是没电了。"

"讨厌，真吓死我了。"蘑菇开始进入旁若无人的状态，"你得赔偿我精神损失。那今晚有没有人为难你？"

"真的？那回头咱们可以单请领导一次……"寥寥几句，蘑菇马上舒展愁眉，转忧为喜。挂了电话，她向蒋某人道谢。

蒋澄思却置若罔闻，落寞地望着窗外转瞬即逝的街景。

车子停在了蘑菇家小区门口，她再三道谢后下车。未几，车子又开进了对面小区的地下车库。

蘑菇纳闷，原来蒋某人住得这么近，怎么从来没有遇见过他？

次日早上十点，内竞会在投资部的大会议室举行。

长型会议桌，两部门参会成员对视而坐，严阵以待。会议由信贷部总经理主持，五位董事会成员组成评审。蒋澄思没有参与主持和评审，但他还是来了，陪同孙董坐在一侧旁听。

"怎么来了这么多高层？"Sam蒙了。

"这是大项目，高层重视是正常的。"林庭说，"突然感觉如果我们输了，会死得很难看。"

这场内竞本身就是由海外部发起的，如果输了，当然是自打嘴巴。蘑菇初见这架势，还小紧张了一把。幸好，她对面坐着的是萧河，萧河友好地向她笑了笑，她也微笑回应，稍稍缓解了情绪。

会议开始，由海外部先发言，杨麟亲自上阵，就报告进行演讲。而投资部派出副总卓元凡进行报告演讲。

两个报告一比拼，蘑菇觉得这跟市场买菜差不多，不怕不识货，最怕货比货，相比之下，自己部门的报告竟逊色不少，赢面一下子缩小了。

报告陈述完，是问答环节，俗称挑刺环节。若海外部在这个环节无法突围的话，此场竞争是必输无疑了。

海外部的人全都坐直了，一边应付对方尖锐的问题，一边拼命翻阅对方的报告找纰漏，蘑菇亦是着急万分。

就在问答环节还剩二十分钟时，蘑菇的手机突然振动了一下，她的公司邮箱收到了一封邮件，发件地址却是私人邮箱，内容是："A serious mistake in part of calculations（计算部分有一处严重错误）."没有落款。

蘑菇抬头环视四周，只见蒋澄思意味深长地朝她点了一下头。她立即心领神会，翻到投资部报告的数据部分，核对主要参数指标。

时间一分一秒地过去，她的心咚咚地跳着，她强迫自己冷静冷静……

没想到是这样低级的错误，居然将IRR（内部收益率）算错了，这是评价项目优劣的一个重要指标，这一错可能导致整个结论都是错的。她马上将情况反映给了Susan。

会后，林庭是这样评价的："真是不怕神一样的对手，最怕猪一样的队友。"

"你说林总回去会不会狂吐血？"Sam加入嘲笑。

蘑菇负责善后工作，收拾整理桌上的文件。

Susan走的时候，特意经过她，重重地拍了拍她的肩膀。她条件反射地后退两步，以为自己又犯了什么事，结果Susan给了她一句："M，well done（M，做得好）."

这是Susan第一次称赞蘑菇，她竟然不知如何应答，只是摸着脑门，傻乎乎地笑着，直至Susan走远。

投资部是庄美员工人数最多的部门，位于A座2至9层，返回海外部需要先坐电梯到大堂才能折回C座的办公室。

在等候电梯时，萧河气冲冲地跑过来，把蘑菇叫住。

蘑菇最近倒是很少碰见盈盈。

"嗯，跟她打招呼都不爱搭理，老爱躲着人。"

"是吗？那我去看看她。"

电梯落到大堂时，蘑菇特意去了前台，盈盈却不在，蘑菇回到办公室时见到她在送信件。

"叫你呢，怎么越叫越走？"在走廊上，蘑菇追赶着盈盈。

公司的制鞋分平跟、中跟和高跟，日常蘑菇是穿平跟的，今天开会特意换上中跟的，带跟的鞋子毕竟穿不惯，走快了会不稳。

"你站住。"蘑菇好不容易才把盈盈拦下来，还差点崴脚了。

"你有事吗？"盈盈没好气。

"你的眼睛怎么有点肿？"虽然盈盈打了很厚的粉，但蘑菇还是看出来了。

"哪有？"盈盈侧过脸。

"你手腕怎么瘀青了？"蘑菇抓起盈盈的手腕。

"你烦不烦啊？"盈盈摔开她的手，打算绕开她。

"别走，你说清楚了再走。"蘑菇又挡住她的去路。

终于，盈盈被逼无奈说出了原委。

"什么？酒后暴力？"蘑菇吃了一惊，"你什么时候发现他有这倾向的？"

"前两个月。"

"那你为什么还不分手？"

"我……"

"你什么？你五行缺打啊？"

"你不明白……"

"我不明白什么？他不就是有钱吗？有钱也不能乱打人。"

"他对我挺好的，就这一个坏习惯。"

"你听说我，在一段婚恋中，家暴和外遇是最不可原谅的，这样的男人不要也罢。"

"我……"

"还你什么？马上分手，听见没有？马上。需要我帮忙尽管说。"

蘑菇说着说着急了，最后，盈盈答应回去想想。

"还想什么？你这人真是没救了。"蘑菇唾弃道。

当晚，为庆祝内竞成功，杨麟自掏腰包举办庆功宴，全部门员工出席。宴会定在城里的一家高级会所的包厢，环境古色古香，摆设典雅讲究。

蘑菇第一次参加部门聚餐，发现席上的饮品全是果汁汽水。

"怎么没放酒啊？"蘑菇问。

"蒋总留下的好习惯。"雨涵答道，"他说过，请客吃饭，喝酒在所难免，自己人吃饭，喝酒能免则免。"

虽然蘑菇酒量不俗，但她很赞同这一点，喝酒毕竟伤身。

菜肴主打粤菜，生炊龙虾、鸳鸯膏蟹、香烤乳猪……道道菜精致可口，色香俱全。

蘑菇是南方人，自然吃得习惯，还念叨着："这顿饭得花多少钱？杨总可真大方。"

"辛苦赚来的，必须花得痛快。"林庭说。

"也是。"现在蘑菇花钱也不手软了，给自己和包子买的东西都是高端大气上档次。虽然包子偶尔也埋怨她几句，但一想起自己工作起早贪黑，风里来雨里去，对自己和所爱的人好点，又有什么错的。

宴会的主角当然是Susan，在座的人轮番敬她。

一旁的林庭揶揄蘑菇："你这马屁拍得真响，明明可以自己说出来的，偏偏让给Susan出风头，这下她可是功臣了。"

蘑菇被揭穿了，窘迫地笑："我怕自己说不好啦。"

没错，时至今日，她蘑菇已经坚定不移地竖起领导先行的旗帜，反正让领导舒服的大方向肯定是对的。

这晚，蘑菇还不到十点就到家了。

包子正看着电视："哟，怎么今儿这么早？"

蘑菇偶尔也和包子提工作的事："我们内竞会赢了，老总高兴。"

餐后，杨麟告诉全体员工今晚不用回去加班，博得了满堂喝彩。

"对了，你不是一直想滑雪吗？同事给了滑雪温泉券，我们元旦可以去。"

蘑菇换完家居服，拿手机看了一下工作日程，元旦过后正好是CWT项目负责人来华的日子。这次，她真不敢下巴轻轻一点随便答应了，于是应道："看情况吧。"

"还看什么情况？你们不是忙完了吗？"包子从后面搂住她，"那温泉套房可以泡鸳鸯浴的。"

这么一说，蘑菇想起两人也很久没有旅行了，心一软就答应了。

事实证明，心存侥幸的思想是不正确的。

在元旦前，蘑菇收到部门邮件，参与CWT项目的员工取消休假，正常上班。

蘑菇唯有硬着头皮，和包子实话实说了。

"什么？我都预订好了。"

"那可以和明达一块儿去啊。"

"你让我和明达泡鸳鸯浴啊？"

"鸳鸯浴有什么稀奇的，我们在家也可以泡。"蘑菇笑了，"一会儿我就去放水。"

"你这人怎么成天糊弄我？"

"我也不想，但真有工作也没办法。还望相公见谅。"

"你成天忙得神龙见首不见尾，也不怕我去找乐子。"包子走进书房把门一关，"啪"的一声，不搭理蘑菇了。

蘑菇赶紧去给浴缸放水，放完了就去拍门："包子啊，赶紧出来，咱们现在就泡鸳鸯浴。"

没有动静。

"还不出来水凉了啊。"

还是没有动静。

"那我先泡着等你。"

蘑菇坐在浴缸里，等了许久才见包子进来。她正欲起身招呼，却见他走到淋浴区，自顾自地洗完，前后不到十分钟就走了。

蘑菇知道包子这回真气得不轻，看来只能使出撒手锏了。

沐浴后，她吹干头发，只穿着浴袍，跑到书房往包子怀里一钻。

"别人都说七年之痒，我们还不到六年呢，你就开始痒了。"

元旦假期过后的一大早，海外部会议室香气逼人，桌上摆了一长排盛开的水仙，黄蕊白花绿叶相间，显得生气勃勃。

虽然贵宾尚未到访，但是室内人人严阵以待。今天会议桌主位坐的是孙董，董事成员也来了两位。蒋澄思坐在顺数第三的位置，旁边坐着杨麟。

蘑菇不自觉地看了看表，会议是九点开始的，现在九点一刻了，怎么还没见人？

就在这时，门口传来了脚步声，只见去迎客的项维推门而入，后面跟着的是六位外国人，室内众人纷纷起立相迎，孙董十分友好地与走在前头的CWT亚洲总裁握手。

CWT亚洲总裁不是Brian Ruffalo吗？怎么变成了Jake Downey？

蘑菇深深地吸了一口气，不自觉望向杨麟，杨麟正和蒋澄思耳语，蒋澄思神色异样，若有所思地看了蘑菇一眼。

就在这时，杰克先生，没错，就是包子打过的那位杰克先生走到了蘑菇的面前："Nice to see you again.Miss Mo（很高兴再次见到你，莫小姐）。"

"Me too. Mr. Jake（我也是，杰克先生）。"蘑菇强颜欢笑。旁人用奇怪的眼神看着他们，蘑菇处变不惊地将杰克先生引到位置上落座，自己再返回坐好。

整个会议开得还算顺利，足足持续了两个小时。尽管一再挽留，CWT团队的人还是婉拒了午餐邀请，理由是还要赶着参加下午与G.S的见面会。

会后，孙董又与蒋澄思交代了几句，便和其他董事成员离开，只剩下蒋澄思和海外部的人。

蒋澄思终于面露愠色，右手一拍桌面，在座的人应声马上坐直了。

"CWT更换亚洲事务负责人，怎么事前一点消息都没收到？"

蘑菇心有戚戚，此时的蒋澄思威严无比，她还真没见过他发这么大的脾气。

"可能是临时换的。美国那边圣诞、元旦假期一块儿放，我们有一周都联系不上CWT的人。"项维解释。

"这是什么理由？现在我们完全处于被动地位了。"

"蒋总，这事是我们失策了……"杨麟小心翼翼地说着。

蒋澄思懒得听他废话："今晚孙董设宴款待杰克先生，你们无论如何都要邀请到他过来。"说完就站起来离开了，众人都还没来得及起身相送。

下午的时候，海外部负责CWT项目的人聚在一起，都无心工作了。

蘑菇更是心情烦躁，好端端的项目，大家前后努力了这么久，真希望那个杰克先生一码归一码，别因为上次的事影响到这个项目。

"记得这个Jake Downey不是在IHG开发度假村吗，怎么跑到CWT开发商业地产了？"Sam说。

"谁说得清楚？我们这够背的了，忙活大半个月，还搞了一个内竞，现在看来都白搭了。"林庭又话锋一转，"M，你和他还是挺有缘分的嘛。"

蘑菇瞪了他一眼："都什么时候了，你还有心情说这个？"

"大家别那么灰心，没准还有回旋的余地。"雨涵调解道。

不一会儿，蘑菇就被叫到了项维的办公室。

"什么？不行，我不去。"虽然蘑菇平常也会陪客吃饭，但是这次不一样。

"为什么？"

"我男友打过他。"

"人家都不计较，你还计较什么？"

"公关部那么多美女，随便找一个不可以吗？"

"人家就对你念念不忘，我有什么办法？"

话音未落，那头电话又响了。

"已经回复了，但是有条件……"项维正说着，又瞟了蘑菇一眼，声音低了下去。

挂电话后，项维说："蒋少让你跟我上去一趟。"

蘑菇是一万个不情愿来到了首执办公室。

蒋澄思正坐在沙发上低头看文件，见他们进来，将文件夹一合，随手扔在茶几上，站起来面向蘑菇，开门见山："你有什么可以担心的？"

本来蘑菇准备了长篇大论，可蒋澄思盛气凌人，让她乱了方寸，说出来的还是只有那句话："之前我男友打过他……"

"想想你的团队成员，为这个项目夜以继日，你作陪一顿饭，真有这么难吗？"

这话说中了蘑菇的软肋，想起大家这段时间的努力，她也是于心不忍。其实她担心的是杰克先生对她居心不良，但她不好说出来，这样显得太小人之心了："但是……"

见她吞吞吐吐，蒋澄思隐约也能猜到几分，于是走到她身边，低声说："这么多人在，他能对你怎样？"

蒋澄思又转身对项维说："今晚你也去，把绫香也叫上。"

"能参加这么高规格的宴会，我真的很荣幸。"项维眉开眼笑。

蒋澄思的语气不容拒绝："不会有事的，我保证。"

蘑菇抬头见他眼神笃定，终于松口了。

后来的时间，绫香领着蘑菇到城里的一家高档百货公司挑选参加宴会的服饰。蘑菇是第一次到这种名店，虽然她也是见过世面的人，但这衣服的价格，让她左看右看都下不了手。而绫香正选得不亦乐乎，她自己挑了几件去试，又给蘑菇挑了几件。

由于时间迫切，蘑菇合身的、能直接穿走的，只有两件。一件是抹胸的紫色鱼尾裙，一件是露背的白色缎面长裙，一件露前面，一件露后面。她毫不犹豫，选了露后面的。绫香则选了一件鹅黄色的单肩长裙。

店里又通知珠宝店送来了几套可供搭配的首饰，全部价值不菲，蘑菇同样是下不了手。绫香选了一套铂金镶钻首饰，又给蘑菇挑了一套蓝宝石首饰。

蘑菇连忙摆手："我就不用了。"

"你客气什么？这都是记在蒋少账上，他都说了不用客气。"绫香交代店员留下这两套。

这时，店里进来了两人，孙璇和一位男子也是来看礼服的，不过没留意到蘑菇她们。蘑菇突然记起这男的还陪过孙璇买鞋子。

"怎么是他？"绫香纳闷。

"谁啊？"

"那是孙小姐的前男友。"

"你怎么知道？"

"以前孙小姐追蒋少的时候，那男的还老缠着孙小姐。我们那会儿培训，经常看见孙小姐等蒋少，这男的等孙小姐，真是个笑话。"

不过，或许是因为没有看到合适的，两人很快又离开了。

晚宴在一家著名的法餐厅举行。蘑菇站在包厢门口，一见杰克先生等人走近，便上前挽起他的手臂引路，杰克对这招似乎很受用。蘑菇也不是一个守旧的人，既然决定要做，就做全套。

包厢装修是典雅西式风格，恢宏的壁画，考究的装饰摆设，闪耀的水晶吊灯将室内照得金碧辉煌。

这时，孙董和孙夫人，蒋澄思与孙璇，还有三位董事偕同太太都已经来了，衣着十分正式，与客人寒暄过后就入座。

为什么外国人千里迢迢来到中国，还要请人家吃西餐？蘑菇看着那桌上一堆刀叉就发愁。蘑菇的右边是杰克先生，而幸好左边坐着绫香，绫香不断提醒她哪道菜用哪个餐具。

高级别的晚宴向来是用来联系感情，不会谈太多实事。高层们都懂英语，见识广，和客人并不缺少话题，大到各国政治经济，小到各人家庭情况，无一不涉及。

当晚孙董的兴致很高，一直高谈阔论，在提到家事时，还大方地宣布，蒋澄思和孙璇会在今年5月订婚，6月正式举行婚礼。

话音刚落，众人纷纷举杯祝贺。

蒋澄思淡然地笑着，孙璇则小鸟依人地坐在他身边，脸上洋溢着幸福的笑意，珠联璧合大抵就是这个意思了。

后来，话题自然落到这对准新人身上。

在被问到两人是如何相恋时，蒋澄思十分维护孙璇，说是自己主动追求孙璇的。

孙璇笑着说："我爸爸可喜欢他了，在陌生人面前都喜欢把他叫儿子，把我叫儿媳妇。"

"果然是中国好女婿。"蘑菇低声揶揄。

绫香失笑："孙小姐真是好福气。"

蘑菇见绫香说这话时神色黯然，于是豁达地说："这福气你我都会有的。"她注意到项维不时向这边看来。

至于杰克先生，一开始还是很规矩的，但是喝多两杯以后，就开始重蹈覆辙了。与蘑菇说话时，脸总是挨得很近，几乎都贴到蘑菇脸上了，还有他那冰凉的手总是有意无意地贴着她的后背。虽然蘑菇的裙子正面相对保守，但后面是一个椭圆的镂空，直落腰间，洁白的背裸露在外。

这让蘑菇十分不爽，却又不能发作，只能碰一下就笑着皱一下眉。

在上最后一道菜时，蘑菇的手机响了，是包子打来的，她到门外接听。前后不过两分钟时间，回来时见到杰克先生一行正和高层们握手告别。

这么快就结束了？蘑菇心中大喜。

绫香走过来说："刚刚杰克先生说要赶下一场，G.S为他们准备了欢迎派对，他还说想让你继续作陪，孙董一高兴就替你答应了。"

"什么状况啊？"蘑菇呆若木鸡，脑子打结，任由绫香帮她穿上外套。

"放心吧，一会儿联系……"

还没等绫香说完，杰克先生走过来，迫不及待地拉着蘑菇离去。

如果不是亲眼所见，蘑菇绝不会相信眼前的景象是真的。

在酒吧的豪华套间内，伴随着震耳欲聋的舞曲，一堆眼大脸尖、波涛汹涌、衣着暴露的女人捧着酒杯，欢声笑语地环绕在衣冠楚楚的男人们身旁。早听闻业内盛行这种声色犬马的派对，她蘑菇今天算是开眼了。

身陷囹圄的蘑菇一直保持高度警惕，却架不住杰克和两位相识的同行的极力劝酒，两杯烈酒下肚，很快她就不胜酒力了。

趁着还有意识，她借口上洗手间。她坐在马桶上，苦思冥想如何脱身。甩黑脸走人？不行，毕竟是百亿美元的项目，大家千辛万苦这么久。继续喝下去？不行，她肯定会挂的，挂了以后，谁能保证她毫发无损？还是和绫香商量一下吧，打开包一看，手机没电了，她真是气不打一处来。想想最可恶的还是那个蒋澄思，她都说不来了，他却利字当头非逼着她来，还说会没事，现在有事了，人呢？

这时，门外又是催命的敲门声："里面的人掉马桶里了吗？"

她一筹莫展地返回后，突然以为自己眼花缭乱了，揉了揉眼睛才确信，坐在杰克先生对面谈笑风生的是蒋澄思，他还是身穿宴会的西服，只是把领带卸了。

蒋澄思挥一下手，示意她坐到自己旁边。

莫名其妙的蘑菇一坐下，蒋澄思的手覆上了她的大腿，脸贴到她耳边："靠着我。"只见他眼含深意，她顷刻了然于心，依言顺势靠过去。

蒋澄思松开衬衫的领扣，伸手从后面环住她的腰。他的掌心温热，附在她裸露的腰间，也不招人厌恶。

此情此景，杰克先生恍然大悟，不怀好意地笑着打量二人。

这时，有一个G.S的人过来："嗨，Kevin！稀客啊。"蘑菇认得这人是G.S的大中华区总裁。

蒋澄思扬了扬酒杯："Mark，不会怪我不请自来吧。"

三人碰杯一饮而尽，蘑菇十分殷勤地给他们倒酒。在倒酒时，她只给那两人倒了小半杯，却给蒋澄思倒了满满一杯。

蒋澄思哪会不知她的坏心思，低声一笑："本是同根生。"

蘑菇的头靠回他的肩上，哼了一声："这话该我说才是。"

蒋澄思搭在她腰上的手一紧，她不由得直了一下腰，又用肘弯将他一推，不料被他紧紧地攥住手。

Mark咳一声，终止了二人看似打情骂俏的动作："正好你来了，我们把事谈一下。"

"好。"蒋澄思正一下身子。蘑菇又安然地耷拉在他身上，醉意渐浓，她闻到了沁人心脾的原木香气。在树枝摇曳的那个早晨，她纵身一跃后，也曾被这样的香气环绕……

蒋澄思拥着蘑菇一出酒吧，项维和绫香就迎了上去，一人搀扶一个。

"你没事吧？"绫香连忙问，"电话不接，后来还关机了，差点把我急死了。"

冷风一吹，蘑菇酒醒了不少："之前那老外缠着我说话，到了这边又太吵没听见。"

她又听见前面的项维说："你能不能想个高明点的方法？刚刚G.S的Nick打电话问我，你是不是在外面有女人，还拍了照片传给我确认。"

蒋澄思没有回应，只是揉着脑门，转过身对绫香说："还是我送她吧，我们住得近。"

蘑菇难得乖巧，听完就钻进蒋澄思的专车了。只见项维还想说两句，但是蒋澄思挥挥手，示意他回头再说。

回去的路上，蒋澄思全程闭目养神，蘑菇估计他也是喝多了，两人一路沉寂。

蘑菇到家已经过了一点，灯没开，包子已经睡了。于是，她迅速躲进浴室沐浴更衣，再蹑手蹑脚地上床。

"包子，你怎么还不睡啊？"蘑菇发现包子正睁眼看着自己。

"睡不着。"

"为什么？"包子一向嗜睡，他失眠，地球都不转了。

"不为什么，就是睡不着。"

"要不起来喝杯牛奶吧。"蘑菇实在是累了，说没两句，倒头就睡过去了。

一周后，CWT团队公布合作意向，由庄美、G.S两家投行共同担任该项目的金融顾问，庄美主要负责东南亚地区，余下地区由G.S负责。

"没想到居然会是这种分猪肉的结果。"林庭说。

"但幸好我们分到的是一块肥肉。"蘑菇笑了。

"蒋总出马，哪有失手过的。"雨涵说。

"有本事就全拿下了。"林庭不屑。

"你这要求也忒高了。"蘑菇不满。

"M，你什么时候转变阵营了？"林庭诧异。

"我是对事不对人。"以往林庭挤兑蒋澄思，蘑菇一贯保持中立，但这次念在蒋某人救过她，就为他说一次话吧。

与CWT正式签约时，蘑菇与杰克先生再次碰面，那厮对她可是相当客气，蘑菇庆幸蒋澄思没出席，不然场面就难堪了。

某个周末傍晚，蘑菇正忘情地投入在年终总结中。

"家里没盐了。"包子在厨房喊着。

"什么？"

"我说家里没盐了。"包子走到书房门口。

"哦，那就出去吃吧。"蘑菇目光都没离开电脑屏幕。

于是，两人来到家附近的一家日本料理餐厅。餐厅装修是和式风格，幽静典雅，全是隔离的包间，没有散座。

"哇，怎么这么贵？"包子一看菜谱就咋舌。

"这家餐厅很有名，听说是一个京都人开的。"蘑菇早就想过来试了。

"走吧，太贵了，吃不起。"

"我们吃得起，我最近发了分红，就好好撮一顿吧。"蘑菇三下五除二就把菜点完了。包子看了直摇头。

"真好看，也好吃。"日本料理对食物的观赏性十分讲究，常会拼摆出多种图案，蘑菇实在叹为观止。

包子则感觉索然无味，边吃边说起春节回家的安排。

蘑菇听到包子提出的两人分别回家的建议，不禁怔了一下。

"或者，我们可以一起先回你家，再回我家。"

包子摇摇头："算了，春节也就七天假期，免得来回跑两个地方了。"

蘑菇想想也是，捏了一下包子的脸："想起有七天时间见不到你，真是好不舍得。"

"上次你到杭州出差，去了十天，也不见你这么说。"包子不屑。

"工作和放假不一样，放假我想和你天天都腻在一起。"

自从接了CWT项目，蘑菇的出差时间明显增多了。当然出国的肥差是轮不到她的，但是国内的事情基本都是她在跑。

餐后，蘑菇习以为常地接过了账单，忘记从何时开始，包子已经不再和她抢着付账了。

过年的时候，蘑菇和包子按计划各回各家各找各妈。

在短短七天时间里，蘑菇马不停蹄地走亲访友，不知疲倦地胡吃海喝，真是过了一个充实的肥年。

末了，蘑菇妈妈还叮嘱她与包子商量结婚的事。

"妈，您急什么？"

"你今年都二十五岁了。"

"二十五岁算什么？我那些同事二十七八岁才会考虑这事。"庄

150

美的员工多数是海归，学历基本是硕士或以上，毕业晚，工作晚，自然成家晚。

"可你们都谈了这么多年，应该有个结果了。我现在没有别的指望，就等着抱外孙了。"

"妈，您扯远了吧。"

蘑菇无语了，她现在这样忙，结婚都没有时间，何况生孩子。其实两个人都生活在一起，结婚只是个仪式而已，后来她就敷衍妈妈几句，完全没放在心上。

节后，蘑菇又投入到忙碌的工作中，这晚她十点多回到家，见包子板着脸坐在沙发上。

"今天吓死我了，怎么回到家发现多了一个人？"

"那是我新请的钟点工杨阿姨。你前两天在郊外培训，我忘了跟你说。"蘑菇笑着说。

"为什么无端端请阿姨？"

"我觉得有个阿姨打点家里挺好的，可以打扫卫生、做饭、洗衣服，咱们还不用自己熨衬衣。关键是，你以后就不用老抱怨自己照顾家里很累了。"

"你怎么不先和我商量一下？现在家政费用这么高，请阿姨得多少钱？"

蘑菇报了一个数，包子果然皱起眉头。她之所以不和包子商量，就是知道他肯定会反对的。

见包子不说话，蘑菇说："放心吧，我们负担得起。这个阿姨之前为一个英国家庭服务了六年，后来那家人回国了，她才会到我们家里。家政水平是一流的，尤其是做菜，你明天就可以尝一下她的手艺。"

见包子还是不说话，蘑菇又说："杨阿姨是工作日上班，我安排她每天下午四点到八点到家里，要做一顿晚餐，你以后晚上不用吃食堂了，可以回家吃了。"

"那你晚上也回来吃吗？"包子终于发话了。

"我当然还是在公司解决，事情是越来越多了，上半年可能还要经常出差。不过没关系，杨阿姨可以陪你吃。"蘑菇转身嫣然一笑。

包子别过脸，叹了一口气。

"你怎么不说话了？"蘑菇捏了一下包子的脸。

"你都安排好了，我还能说什么。"

蘑菇跟着Susan与合作公司开完会已经晚上九点多了，最近她因为得到Susan的认可，心情极好。

她哼着小曲在公司门口拦出租车，听见后面有熟悉的声音："是回家吗？"

蘑菇回头一看，见是蒋澄思，连忙点点头。

两人也是许久未见，坐上车后，蒋澄思问道："最近工作怎样？"

"很好，在忙CWT的项目。"蘑菇笑着回。

话音刚落，蘑菇的肚子就响起来了。

"你还没吃饭？"蒋澄思皱眉。

"嗯。"蘑菇不好意思地说，"开会忘了。"

"干我们这一行，饭还是要按时吃的。"蒋澄思说，"玛莎附近有家深夜食堂，到那边吃点东西吧。"

"不用了，我回家泡个面就好。"

"没关系，正好我也没吃。"

"五十步笑百步。"蘑菇扑哧一笑，蒋澄思反应过来后笑了笑。

此时，蘑菇的电话响了，她接着电话眼泪都要掉下来了。

"怎么了？"蒋澄思问道。

"我男朋友进公安局了，你能送我到西区公安局吗？"蘑菇一边拭眼泪一边说。

蒋澄思交代完司机，又问："有什么需要帮忙的吗？"

蘑菇摇摇头，蒋澄思也不便再问了。

车子在公安局门口刚停稳，蘑菇像箭一样冲了出去。

包子还在被审讯，接待蘑菇的警员介绍了包子出手伤人的案情。

蘑菇在审讯室外的长廊上来回踱步，明达的电话一直无法接通，她又不愿意惊动其他熟人，事关包子的颜面。

正当她心急如焚的时候，有一个西装革履的男人走过来："你好，请问是莫茹小姐吗？"

蘑菇点点头，男人又说："你好，我是蒋总的私人律师徐枫。蒋总让我过来看看有什么可以帮忙的。"

蘑菇说了大概，突出了诉求："我男友是检察官，我不希望这件事影响他的工作。"

徐枫从容不迫地说："如果是这种情况，最好是私下和解，可以先去见一下伤者。"

徐律师陪蘑菇去了医院看望伤者，伤者的伤势并不严重，但那家人的气势十分嚣张，拒绝任何条件的和解，非要控告包子伤人。

蘑菇忧心忡忡地问："徐律师，这事最坏的结果是什么？"

"这是刑事处罚，要是真入罪，虽不至于判刑，但是……"徐律师欲言又止，"这事还得从长计议，我再了解一下情况再说。"

两人回到公安局给包子办了取保候审，徐枫又向包子询问了详细情况。

包子出手伤人，事关他负责的一宗性侵案件。

该案件的受害人是一位家庭贫困的女大学生，嫌疑人是一位富二代的男大学生，两人是同学关系。案发后，嫌疑人强调自己在金钱上资助女方家庭，女方是自愿与其发生关系的，嫌疑人态度十分傲慢，毫无认罪表现。不但如此，嫌疑人家属百般阻挠包子取证，还经常骚扰侮辱女方。今天嫌疑人的舅舅又去辱骂女方，被包子碰见，他是忍无可忍才出手的。

"具体情况我已经了解，我回去再想想办法。"徐枫说。

与徐枫道别后，包子问蘑菇："你是怎么认识徐律师的？"

"我同事介绍的。"蘑菇憋了许久的情绪终于爆发，"包子你出来工作了，怎么还是那么冲动？你考虑过后果吗？"

包子自知理亏，不再回答。

"不管怎样，你明天跟我到医院赔礼道歉，请求对方的谅解。"

"我没有错，我不会道歉。"

"包子你实在太幼稚了，只有孩子才分对错，成年人只看利弊。"

"就当我是个孩子吧，我宁愿坐牢都不会向那样的人低头。"包子和蘑菇一路冷战。

到家后，包子收拾床铺到隔壁房间睡了，蘑菇气得一夜未眠。

隔天早上，蘑菇心事重重，踩着上班的点给徐律师打电话。徐律师回复说他正在处理，后续会联系她。

蘑菇一早上看报告，一个字都没看进去，她借口去法律部送文件喘口气。

"对不起。"蘑菇进电梯头也没抬，碰到人了。

"你还好吧？"

蘑菇见是蒋澄思，连忙说："昨晚的事……"

"你不用担心，徐律师经验丰富，会处理好的。"

蘑菇还想说几句，但是电梯门开了，蒋澄思迈出去了。

下午，蘑菇又打了一个电话给徐律师，结果是忙音，她快要绷不住了。

快下班的时候，蘑菇接到徐律师电话。

"解决了？都解决了？"

"那花了多少钱？我付给你。"

"不用赔偿？"

"医药费也不用？"

"不，那律师费我总要付的吧？"

"徐律师，那我总得知道事情是怎么解决的。"

最后，徐律师只是回了一句："蒋总说您不必知道。"

07
渐行渐远

　　放下电话，蘑菇的心理压力来了。

　　这回，蒋澄思帮的是多大的忙，她心里面明白，一声不吭不是她的作风。她思前想后，发了一封邮件道谢，还顺带邀请他共进晚餐。反正她的意思到了，来不来是他的事。

　　收到回复的时候，蘑菇意识到自己脑子是被门板夹了，这是一件多么麻烦的事，她又不得不开始预订餐厅。当晚附近的高档餐厅几乎都被订满了，除了一个贵得令人咋舌的中餐厅。经历过这一次，蘑菇是深刻体会到爸爸那句话了——钱能解决的问题都不是问题。所以，她眼都不眨一下就订了。

　　晚餐约的是八点，蘑菇提前过去打点。可到那儿一看，那餐位挨着门口，她连忙要求换桌，但服务员傲慢地说没位置了。

　　蒋澄思是按时到的，蘑菇已经把菜点好了。她又解释由于预订晚了，才没有好的位置。

没想到那餐厅经理瞬间过来了，毕恭毕敬地道："蒋总，您怎么坐这儿啊？赶紧里边请。"转身嘱咐服务员马上将餐位换到里头的包间。

蒋澄思将西服脱下搭在椅背上，摆摆手示意不用了。

趁着蒋澄思出去接电话的工夫，那经理又凑上来："蒋总是我们这儿的贵宾，我刚看了一下您点的菜，都不像是他爱吃的。"

蘑菇一听："那还能不能换？"

"换什么？我们直接送就可以了。"

那经理又守在旁边，亲自上菜分菜，一会儿一句："这是西湖酥鱼，我们的新菜，蒋总您尝尝。""今天这生蚝特新鲜，让厨房给做了清蒸，蒋总您试试。"导致两人坐下后，都没能说一句完整的话。

终于，蒋澄思发话："我们自己来就可以了。"

那经理也是会察言观色的人："那好，有事随时叫我。"

"你经常来这里吃饭吗？"蘑菇轻松了不少。方才两个人吃饭，三个人伺候着，她真的好不自在。

"偶尔有商务宴请会来。"

"早知道就不点菜了，直接吃送的就好。"蘑菇只点了四个菜，餐厅却送了八个菜，满满一桌都放不下，还用到了助餐台。

蒋澄思笑了，又见她神采奕奕，与几天前黯然的样子截然不同："事情都解决了？"

蘑菇连忙点头："对了，律师费是多少？我给你转过去吧。"

"没关系，徐律师每年收我这么多钱，办这点事算什么。"

"一码归一码，你还是把账号给我吧，我真过意不去。"蘑菇还是坚持。

蒋澄思看了她一眼，笑道："你就当欠我一个人情吧。"

其实给不给钱，这人情都已经欠下了，蘑菇只能顺着说："那好吧。"

接下来的气氛有点尴尬，蘑菇没话找话："你看要不要上点酒？"

"好啊。"

这人不是喝酒能免则免吗？她也只是客气问一下而已。

于是，经理取了一瓶红酒过来，给两人过目后就开封了。蘑菇的心直滴血，这饭已经不便宜了，这酒更是。

随后，蒋澄思又问了一下工作上的事，蘑菇一一作答了。

私下的他平易近人，蘑菇见他心情不错，遂开起玩笑："你有没有注意到那些服务员都看着你？"

旁边常有三三两两的服务员走过，无一不对他们行注目礼。虽然他只身穿淡蓝色的衬衫，但也别有一番英挺俊朗。

"没准是在看你。"蒋澄思笑说。

"我？"蘑菇下意识摸了摸脸蛋，旋即又恭维道，"你长得这么帅，会不会有困扰？"

"还好吧，刚进公司时会经常被认为是公关部的。"

"大家都以为你是偶像派，但其实你是实力派，对不对？"

蒋澄思露出与其身份不相称的青涩的笑脸，配合地点点头。

"那现在还会吗？"

"现在倒不会了。"

蘑菇想想也知道，现在的财经杂志和报刊经常报道蒋某人，名声在外，这样的误解自然少了。

这时，餐厅的音乐换成了《婚礼进行曲》，旁边的餐桌响起了掌声，蘑菇应声看过去，原来有一个男的捧着鲜花和戒指，单膝下跪求婚。

她被感动了，久久注视着："步入一段婚姻真的需要很多很多的爱。"

"又或者很多很多的钱。"蒋澄思只看一眼就回过头。

蘑菇也注意到，男方已经上了年纪，起码四十岁了，女方是才二十岁出头的妙龄少女，但愿不是金钱婚姻。

"但是我真做不到呢。"蘑菇自发感叹。

"为什么你做不到？"蒋澄思顺着问。

"想想一辈子都在自己不爱的人身边醒来，是件多么可悲的事。"

蒋澄思神色微变，酒杯已经放到嘴边，又举了起来："Cheers（干杯）。"

"For what（为什么）？"蘑菇也配合地举杯。

"Your love is more pure than me（你爱得比我纯粹）。"

蘑菇听得不太真切，也不好细问，又换了个话题："我想请教一下成功的秘诀。"

"我还不算成功。"

"对我来说，你就是了。"

蒋澄思略一沉吟："低头做事，抬头看路。"

这八个字果然精辟，蒋某人做事是无懈可击，做人更是个中好手，蘑菇暗自佩服。

两人有说有笑，时间过得比想象中快。到结账时，蒋澄思交代记在他账上，蘑菇坚决不让，那经理当然是听蒋澄思的。

"让你请我吃饭，存心寒碜我不是？"蒋澄思笑说。

两人出了餐厅，正好遇见项维陪着一位外国客人。项维看见两人直皱眉头，各自寒暄后告别。

车子停在十字路口等红灯，突然"砰"一声巨响，强大的冲击力让蘑菇的身体瞬间向后仰再反弹向前倾，幸好蒋澄思眼疾手快地拽住她的肩，不然她的头就撞上前椅背了。

司机老王低咒一句，转过身说："蒋总，看来是被追尾了。我下车看看。"

"你没事吧？"蒋澄思拍了拍蘑菇的肩。

蘑菇摇摇头，捂着胸口喘息。

不一会儿，老王回到车上对蒋澄思说："车损挺严重的，我叫一辆车过来送您。"

"不用了，也没多远，我们走回去吧。"

这天的夜晚，没有月亮，却细雨绵绵，雨丝又密又轻，让人听不到淅淅沥沥的响声。蘑菇撑开雨伞，走近蒋澄思。

"这雨不大，不用挡我。"他说。

"春雨绵绵易伤身，你没听过吗？"蘑菇执意为他遮挡。

"哪儿来这么奇怪的说法？"他轻笑。

"我妈说的，春雨湿气重，最容易导致人生病。"蘑菇理所当然地问，"你妈没和你说过吗？还是北方就没这……"

"我没有妈妈。"他说得轻快。

本是个欢快的话题，突然就沉重起来。蘑菇连忙说："对……不起。"

"不用道歉，这又不是你的错。"他笑说。

虽然他这么说，但她还是内疚的。蘑菇成长于幸福的家庭，不但是父母，爷爷奶奶、外公外婆全都健在，最听不得见不得身边这种至亲离去的事。读初中的时候，同桌男生的奶奶去世，她哭得比人家还伤心。

两人并排走着，她斜睨他一眼，心情复杂，说不出是怜是悯。没想到这么一个在杂志封面上风光无限的人，这么一个在谈判桌上所向披靡的人，这么一个前途无可限量的人，却没有了妈妈，人生不如意事十之八九，大抵如此。

明明是他没有妈妈，却见蘑菇愁眉苦脸的样子，蒋澄思心中自觉好笑，反过来宽慰她几句。

"那你小时候过得怎样？你爸爸对你好吗？"这话一出口，蘑菇又后悔了，万一他连爸爸都没有呢？

"还好吧，就是家里穷，过得艰苦些。"

"那你是怎么长大的？"蘑菇听着心都酸了。

"吃米饭啊。"

见她终于笑了，他嘴角也微微上扬，富人区的路灯每十五米一盏，明亮的灯光沿着笔直的大道绵延开去，前面路口左转就到家了，他却情愿天长地久地走下去……

包子得知对方撤诉之后，显得十分平静，反而问道："你是怎么认识徐律师的？"

"我同事介绍的。"蘑菇轻描淡写地说，"怎么了？"

"我在大学的时候听过他的讲座。"包子说，"他是国内排名第一的律所的大合伙人，所以，即使给钱也不一定能请得动他来处理这些小案件。你同事还是挺厉害的嘛。"包子看向蘑菇。

蘑菇笑了笑："我们公司卧虎藏龙，牛人多了去了，事情解决了就好。"

春天是万物复苏充满希望的季节，蘑菇也注意到身边有缘人爱情的萌芽。首先是林庭和雨涵，自从两人前往韩国出差半个月后，举止言行都有了微妙的变化——林庭不再挤对蒋某人，雨涵也不再抗拒林庭了。其次是明达和绫香，刚开始蘑菇没有察觉，直到那次绫香关心起包子的情况，蘑菇自问没有和她提过包子的事，正奇怪她是怎么知道的。细问之下，原来是明达透露的。

"你们到哪一步了？"蘑菇若有所指。

"你说什么啊？就平常朋友吃个饭聊聊天。"绫香不屑。

"好现象，一般都是从吃饭聊天开始的。"蘑菇煞有其事地说。

"拜托你想点正经的行吗？"

"我什么都没说，是你自己就对号入座了。"

最让蘑菇郁闷的是，萧河和盈盈这一对居然没有萌芽。自盈盈分手后，萧河的攻势已经很明显了，但盈盈还是不为所动，这让蘑菇无从劝起，只能感慨爱情真是个奇妙的东西。

包子生日恰逢蘑菇出差，她没法陪他庆祝，不过礼物蘑菇已经提前准备好，是一块欧米茄男表，之前绫香去法国度假，她特意拜托她带回的。

"我一公务员戴这个干吗？让反贪局找个理由请我去喝茶？"包子看完兴致不大，随手就放在一边。

"公务员就不兴找个有钱的家属啊？"蘑菇不屑，"我不管，反正你得戴上，你看我有一块女版的，这是一对情侣表。"

蘑菇在展示她那块女表，包子却不耐烦地推开："以后你别给我买这种奢侈品，你喜欢就买自己的好了。"

"你怎么了？"见自己精心准备的礼物不受待见，蘑菇也不高兴了。

"是你怎么了，你什么时候变得这么虚荣？"

"什么是虚荣？包子啊，追求美好事物是没有错的。"蘑菇理直气壮。

"你以前不是这样的。"

"以前是没有条件，现在有条件了，我只想给你最好的东西，难道这都有错吗？"

包子负气不说话，蘑菇也懒得去劝了，结果两人不欢而散。

蘑菇出差回来的那天正好赶上G.S中国分公司成立十周年的庆典。原本出席此类宴会的美差是轮不到她头上的，可穿着华丽的Susan临出门时遇上一个大客户要到访，林庭和雨涵都要陪同，于是蘑菇就被Susan痛心地指派去参加庆典。

宴会是在郊外的一个酒庄举办的，会场处处鲜花簇拥，展示公司成长历程的创意图片夹杂在其中，此外还摆有许多特色工艺品。

出席嘉宾自然是衣着庄重且正式，身穿制服的蘑菇处在人群中就显得鹤立鸡群了。她也有自知之明，随便找了一个角落自己待着去，可偏偏就被相识的同行揪了出来。

"你怎么穿成这样就来了？"G.S的Amy问。

"呵呵，我刚出差回来。"蘑菇笑着说。

"那还不如不来呢。"J.P的Dale摇头。

我也是这么想的，蘑菇心里嘀咕着，却没有说出来。

"对了，赶紧给我们引见一下你们老大。"Amy努了努嘴。

蘑菇顺着看过去，只见蒋澄思正和G.S的高层攀谈，项维也陪在一旁。

"我们老大有什么好见的，要见也是见你们老大。"蘑菇推托。

"我们老大哪有你们老大帅。"Dale也一哄而上。

"不要啦。"蘑菇回绝。

尽管如此，蘑菇还是被连拉带推地带到蒋澄思面前，蒋澄思见着她有些许意外，眉目间却加深了笑意。相比之下，项维嘴角一沉，面有难色。

蒋澄思十分大方地与Amy、Dale握手言谈，两人纠缠了他好几分钟，倾慕之情溢于言表，最后还要求与他合影。

"你们老大真心正点，他的照片不用修图都能发。"Amy说。

"还真心友善，一点架子都没有。"Dale说。

"拜托二位别花痴了，他都快要结婚了。"

蘑菇觉得她们真心丢人，刚才离开前，她尴尬地冲蒋澄思笑了笑，幸好蒋澄思扬了扬酒杯，示意她不必放在心上。

"结婚算什么？像他那样出色的男子，别说是小三了，哪怕是做小十都大有人在。"Dale说。

向来对爱情忠诚的蘑菇，实在无法苟同她们的观点，没说两句就借故离开了。

就在宴会接近尾声，蘑菇正发愁这荒山野岭的怎么回去时，收到了蒋澄思的邮件，说他九点能结束，可以坐他的车回去。蘑菇当然是忙不迭地答应。近来，蘑菇对蒋澄思的好感度急剧提高，除了觉得他身世可怜外，发觉他人也挺好的，有几次夜晚加班遇见，他都会捎带她回家。

蘑菇早早就在大堂处等着，见蒋澄思出来，十步开外就微笑，就差没挥手了。

"等很久了？"蒋澄思语带关切。

蘑菇摇摇头，其实是她早到了而已。正当两人欲离开时，G.S的一个秘书追出来了，对蒋澄思说，总裁Mark还想和他聊两句。

见蒋澄思略显迟疑，未等他开口，蘑菇就说："没事，去吧。我等你。"

蒋澄思回望她一眼，温言道："应该不用太久。"

这个场景恰好被出来的项维看在眼里，待蒋澄思走远后，他走到蘑菇身边，让蘑菇跟他的车走。

蘑菇当然是推却，但是项维的语气不容拒绝："走吧，我有话和你说。"虽然项维向来和善，但好歹也是上级，蘑菇只能从命了。

蘑菇用手机发邮件给蒋澄思，解释自己坐项维的车回去了。

"M，你是个聪明人。"项维冷不防来了一句。

项维说话一向直爽，蘑菇没见过他这么含蓄，道："你有话就说吧。"

"他快要结婚了。"

蘑菇皱一下眉，这句话是这样耳熟。

"他走到今天不容易。"

蘑菇隐约知道"他"是谁了，却不明所以。

"你以后离他远一点。"

蘑菇猛地回过神来，几乎要笑出来："你误会了，我对他一点想法都没有。"

"但是他对你有。"

"你是真不知道还是假不知道？"室友珍珍不可思议地望着她。

"我骗你干吗？"蘑菇没好气道。

"那愣头青每晚在宿舍楼下唱歌，你都不知道他是唱给你听的？"

"我当然不知道，我还以为他是练歌的。"

"敢情人家这一个多月都白唱了。"

"可他应该知道我有男友的，怎么还会想来追我？"蘑菇对于感情之事，向来是看旁人看得清楚明白，自己却是当局者迷。

蘑菇姿色出众，在大学初期追求者甚多，但和包子在一起后，追求者们大多知难而退了。唱歌的正是蘑菇的大学同班同学吴满斌。

"那有人要飞蛾扑火有什么办法？"珍珍耸了耸肩。

夜空又飘起绵绵细雨，蘑菇坐在露台的摇椅上，有些恍惚地想起了这件往事。北方的春雨仍有凉意，那凉意透彻心扉，蘑菇竟然惆怅起来。

她从来没往那方面想过，他有未婚妻，她有男朋友，各自心有所属，即使偶有暧昧，走得再近，她仍认为两人是最安全的组合。虽然她并不觉得他对她有意，可项维将话说到这份儿上，无论是否真有其事，她都不能不听不防。

想到日后要疏远他了，她有种莫名的失落。

她的头轻轻一侧，想靠在包子的肩上，却落了个空。

午夜已过，包子还没回来，偌大的房子就只有她一人，失落感在她心底渐渐放大。

其实，日常与蒋澄思见面的机会并不多，遇见了打个招呼是能做到的，但总有招呼不过去的时候，譬如这个晚上加班后，蘑菇在公司门口打车，蒋澄思的车又恰好经过了。

幸好，蘑菇是早有准备的，她应邀自然而然地坐上车。

蘑菇从包里取出一个蒂芙尼的蓝色礼盒递给蒋澄思。

蒋澄思诧异地接过打开，是一对镶有青金石的男士袖扣和一个梨花状镶青金石的女士胸针。

"这是送给你和孙小姐的结婚礼物。"

"怎么突然想起送这个？"蒋澄思语气平淡。

"上周我和我男友去订婚戒，想起你也快要结婚了，特意给你们挑了这个。祝你们幸福快乐。"

"谢谢，也祝你们幸福快乐。"迎面一束车光打在蒋澄思的脸上，虽然他嘴上笑着，可眼底里毫无笑意。

原本还对项维的话存疑，但见他此刻的神色，蘑菇已是全然明了。她不敢再看，别过脸凝望窗外。

两天后，蘑菇收到蒋澄思秘书送来的回礼，一对卡地亚的铂金镶钻情侣手镯。

此后，两人见面的次数果然就少了，蘑菇心想这样也好。

忙于工作的日子，是最容易过去的，春去夏来，转眼就到了5月。

这天下午，蘑菇的笔记本坏了，IT部门的人修了半天都没好，最后拿回去研究了，所以她只能提前下班回家。

说是提前下班，其实也不早了，到家已是六点多。听见开门的声音，杨阿姨迎了出来："哟，我还以为是先生呢。"

杨阿姨已年过四十，由于保养得当，看起来仍像三十出头，人也非常有礼貌，蘑菇虽然只见过她几面，对她的印象却十分好。

"因为先生说了不回来吃饭，所以我只简单做了点。"杨阿姨笑着说，"您稍等会儿，我马上多做两个菜。"

"哦。"蘑菇有点失望，她还打算回来陪包子吃晚饭的。

等她洗完热水澡，换完家居服，杨阿姨的菜也做好端上来了。一碟滑蛋虾仁，一碟清蒸排骨，一碟白灼芥蓝，全是清淡的南方菜，蘑菇看着就开胃，两人坐一起边吃边聊。

"杨阿姨，你做的菜真好吃，比外面的好吃上百倍。"蘑菇是个嘴甜的孩子。

"小姐您过奖了。"也许是因为在外国家庭工作过，杨阿姨对称呼很是讲究，尽管蘑菇说过直呼其名就可以了，但她还是坚持先生、小姐的称呼。

"我家那位就有口福了，可怜我啊。"蘑菇继续说着。

"不过，先生最近也很少回来吃。"

"哦，是吗？"包子最近好像是挺忙的，蘑菇也没太在意。

"有些话我也不知道该不该说。"

见杨阿姨放下碗筷，神色凝重，蘑菇觉得好笑："有什么不能说的啊？"

杨阿姨起身，去洗手间翻出了几根头发，摆在蘑菇面前："今天我又发现了这个，这是粘在先生外套上的。"

蘑菇是卷发，细软偏黄，而眼前的几根是直发，乌黑发亮。她拿起这几根头发出神地端详了许久……

包子到家的时候，蘑菇躺在床上还没入睡。她想过当面问个明白，但又不知道从何问起。她感觉对这事情不能冲动，随意猜忌质问，万一不是她想的那样，会很伤感情的。

午休的时候，办公室里空荡荡的，同事都去吃午餐了，满腹心事的蘑菇懒得动弹，让雨涵帮忙带回来。

"男人外遇的十大迹象？"背后传来盈盈诡异的声音。

蘑菇吓了一惊，马上关掉网页窗口："你吓死我了。"

"你堂堂海外部第一大美女，居然上情感论坛看这种帖子。难道你那位有外遇啊？"

"当然不是，我看着玩的。"蘑菇矢口否认。

"别装了，谁没事看这个啊？"见蘑菇不作声，盈盈又说，"要是真的，就赶紧甩了他吧。"

见盈盈说得如此轻率，蘑菇怒了："你这人怎么这样？你没听说过，宁拆十座庙，不毁一桩婚吗？"

"在一段婚恋中，家暴和外遇是最不可原谅的。你当时劝我分手说得有理有据，现在换你自己怎么就想不通了？"

"我们不一样，我们是有感情的。"

盈盈冷笑道："别以为自己的爱情有多么独一无二。要是真有感情，就不会出轨了。那你说，万一是真的，你准备怎样？"

这问题真把蘑菇给问住了，她只想过要确认，但是确认以后呢？她是最容不得背叛的，假若包子真的见异思迁，她该怎么面对？她该何去何从？她该情何以堪？直到这一刻，她才知道自己有多怯弱，竟然连想都不去敢想。

最近包子都过了十二点才到家，这晚蘑菇执意等他回来才睡。

"你工作真有那么忙啊？"蘑菇殷勤地接过公文包。

"是啊，最近接了一个大案，没以前轻松。"包子打了一个哈欠。

"你有没有话要跟我说？"蘑菇试探。

"下次不要等我，能早睡就早睡吧。"包子换完衣服进了浴室。

虽然蘑菇是个醋坛子，但包子在作风问题上，从来没有让她操过心。她细心想过，其实几根头发也说明不了什么问题，挤地铁公交时粘上也不足为奇。既然包子说工作忙，她还是应该相信他的，这么多年的感情，连这点信任都没有，未免也太脆弱了。但此后蘑菇还是留了个心眼，偶尔也会打电话给包子查查岗，虽然他的应答都很正常，可她总觉得他不对劲，却又说不出来哪里不对劲。

在后来与包子越来越多的摩擦中，蘑菇才发现是哪里不对劲了——是包子对她的态度，确切地来说，是对她的容忍度。蘑菇身上的很多毛病，原本包子能够忍受，现在却渐渐变得不能容忍了。比如说，蘑菇查岗这个问题，起初一天接到她三个电话，包子是可以接受的，现在一天两个电话，他就不耐烦了。又比如说，蘑菇花钱这个问题，起初她花上万块买个手袋，他都不曾说半句，现在花上千块买双鞋子，他都会揶揄蘑菇奢侈。然而，让蘑菇觉得最不可思议的是，两人爆发的最大冲突，竟然是为了一件旧衬衫。

一天早上，蘑菇见沙发上放着包子的一件衬衫，领口已经洗得发白，肩部也开口掉线了，她没多想就扔进了垃圾桶。晚上到家，包子把家里翻了个遍，问她有没有看见那件旧衬衫，蘑菇就如实说了。

包子激动地说："那件衬衫我拿出来放在沙发上，是想让阿姨去给补一下。"

"可我看见破了就给扔了。"

"你这人从来不爱惜东西，很多东西都还能用的就随便扔。"

"好啦，不就一件衬衫吗，再买一件就好了。"

"这衬衫是我爷爷送给我的，对我来说很有纪念意义。"

蘑菇知道包子爷爷前年去世了，一时语塞："我怎么知道啊？"

"你不知道就可以随便做主吗？你总爱自以为是，根本就没有尊重过我。"

"你至于这么上纲上线吗？我又不是故意的。以前我不小心把你大学毕业证给扔掉了，也不见你这样。"

"拜托你改一下行吗？不要一而再地挑战我的底线。"

"我就这么大大咧咧的性格，你又不是第一天认识我。"

"那请你莫大小姐以后不要再碰我的东西了。"包子朝蘑菇嚷嚷后，走进书房，"啪"的一声把门关上。

"你什么态度啊？你给我出来！"蘑菇气得直拍书房门。

随后，两人进入了史无前例的冷战状态，蘑菇也越发地陷入了不安。

周一大早，蘑菇刚到公司，座椅都还没坐热，就被Susan叫进了办公室。

"你看你写的是什么？这报告十有九错，数据错，连单词都错，你还想不想混啊？"Susan怒不可遏地将一份报告掷到蘑菇面前。

"对不起，我马上回去改。"蘑菇低头认错。

挨了一顿教训的蘑菇垂头丧气地改着报告，虽然她已经强行集中注意力，但还是控制不住老走神。

与包子持续半个多月的冷战，让蘑菇筋疲力尽，她低落的情绪和失神的状态渐渐影响到了工作。其实，她真不觉得两人这次的冲突涉及原则性的问题，过日子小吵小闹总是有的，实在没必要较劲那么久。一开始她也有气，不愿主动低头。但是时间长了，她也沉不住气了，等这周末包子出差回来，还是和他好好谈谈吧。

"铃"一声电话响，把蘑菇的思绪拉回现实。

项维正拿着高尔夫球棒在办公室里练习挥杆："这周日举办的亚洲投行交流会，由于主场在中国，国内五大投行特允派一名代表演说，介绍自己公司的发展现状。原定由公司去年的优秀员工Jason作为代表的，可他昨天打篮球手骨折了，没办法参加。"

亚洲投行交流会是由华尔街金融协会主办的，在业内颇负盛名，蘑菇也略有所闻："哦，然后呢？"

"我们准备派你作为代表。"项维说。

蘑菇大吃一惊："参加这类公开演说的人一向是公司出类拔萃的员工，Jason不行，也轮不上我。"

项维顿了顿："是蒋少授意你来负责。"

蘑菇奇怪道："为什么？"

项维说："因为这是一个千载难逢的机会，只要你这次表现好了，不仅能让更多的领导认识你，还能在以后的竞聘中加分。"

"这用意也太明显了吧？你为什么不阻止他？"

"作为他的下属，对此我确实持保留意见。但是作为你的上司，我不得不说，机不可失。"项维又补充道，"当然，最后还是你说了算。"

蘑菇摇摇头："这演说代表公司，责任重大，我没有经验，时间又仓促……"

听得出是推却之言，项维也回得干脆："好，我明白。"

此时，电话响了。

项维挂完电话，皱眉说："M，蒋少让你上去一趟。"

蘑菇敲开首执办公室门时，里面烟雾弥漫。

耀眼的阳光洒在灰绒地毯上，蒋澄思面向着窗外，转身见是她，随手将香烟熄灭，晶莹剔透的烟灰缸堆满了烟蒂。

近一个月没见，他依旧眉目清峻，神色间却有种说不出的焦躁。她从来没闻到过他身上有烟草的香气，脱口而出："我以为你不吸烟。"

"也吸，只是很少，也分时候。"

"心烦的时候？"

他笑了笑，没有作声。

她懊恼不该推己及人，这个散发出万丈光芒的男人能有什么烦恼？

她垂下眼帘，不经意瞥见他左手指间的一抹金属亮色，定睛一看，原来是戴在中指的铂金戒指。明明是没有镶钻的素戒，她竟然觉得有些刺目。

"关于华尔街金融协会的交流会，我已经向董事会推荐你代表公司演说。"

她回过神来："我和项总说过了，我没有这方面的经验，更没有这个实力，实在担不了这重任。"

他脸色一沉："你不要老是低头做事，还要学会抬头看路。这里从来都不缺少有实力的人，缺少的仅仅是机会。而人终其一生总会遇上几次能改变命运的机会，关键是能否把握住。"

她内心还是抗拒的，想坚定立场，但他这番肺腑之言，让她话到嘴边却又说得艰难："但我最近状态不好……"

未等她说完，他猛然走到她面前："你不是还欠我一个人情吗？这回就当还给我了。"

她抬头与他对视，面对如此坦然的目光，如此良苦的用心，她真不忍心再回绝了。

门是敞着的，Cici站在门口说："蒋总，孙小姐已经出发去机场了，请您也准备一下。"他不耐烦地应了一声。

"不要压力太大，William会帮助你的。"他缓缓说，"我也会。"

项维在部门的周例会上，公布了蘑菇作为代表演说的事。现场的同事无一不表现出惊讶及羡慕。

项维给出正面的解释："众所周知，庄美最卓越的部门是海外部，所以Jason受伤后，高层还是决定从我们部门选人。现在公司的政策是给年轻员工更多的机会，高层也希望这次看到新面孔，M作为最新加入我们部门的员工，外表、能力出众，是理想的人选。"

虽然这个理由听起来十分牵强，但是终究聊胜于无。

"蒋总当年也是在一个经济论坛中表现出色，得到高层赏识，随后由助理直升至副总的。"雨涵笑着说，"M，你要把握机会啊。"

蘑菇苦笑，心中有种"我之砒霜，彼之蜜糖"的滋味。

尽管不愿意，但是应了的事情还是要做的。

虽然是十分钟的演讲，可又要求脱稿，又要求英文，蘑菇头都大了。她的英文口语不太利索，项维特意从投资部调了一名翻译来纠正她的发音，还从公关部调了一个发言人员来辅导她的演说技巧。

"你这小妞悟性还挺高的嘛，短短五天能练成这样。"项维赞叹。连日来演练超负荷的蘑菇已经笑不出来了，一心只想着明天就能解放了。

这天晚上，到家见包子正在沙发上坐着，蘑菇才想起来今天是周六。

包子转过身道："你过来坐下，我有话和你说。"

蘑菇顺从地坐到包子对面："你说吧。"

包子神情严肃地说："这段时间我在反复思考一个问题，就是我们到底……"

"慢着，我接一下电话。"电话是项维打来的，说蒋澄思从美国回来了，想听一下她的练习演说成果，要求她加入一个电话会议。

"稍等一下，我要开个会，一会儿出来再谈。"蘑菇说完就扔下包子进了书房。

在电话中，蘑菇前后说了三遍，每一遍结束后蒋澄思都会认真地给出意见，要求她在重来时注意纠正。听完最后一遍，蒋澄思给出的评价是"Perfect（完美）"。

等到她忙完出来，包子已经不知所终了，只见客厅的茶几上留了一张便笺："我们分手吧。"

会场内名流云集，人们在悠扬的钢琴曲中畅快交谈，镁光灯不断闪耀人眼。

"没想到今天来这么多大人物，华尔街的几大巨头都来了。"项维看到如此盛况，不禁微笑感叹，"M，今天可是个大舞台，连我都要羡慕你了。"

一夜无眠的蘑菇像一具失魂的木偶，目光涣散地坐在沙发上。

项维也发觉她今天情绪不妥，自来了以后就不发一语："你没事吧？"蘑菇面无表情地摇摇头。

此时，一直陪在孙董旁边的蒋澄思抽身过来了："都准备好了吗？"项维笑说："万事俱备。"

蘑菇今天穿的是制服，却化了一个浓妆，在强光的映射下，脸色呈现病态般的苍白。

蒋澄思以为她是紧张，温声说："Take it easy（放松点）."

蘑菇无意识地点点头。他又转身和项维交代了好几句，才离开。

见蘑菇那么淡定，项维也很安心地陪着。就在蘑菇临上场时，她的手机突然振动一下，照片是盈盈传过来的，解释是刚逛街时碰见的。她看完后脑中嗡一声响，犹如五雷轰顶，一直处于绷紧状态的她再也挺不下去了。

"我一会儿上不了台了，我有急事，我要走了。"蘑菇突然站起来。

项维没反应过来："你怎么回事？"

"我现在脑子一片空白，一句话都说不出来。"蘑菇十分坚决地往外走去。

项维拦着她："你不能那么自私，你这么走了算什么？你知道他顶住了多少的非议，才为你争取到这次机会吗？他在你身上下的是赌注，他从来没输过。你这么走了，他就成了笑话。"

此时主持人正好念到了蘑菇的名字，她稍一犹豫就被项维推了上去。

她站在台上，底下数十双眼睛注视着她，她伫立数秒仍说不出半句，终于她在茫茫人海中找到了他。他正满怀期待地望着她，而她只来得及说了一句"对不起"，就匆匆离开了。

身后传来一片哗然的声音，可她都顾不上了，她此刻偏执若狂，她必须立即见到一个人。

包子接到蘑菇的电话并不意外，他让蘑菇在家里等他。

蘑菇一宿没睡，心悸得厉害，听见开门的声音，气都快要喘不上来了。

她递过手机，包子看完也不解释，只是平静地说："我们分手吧，我们在一起不适合。"

她气得发抖："荒谬，我们是昨天才在一起吗？你现在才说我们不适合。"

"一开始我妈妈提醒过我，我也不相信，可一起生活的时间越长，我越深刻地感觉到我们是两个世界的人，我要的你给不了，同样你要的我也给不了。"

"我知道有些事情我做得确实不对，没能如你所愿，但是我要什么你给不了？"

包子用手指着她的手袋、手表、耳环："这个，这个……还有这房子，这些我通通给不了你。"

"我根本不需要你给我，这些我都可以靠自己获得。"

"那这个呢？"包子翻出了被蘑菇藏好的那套蓝宝石首饰，"还有那个经常开着奔驰车送你回来的男人呢？"

蘑菇怔了一下："那是我的上司，他都要结婚了，我们只是普通上下级的关系。我敢发誓我和他清清白白，你敢吗？你敢发誓你和这张照片中的女孩是清白的吗？"

蘑菇死死地盯着包子，包子别过脸，就那么一瞬间她看在眼里，她歇斯底里地说："你知道我的底线在哪里，你知道我最忌讳什么，你为什么要这么做？是我对你不够好吗？"

"不，你对我很好，可都不是我想要的。我们之间有矛盾，现在分开各自寻找适合自己的人和生活方式，对大家都有好处。"

"我承认我们之间是有矛盾，可是谁家没有矛盾，有矛盾就解决矛盾啊。就像人有病一样，手有毛病就去治，难道你手有毛病就一刀剁掉吗？"

包子放弃了争辩，只是扶住蘑菇的肩，直视她的眼睛："爱也是一种成全，我成全你，也希望你成全我。"

蘑菇泪水哗啦啦地涌出来，茫然地望着眼前这个熟悉又陌生的男人，这个让她背井离乡来追随的男人，这个她拼了命来对他好的男人，这个说过一生一世爱她的男人，这个到头来却让她成全他的男人。天知道她是多么爱这个男人啊，又怎么可能不答应他呢？

"如果我的坚强任性，会不小心伤害了你，你能不能温柔提醒，我虽然心太急，更害怕错过你……"包子离去后，蘑菇蜷缩在沙发上，对着空气落寞地唱起。

夜幕降临，手机响起了无数遍，蘑菇仍然痴痴地坐在那里恍若未闻。

隔了许久，她听见了敲门的声音。来的人是绫香，见她失魂落魄的样子，绫香开口就说了一句："你真傻。"

一听这个，蘑菇的泪水又止不住流下来了。

绫香把她拥在怀里，既心疼又心酸："我都知道了，盈盈都和我说了。可无论发生什么事情，你都不应该这样自毁前程。"

"前程？我还要前程做什么？"

"别说晦气的话，我会和蒋少解释的，我不会让你有事的。"

蘑菇摇摇头："不用了，我已经不在乎了。"

见她情绪不稳定，绫香一直安抚她到深夜才离开。

次日一早，蘑菇收到了公司发来的停职半个月等候处分的邮件。她简单收拾了行李，买了张回家的机票。她是因为包子才来到这个遥远陌生的城市，现在她一刻都不想在这个城市停留了。

突然接到蘑菇回家的电话，妈妈很是意外，亲自到机场接她。

蘑菇妈妈一见女儿就说："也不知道是不是你们父女心有灵犀一

点通，你爸爸前几天胃溃疡住院了，本来不打算告诉你的，可你自己就回来了。"

正萎靡不振的蘑菇吃了一惊："严重吗？"

"老毛病，胃出血，做了检查，没什么事。"

虽然妈妈说得轻松，但是蘑菇还是不放心，坚持直接去医院看爸爸。由于蘑菇爸爸长年经商，交友甚广，这次生病住院自然不乏亲友探望。这天下午，就来了两位探病的朋友。

蘑菇爸爸见到女儿喜出望外："来，过来见过你陈叔、王叔。"

蘑菇很乖巧地打过招呼，然后坐到爸爸旁边。

"小茹，咱们真是好久没见了。"陈叔笑着说，"不过，你爸爸在我们面前经常说起你。"

"啊？说我什么啊？"

"说你自小聪明懂事，从来不让他们操心。在B城那样的大城市，找了份好工作，又有一个好男友，赶紧结婚再给他们添个外孙就圆满了。"

"哈哈，老陈，看你说的。"蘑菇爸爸大笑起来。

蘑菇的心被剜了一刀，想笑却无论如何都笑不出来。

客人走后，蘑菇又独自陪爸爸坐了许久。

见她心神恍惚的样子，爸爸总感觉不对劲："小茹，你怎么了？"

"爸爸，对不起。"蘑菇垂下头。

蘑菇爸爸怔了一下，旋即笑说："傻孩子，你不用自责，人老了总会有这样那样的病，我和你妈会照顾好自己的。只要你和小航过得好好的，我们做父母的就高兴了。"

蘑菇强忍着泪水，硬生生地点了点头。

后来，蘑菇又拖着疲惫的身心回到了这座充满忧伤的城市。

刚回来的那晚，迈进那个她和包子筑起的家，她又忍不住彻头彻脑地痛哭一番。

她告诫自己，失恋是不会死人的，所以我们才能存活至今。

一踏入庄美，蘑菇就能感到来自周围的异样目光，她也做好出来混迟早是要还的打算。

情况比她想象中要好一些，她没有被辞退，也没有被贬到鸟不拉屎的地方，只是被调职到投资部的互惠基金小组，负责二级市场投资。不过众所周知的是，互惠基金是庄美业绩最差的基金，而二级市场业务又是这基金中最惨不忍睹的一块。

然而，怎么活不是活呢？随便吧。

午餐的时候，蘑菇并没在食堂用餐，而是打包到一个僻静的露天休息区。

"你回来了。"盈盈径直坐到她旁边，轻轻地拥了她一下，"我真担心你。"

人在最柔弱的时候，简单的一个拥抱也能给予温暖，她淡然地说："没事，我很好。"

见她无精打采，盈盈拼命找一些有趣的话题，在说到公司最近安检很严格时，蘑菇提起点兴趣。因为她今早进公司时就过了两道安检，跟坐飞机似的。

"你真有所不知，你不在的这段时间，发生了一件大事。"盈盈神秘兮兮地说，"上周二夜里蒋总离开公司时，被一个不明分子袭击了，据传他之前也收到过匿名恐吓信。"

"啊？那他没事吧？"蘑菇连忙问。

"好像就受了点轻伤，过两天又来上班了。"

"那报警了吗？有没有说是谁干的？"

"应该报警了，但后来好像又不了了之。"

蘑菇再一次见到蒋澄思是在月度例会上，他神态略显憔悴，左右也多了几名着黑色西服的保镖。

由于蘑菇所在的小组不被重视，所以被安排的位置也是最不起眼的，这也遂了她的愿。

"这是什么玩意儿？但凡看过些财经报道的人都不至于写出这样的计划。"蒋澄思随手将报告一掷。

投资部的副总卓元凡诚惶诚恐地解释："她刚来，可能不太……"

"她刚来，你们也刚来吗？这种报告也能拿得出手……"蒋澄思语气极重。

那报告正是蘑菇撰写的第三季度投资计划书，她早就料到蒋某人不会轻易放过她，是福不是祸，是祸躲不过。

"托你的福，我们小组又要万众瞩目了。"蘑菇所在的小组组长Lucy不无讽刺地说。

蘑菇所处的小组有八位成员，她负责的是国内二级市场。所谓二级市场，就是股票市场。通俗一点说，她的工作就是炒股。

这工作虽然不像之前那样忙，老要加班、出差，当然收入也少了很多，但是到新的岗位上总要学习许多知识。

尤其是经蒋某人这么一闹，Lucy开始断了她这混日子的念头："拜托，你好好恶补一下专业知识，我们的业绩已经足够让人笑话，你就别再'锦上添花'了。"

尽管蘑菇已经很下功夫，但那蒋某人……

"哪怕三流的股票评论员，也不会做出这样的分析。"

"好歹也是在海外部待过的，英语说成这样是不想让人听明白吗？"

"你是在哭吗？那你先哭会儿，我们继续开会……"

这鸡蛋里挑骨头的水平，每逢月度例会，总有一个环节是奚落她的。这让她一边不懈努力，一边深感无力。

因为知道蒋某人针对她，而且是情有可原地针对她，组员们都举起了鲜明的旗帜，与她保持适当的距离。日常工作，她基本上形单影只。不过，幸好有萧河相伴，她才不那样难过。

萧河与她同一部门，却并不在同一组，但经常会过来鼓励她，认真仔细地检查她的报告，不厌其烦地教她英语口语，还会在适当的时候递上一杯咖啡，以至于蘑菇都产生了错觉，直问："萧河，你该不是想追我吧？"结果，萧河听后哈哈一笑。

这世间的情感分很多种，有一见钟情不能自拔的，有走得再近都不会来电的，蘑菇和萧河就是属于后者，蓝颜知己大抵也是如此了。

只是蘑菇不明白这样温柔细腻的男生，为什么盈盈还能拒绝？

有一次例会，蒋某人让蘑菇用英文简述一份报告，而蘑菇正好嗓子不太舒服，萧河就站了起来想替她说。

"这份报告是你写的吗？"蒋澄思鄙夷地说。

"不是。"

"那你就坐下，让写的人自己说。"

尽管最后还是蘑菇用沙哑的声音完成了简述，但那次她真感动于萧河的仗义，自此以后在公司都与他较为亲近。

那段日子是蘑菇人生中最黑暗的日子，不仅是工作上，还有在生活上。她不得不学习一个人逛街，一个人吃饭，一个人躺下，一个人醒来。她强迫自己接受现实，但往往又会不堪一击。有一次坐地铁回家，看见对面一位其貌不扬的女子将头轻轻靠在她男友的肩上，她忽然就热泪盈眶了。

她渴求的也不过是这种平凡的幸福，有个肩膀可以依靠，有个人可以说话，为什么包子就偏偏不能理解？

那会儿她的心态是真不好，成天把自己假想成各类悲剧的女主角，忧伤得无法自拔，也见不得任何美好的人和事物。

后来，为了避免再碰见那些热恋中的人，她买了一辆甲壳虫开车上下班。为了每天醒来的时候不会那么孤单，她将杨阿姨的工作时间调到早上七点到十一点。为了使房子不那么冷清，每当她在家时总会把电视声音开得很大。但无论怎么做，都掩饰不了她内心的孤单。

蘑菇自怨自艾的日子是被公司的一项规定终结的。原来庄美所有负责金融投资的岗位，都需要参加CFA（特许金融分析师）考试。考过CFA的同学都知道，这个考试不是有多难，而是非常让人烦，十多门课程一块儿考，考题涉及知识面甚广。此外，考试分为三个等级，起码两年才能考完。

得知此消息后，蘑菇仰天长叹，现在是求颓废也不能吗？

两年后的蘑菇，成了庄美极具传奇色彩的人物。

庄美的年轻员工，在说起"M小姐"时，总忍不住赞叹，流露钦佩不已的目光。

这两年，蘑菇在事业领域可谓风生水起。第一年末，她所操作的股票投资业绩增长1.5%，虽然这样的增长率对比庄美其他业务根本不值一提，但是纵观同行，庄美是目前唯一在A股市场上投资回报呈正增长的投行。所以，当组长Lucy看到她上报的业绩时，极度怀疑这统计的精确性，经反复确认才相信。自此之后，蘑菇就开始小有名气了，还有两家财经报刊找了她做专访，虽然只给了豆腐块的版面，但她也得意了很久。

在被问到她为何会取得这么骄人的成绩时，蘑菇想回答是遗传，因为她爸爸投资触觉一向灵敏，但最终她还是谦逊地回答是运气。

第二年末，A股市场一片惨淡，而蘑菇的投资业绩仍旧保持2.5%的增长。

有个财经论坛还专门找了她做嘉宾演讲，头衔是资深股票分析师，她心里虚得直冒汗，这哪儿跟哪儿，自己从业还不到两年。

再后来，连高层也知道了这号人物，起码提到她时不会再说是那个弃讲的傻子，而说是那个玩A股的天后。

总之，蘑菇已不再是那个刚进公司时总是低着头唯唯诺诺的女生，而是成了处事利落、雷厉风行的女人。而她的职位也从普通职员升到助理，再到现在的中级经理。随之变化的，还有她越穿越高的高跟鞋。

蘑菇一个人过着十分规律的生活，早上七点半起来，八点梳理完毕，八点半吃完早餐出门，晚上八点到家，九点洗完澡开始看书复习，十一点上床睡觉。即使是周末不用上班，她也会按点作息，周而复始。她习惯于将时间安排得满满的，虽然枯燥但又充实。

如果问她有什么业余生活，她可以直接回答没有，工作和考试就是她的全部。如果非要说一个，每个月末固定和盈盈、绫香逛街聚餐算是吧。

"都这么久了，你就没想过再找一个？"绫香笑着问。

"我这么忙，哪有时间啊？还是过两年再说吧。"蘑菇应道。

"两年前你也是这么说的。"盈盈不屑。

"我现在一个人挺好的，自食其力，自力更生。每次外出旅游坐的都是头等舱，住的都是高级酒店，不像一些国人去最好的度假胜地，却坐着最廉价的航空；买最贵的奢侈品，却住着最差的酒店。"蘑菇自豪地说。

"知道了，你简直就是现代独立女性的典范。"盈盈没好气地打断她。

"别说我了，说说你吧，你不是也单着吗？"蘑菇说。

"我是没人追，追你的可是前赴后继。"盈盈说。

"你敢多说一次，我劈死你，还真当人家萧河是透明的。"尽管蘑菇已经劝过她无数次，但还是忍不住，"萧河追了你这么多年，要是我早就答应了，就你铁石心肠。"

"我说过他不行，你就别再提他了。"盈盈说。

"你好歹也得告诉我，他为什么就不行？死也得死个明白。"

"爱情哪有那么多为什么？不行就不行，你再提他，我就翻脸啊。"

"你不能不讲道理啊，这么好一男生……"

正当两人争执不下时，一旁的绫香气定神闲地说："亲们，我要结婚了。"

蘑菇和盈盈顿时停止掐架，回头目瞪口呆地盯着她。

半晌后，盈盈勉强说出一句："没想到你和那胖子还真能修成正果。"

蘑菇则由衷地说："恭喜你们啊！"

每年蘑菇都会带着父母出国旅游两次，要么去欧美购物，要么去海边度假。这次考完CFA三级考试后，她计划前往南太平洋的一个顶级海岛度假。

在飞机上，蘑菇实在熬不住了："妈，我求你了。"

"我求你别求了。"妈妈也不耐烦了，"我像你这个岁数的时候，你都快上小学了。"

"妈，我这次放假回去就升为中级经理了，你知道年薪有多少吗？在我这个岁数能拿到这个数的同龄人，也是寥寥无几。"

"我告诉你，我们家已经够有钱了，不需要你再去挣钱，你赶紧给我找一男人回来。"

蘑菇是在一年后才敢和父母说出自己和包子分手的事，从此妈妈每次看到她的眼神，都跟她生命垂危了似的。

"妈，太早结婚不是件好事，我有一同学就是您这个年纪结婚生孩子的，可现在都离婚了。"

"那人家现在好歹能有个孩子，哪像你孤家寡人，看着就让人烦。"

"我真没法和您聊了，"蘑菇崩溃了，"爸，您赶紧过来说说她。"

蘑菇连忙和爸爸换位置，爸爸坐了过来安抚妈妈："好了，孩子都被你说烦了。"

"我说她有什么错，给她安排相亲还成天推三阻四。"妈妈生气了，"她今年都二十七岁了，还以为自己是十八岁啊。"

"小茹不是忙事业吗，你看她现在多有出息。"

"有出息？等以后老了摔一跤都得自己爬起来打120的时候，就有出息了。"

蘑菇在后面听着直冒汗，想起年前有一次穿高跟鞋崴脚了，还祸不单行，紧接着在家淋浴时摔了一跤，她强忍痛楚起来打了急救电话。好了以后，有次和妈妈聊天说漏嘴了，此后这就成了妈妈的话柄。

"孩子现在有时间多陪陪我们不好吗？"蘑菇爸爸说，"回头她结婚有孩子了，就没空管我们了。"

天底下的父母哪有不希望孩子陪自己的，所以说到这里，蘑菇妈妈就默然了。

蘑菇秉承爸爸的传统，向来出手大方，每次出游住的都是当地最好的酒店，这次当然也不例外。酒店位于悬崖之上，像一座中世纪城堡，秘密隐蔽在山林之中，令人屏息静气的自然风景美不胜收。

在酒店大堂办理完手续，为等待上洗手间的妈妈，百无聊赖的蘑菇头靠在爸爸的肩上，翻阅着英文时尚周刊，忽然听见熟悉的招呼声。

转身一看是再熟悉不过的蒋澄思，蘑菇深感意外："你怎么在这里？"

"我是来参加朋友的婚礼。"蒋澄思看向蘑菇爸爸问，"这位是？"

"这是我爸爸。"蘑菇介绍，"爸爸，这是我们公司的首席执行官蒋总。"

蒋澄思恍然松一口气，礼貌地伸出手道："您好，叔叔。"

"久仰久仰。"蘑菇爸爸客气地说，"常在报纸杂志上看见你，真是年轻有为。"

"哪里哪里，您过奖了。"蒋澄思谦虚。

三人又寒暄了几句才道别。这时，蘑菇妈妈也过来了："这小伙子是谁啊？看上去挺精神的。"

"那是我大老板啊。"蘑菇应道。

"后生可畏啊。小茹，这位可以考虑一下？"

"你真是想女婿想疯了，人家都结婚了。"蘑菇爸爸笑话道。

"那是可惜了。"蘑菇妈妈喃喃自语。

在炎炎的烈日底下，躺在躺椅上遥望着蔚蓝的天空，再回望在泳池游得正欢的父母，只有在此刻，蘑菇觉得自己再辛苦也是值得的。

蘑菇家是开明家庭，她穿着比基尼在父母面前晃来晃去也是习以为常。

正当她悠然自得地晒着日光浴时，Cici走过来俯身说："M，蒋总让你过去一下。"

这什么人啊？度假都带着秘书，这是蘑菇的第一反应。

"我先去换件衣服吧。"

"不必了，不是正式场合。"

于是，蘑菇随手搭了一件酒店的浴袍，跟着Cici走向不远处的悬崖泳池，显然是一个私人派对。

穿着白色短装的蒋澄思正与朋友说着话，挥一挥手示意她过来："这是野村证券的Jay。"

蘑菇连忙自我介绍，随后，蒋澄思又带她见过几位其他投行的金融分析师。最后，两人走到悬崖边迎风看海。

"好壮阔啊。"万尺的悬崖底下就是深蓝的海，蘑菇扶着栏杆不由得感叹。酒店的浴袍本来就宽大，腰间的绑带随走动而松散，她曼妙的身段隐约可见。

蒋澄思站在一旁极力自持，忍住不向那开襟看去，只是啜了一口香槟："还记得那次我们在茜茜岛吗？"

"记得，我们去了一个宫殿，你还对一幅画很感兴趣。"蘑菇想想说。

"其实那天看过什么我都忘了，只记得你逃票那一段。"蒋澄思笑说。

"你这人真坏。"蘑菇赧然一笑，又说，"真可惜，那天和你的合照没有保存。"

蒋澄思沉思了一下，正要说话，此时，蘑菇爸爸远远叫了她一声，蘑菇挥了挥手，转身道别："我要回去了，拜拜。"

那天晚上，蘑菇做完SPA回房已经十点，习惯早睡的她洗完澡就躺床上了，黑暗中手机忽然振动了一下，是一个陌生号码发来的彩信。

蓝蓝的天空底下，在广阔的普兰卡宫殿前，蒋澄思站在她身旁，露出了孩子气的笑脸。

底下写着："当时用的是我的手机。"

看完后，蘑菇心中泛起了无限惆怅……

08

情动

　　周日的清晨，原本应和周公下棋的蘑菇，为了应付年末的CFA一级考试，不得不打起精神来备考。

　　盛夏时节的微风，轻轻拂动着白色的窗纱，远处传来阵阵的蝉鸣，温和的阳光倾洒在窗台的绿植上，坐在书桌前的蘑菇仿佛又有了点生气。就在她全情投入到紧张的学习中时，窗外却传来了刺耳无比的钢琴声。一开始她强作镇定，自行忽略这噪音，但在琴声持续半个小时后，她决定放弃了。

　　想起靠山的公园附近有一家咖啡馆，蘑菇收拾书本来到了这家名为Happiness（幸福）的咖啡馆。

　　由于时间尚早，顾客不多，蘑菇点了一杯拿铁和一个蓝莓麦芬，找了一个靠窗僻静的位置坐下。窗外是公园内的苍松翠柏，鸟语花香，景致怡人。

　　听着旋律悠长的爵士乐，伴着浓郁醇绵的咖啡香气，蘑菇的心情豁然开朗，无比得意于寻着这个看书的好去处，当即决定每个周日早晨都来这里报到。但她去过几次后，发现了一个弊端，就是蒋澄思偶尔也会来买咖啡。

那会儿正是蒋澄思找她碴儿最厉害的时候，她当然不愿意碰见他，每次见他进来，她都用书挡脸，幸好蒋澄思也没留意，每次买完都径直带走。

只是有一次，那个大嗓门的店员说："那位刚要买樱桃曲奇的客人，现在曲奇出炉了，你还要吗？"

蘑菇缩在那里，低头看书，佯装没听见。那店员却不依不饶："那位穿紫色衣服的小姐，你还要曲奇吗？"

晨跑过后的蒋澄思仍戴着耳机，一开始也没多在意，可经那店员一再吆喝，他也不由自主地往后望过去，只见蘑菇无可奈何地站了起来。

"要啊，当然要。"蘑菇又略显尴尬地招呼一句，"早啊，蒋总。"

蒋澄思朝她点了点头："早。"

蘑菇心里正硌硬，原本以为事情就这样过去了，谁知那蒋澄思取完咖啡却不走了，到报刊架上取了一份英文早报，找了一个离她不近也不远的位置坐下，而这一坐就是两年。

每个风和日丽又或者风雨交加的周日早晨，蘑菇几乎都能在这家咖啡馆看见他。蘑菇习惯于九点到，十二点走，而蒋澄思一般会十点出现，十一点离开，两人总会有那么一个小时照面。

起初，蘑菇心里也曾犯过嘀咕，以后还要不要来这里，但她转念一想，自己也没做什么错事，为什么要躲着他呢？于是，决定我行我素，对他视而不见。

最初的两人是没有任何交集的，如果问两人关系的破冰是在什么时候，那么应该就是那一次，没错，就是蘑菇崴脚的那一次。

那次脚伤虽然不太严重，但是Lucy还是额外开恩，批了蘑菇两周的病假。

那个周日早晨，原本行动不便的蘑菇是不打算出门的，但奈何这钢琴声实在太扰民了，让她毅然决然地拄着拐杖一蹦一跳地来到咖啡馆。

临近中午，万里无云的天空突然就阴沉了下来，稀里哗啦地下起大雨。那时，蒋澄思已经离开了，咖啡馆里的客人也所剩无几，那首经典的*Casablanca*（《卡萨布兰卡》）在室内回响，显得格外孤寂。

正当蘑菇一筹莫展地看着窗外的大雨时，突然听见一声："走吧，我送你回去。"她转过身见是折返的蒋澄思，显得很是意外。

"那个……店里有伞，不用麻烦你了。"

"你现在这样，有伞就能走得了吗？"蒋澄思鄙夷地看着她被纱布包裹的脚。

到了门口，对着那滂沱的大雨，蘑菇杵在那里："横风斜雨的，这怎么走？"

"上来吧。"蒋澄思蹲下身，"你脚不能沾水。"

虽然蘑菇觉得十分不便，但她也是个会转圜的人，此时确实不宜再逞强，于是接受了这好意。

他背着她，在那样大的雨中，每迈出一步都是那样艰难。她伏在他背上，看着他湿透的鞋裤，生出莫名的感动，情不自禁低下头去，将脸埋在他的颈间。他身体微微一颤，她回过神来顷刻远离，温暖的触碰过后竟是无尽的冰冷。

蒋澄思将她送至公寓楼下，道："你自己小心点。"

"嗯，谢谢。"蘑菇与他道别，"你慢走。"

望着他渐行渐远的身影，蘑菇知道自己并不大方，人家好心好意送她回来，于情于理也应该请他来家里坐坐，但她没有，因为她在下意识地避免一些事。

经过这场暴雨的洗礼，两人的关系逐渐好转。

最明显的是，蒋澄思并非每周都能去咖啡馆，但蘑菇也不记得从何时开始，蒋某人开始交代缺席的缘由了。

"您好，蒋先生说他在美国出差，要下周才能回来，所以这周来不了。"这是某个静逸的早晨，那大嗓门的店员对她说的。

蘑菇定了定神，才反应过来这话是对她说的，良久才应了声"哦"。

然后在蒋澄思偶尔缺席的周日早晨，蘑菇都能听到这样的转告：

"蒋先生说他今早要去参加一个葬礼，所以不能过来了。"

"蒋先生说香港现在刮台风，他的班机被取消了，所以赶不回来。"

"……"

当然也有说了不来，又来的时候。

"咦，蒋先生您不是说了今天有个早餐会，不能过来了吗？"那大嗓门的店员说。

蘑菇抬头，穿着剪裁合体西服的蒋澄思站在吧台前，他正一边松领带一边解释："嗯，那会议提前结束了。"

见他用手帕擦汗，还略带喘的样子，蘑菇心中只觉好笑。

虽然蒋澄思此举让蘑菇看不透，但是碍于礼尚往来，她也不得不如法炮制。

某次正和妈妈在意大利血拼的蘑菇，突然接到了来自咖啡馆的电话。

"我不是跟你说了我去欧洲度假了吗？"

"是的，但是您没说什么时候回来，现在蒋先生问。"那大嗓门的店员答。

"哦。"蘑菇无语了，"我下下周回。"

一直以来，蘑菇心中都有个困惑，这蒋某人到底结婚没？

据她所知，当年他与孙璇的婚礼，在他遇袭后取消了，之后孙璇又出国读书，她没再见过两人在一起。而且，本来在订婚礼后见他佩戴过的对戒也摘下了。

所以理论上，他应该是未婚的。

但是这两年的蒋澄思继续平步青云，不但顺利入驻董事会，最近还被提名为董事会副主席。虽然这也跟他领导下的庄美的业绩高速发展有关，但如果没有强大的后台，是难以做到的，至少在那么短的时间内是难以做到的。而且他和孙董的关系一直保持良好，报纸杂志上报道两人的关系均是称为翁婿，看得她云里雾里。

当然，她也不是没有向绫香打听过，但绫香总是三缄其口，对这个问题很是忌讳。

所以实际上，她就无从知晓了。

每当她想多的时候，她也会自我检讨，自身的问题已经够多了，就不要花时间烦恼于别人的问题了。只是有时蒋某人的某些行为，又不得不让她多想。

"在想什么呢？"蘑菇爸爸推了推她的手臂，"人家正跟你说话呢。"

假期结束，办理退房的蘑菇回过神来，酒店的前台小姐正用英文对她说话。

"她说什么？"蘑菇爸爸问。

"她说我们的房费已经付过了。"蘑菇说。

"哦？"蘑菇爸爸满脸疑惑，问，"是不是那蒋先生付的？"

蘑菇点点头，至少前台小姐是这么转告的。

"你和他很熟吗？"蘑菇爸爸细心一想。

"没有啊。"蘑菇反应很快。

"那回头记得把钱还给人家。"蘑菇爸爸若有所指，"无功不受禄啊。"

回国后，蘑菇依言拨通了Cici的电话，询问蒋澄思的银行账号："我欠了他一笔钱，想还给他。"

得到的答复却是："M，不好意思。由于蒋总身居要职，账户上随便多出一笔钱，都会给他造成不必要的困扰。除非得到蒋总的指示，否则我不会将他的银行账户信息透露。"

Cici从蒋澄思任职海外部副总起，就一直担任他的秘书，是一个原则性很强的人。蘑菇也知道说服她非常难，最后只能放弃了。

长假过后，蘑菇升任中级经理，拥有独立的办公室。

她意气风发地站在窗前俯览风景，那种成就感、自豪感、优越感是无与伦比的。想起刚来那会儿，她做着最卑微的工作，遇人总是唯唯诺诺，从不敢大声说话；遇事受委屈也强颜欢笑，从不敢流露半分抱怨。而如今的她，赢得来自上司、客户的尊重，面对着质疑会有条不紊地辩解，享受着年轻员工投来的艳羡的目光。这些都是她通过不懈努力得来的，所以她当之无愧。

想到这里，她不禁飘飘然，发现原来成功也是会上瘾的。

这天，大学同学珍珍出差到B城，她约蘑菇到一家台湾菜馆共进晚餐。

"你这人真没诚意，这儿离你公司这么近，还让我过来排号。"珍珍责备。

蘑菇道歉："不好意思，工作太忙了，抽不开身。"她一看前面还有十几个人，就建议换地方了。可是珍珍不依，说她对这家餐馆的蟹粉小笼闻名已久，今天非要吃上。

这时，蘑菇忽然听见绫香的声音："你怎么在这里？"

蘑菇先介绍两人相识，又顺便抱怨了一下排位。

绫香便说："那正好跟我们一块儿，不用等了。"

我们？蘑菇本能地拒绝："这不好吧。"可珍珍一口答应了，自动自觉地跟在绫香身后。

"和不认识的人一块儿吃饭，有什么意思？"蘑菇嗔怪。

"吃过饭不就认识了吗？"珍珍不屑，"何况人家这么热情。"

一进包厢，蘑菇肠子都悔青了，只见蒋澄思、项维和Cici都在场。绫香简单地对蒋澄思解释了一下蘑菇她们出现的因由，便拉着她们坐下。

那会儿Cici正在点菜，末了听见蒋澄思交代一句："加一份可乐鸡翅。"

蘑菇坐在一旁，也听进去了，有些心不在焉，低声问："这是什么饭局？"

"蒋少正式升任董事会副主席，今晚请客吃饭。"绫香说。

上桌后，蘑菇正要介绍他们相识，这时，倒是珍珍主动自我介绍了，末了还假惺惺说："不好意思，打扰你们了。"

蘑菇心里无比鄙视，这厮还跟大学时一样，见着帅哥就没有免疫力了。

"我们都是莫茹的同事，大家一起吃个便饭，不用客气。"蒋澄思笑着说。

蘑菇不禁皱眉，蒋澄思把与她的关系定义成同事，当然也不能说是错了，从广义的角度来说，上司也算是同事。

都是久经世面的人，见什么人说什么话都是有分寸的，所以一开始用餐气氛还是良好的。只是在说起蘑菇时，这气氛就不知不觉变了。

珍珍是这么说的："想当年这孩子的最大理想是相夫教子，没想到今天居然成了女强人。"

"生活把我逼成了女汉子，我也没办法。"蘑菇双手一摊，表情无奈，引得在座的人都笑了。

"我说你呀，出身好，人漂亮，又聪明，样样都比别人强，唯独被爱情蒙蔽了眼睛。"珍珍痛惜地指着蘑菇说，"你们知道吗，她当年可是我们学院的院花，有多少人追，脑子却像被驴踢了一样，跟了那么一个破包子，还发誓会幸福到底，可现在呢？"

"谁能猜中了开头，又猜中结局？"蘑菇心酸地笑了笑，接着给珍珍使了个眼色，示意她终止这个话题。

喝了点红酒，已是薄醺的珍珍哪能意会，见对面的那个帅哥全神贯注地听着，便继续说："真不明白你当时是怎么想的，他又胖又愣，家庭又一般，哪一点能配得上……"

"你不要这么说，他挺好的，对我也很好。"蘑菇不留情面地打断她，无论什么时候，她都听不得包子的不是。

"那你说你们为什么要分手？"珍珍不依不饶地问。

"不是说过了吗？性格不合。"蘑菇理直气壮。

"你以为你是明星啊，找这么个官方烂借口。"珍珍不屑。

见蘑菇的脸挂不住了，绫香出面解围："塞翁失马，焉知非福。现在莫茹也是我们投资部的第一大美女，也有很多人追啊。"

"现在不是了，现在是江颜。"蘑菇纠正道。

"就今年刚入司的那个？我也听说了。"绫香笑着说，"真有那么漂亮吗？"

"当然。"蘑菇赶紧附和，见话题被岔开，顿时轻松了不少。但当她上完洗手间，发现这个世界又变了。

"你们别看她在人前人模人样的，她的床铺经常乱七八糟的，脏衣服、袜子堆积成山，还爱在蹲厕所时开演唱会，这么臭都能唱得出来，还唱得那么久……"珍珍成了这桌的主讲，说得正是起劲，在座的听得更是带劲，不时哄堂大笑。

此刻蘑菇所有的成功感、自豪感已经荡然无存，只有上前掐死这位昔日同窗的冲动，她竟然将光鲜靓丽的M小姐与俗不可耐联系在一起，这让她日后怎么见人啊？

道别时，蘑菇说："不好意思，把这庆功宴弄砸了。"

"不会啊，你看今晚大家多欢乐。"绫香还在笑着。

"你以后还可以多介绍几位朋友给我们认识。"项维也乐得凑过来了。

只见蒋澄思与珍珍握手说："下次你来B城，还请一块儿吃饭。"

蘑菇扶额，头疼不已。

摇下车窗，凉风一吹，珍珍酒醒了不少。

"我说啊，今晚那两位哥们儿可真养眼，尤其是那个高的。"

"那是我们的首席执行官。"蘑菇开着车，郁闷地说。

"啊？难怪有点眼熟，真人要帅很多啊。"

"你是看在他帅的分上，把我的老底都给抖了吗？"

"他说是同事，我还以为是和你同级，谁知道是个大人物。"珍珍正找补着，"不过，他好像结婚了吧？你在他心中的形象如何，有那么重要吗？难不成你……"

"当然没有。"蘑菇连忙打住了。

在绫香定下婚期后，蘑菇下意识地开始关注她和项维，幸好他们表现得再正常不过。只是有那么一次，蘑菇有事去找绫香，办公室的门虚掩着，她听见绫香大声说道："你别那么幼稚了，当初说过好聚好散的。"

然后，项维气急败坏地夺门而出，差点与蘑菇撞个正着。

蘑菇出来时，见项维还站在门外的长廊上，心情极其烦躁，一口接一口地吸烟。

她走过去，拍了拍项维的肩膀："爱不是占有，是成全。"

项维猛然回过神，满眼血丝地看着她。

"是我前男友说的。"蘑菇对他笑了笑，便转身离开了。

蘑菇很明白被舍弃一方的感受，会不甘心，会垂死挣扎，会流泪心碎，但这一切终将过去。

绫香正式举行婚礼那天，蘑菇照了半天镜子出门，又遇上大堵车，结果去晚了，婚礼已经开始。

"还说提前来帮忙呢，等你黄花菜都凉了。"盈盈招呼她坐过来，又惊讶于她的装扮，"你这心机也太重了吧？想招惹谁啊？"

蘑菇这身扮相确实是刻意了，梳了一个公主头，化了粉红甜美的妆容，身穿银色的水晶亮片小短裙，露出长长的美腿，给人的感觉是俏皮又不失性感。蘑菇没搭理她，伸头张望四周。

绫香曾说婚礼一切从简，但这阵势一点都不像。

虽然明达和绫香都不是B城人，但在B城读书工作，同学、同事、朋友也不少，而且一众亲戚都赶过来了。会场筵开百席，盛况空前。

"今晚纵观全场，除了绫香，就只有她能和你媲美了。"盈盈碰了碰蘑菇的手臂。

蘑菇顺着望过去，是坐在蒋澄思旁边的一位穿黑丝长裙的美女，长发披肩，复古红唇妆，成熟迷人，百媚丛生。由于蒋澄思和绫香是同学，他坐到了大学同学那一桌。这时，蒋澄思也恰好看过来，向她点头微笑。

心里有事的蘑菇哪会在意，继续四处张望，终于她锁定目标了，提起的心才稍稍放下。

包子穿着灰色的衬衫西裤，好像瘦了一些，可还是那样讨人喜欢。她已经两年没见他了，刚分开时，蘑菇也曾很没骨气地给他打过电话，发过短信，但是他的回复都极其冷淡。后来除了节假日的短信问候，两人基本没有联系。有时，蘑菇也不明白，毕竟是相爱一场，为何要这样绝情。

婚礼的开场白环节，明达发挥其职业优势，出众的口才赢来阵阵喝彩。明达和绫香在婚礼前，除了给蘑菇包了一个媒婆的大红包，还盛情邀她上台发言。蘑菇自然严词拒绝了，还千交代万交代不要在婚礼上感谢她，她可不想被项维敌视。

蘑菇不自觉地留意同桌的项维，还没开席，他就自斟自饮了，一杯接一杯的，她不明白项维为什么要来。当然，整场婚礼她更多的注意力放在了包子身上，犹豫着该如何过去打招呼，但很快这问题就解决了。

"方便说两句吗？"包子主动过来了。

蘑菇随包子走到了会场外的露台，心情蕴含着喜悦，还有些期待。

"最近还好吗？"包子问。

蘑菇有冲动想将自己这两年的经历变化全都告诉他，张了张嘴却只说出五个字："我很好，你呢？"

"我还那样，不过快要结婚了。"

蘑菇犹如被浇了一盆凉水，由头到脚瞬间冰冷，她的泪水盈满了眼眶，两眼发直地盯着包子。

"谢谢你，谢谢你为我所做的一切。"包子伸出手想拍拍她的肩膀，她举手就扬开，扭头就回了会场。

那会儿项维已经彻底醉了，开始到处拉人喝酒，蒋澄思看不下去了，走过来拿开酒杯劝他别喝了。

"喝，为什么不喝啊？"此时蘑菇刚好回来，从蒋澄思手上夺过酒杯，然后满上酒递给项维，"干杯。"

两人一饮而尽，又继续斟酒对饮。

"今天是我有生以来最高兴的日子。"项维高呼。

"也是我最高兴的日子。"蘑菇欢呼。

"从今以后，我就解放了。"项维惨笑。

"我也解放了。"蘑菇苦笑。

"我会坚强地走下去的，请你一定要幸福。"项维皱了皱眉头。

"我也会走下去的，请你一定要比我幸福。"蘑菇吸了吸鼻子。

两人尽说着只有自己才能明白的话。蒋澄思回到座位上，冷眼遥望这举止疯狂的两人。

后来，盈盈也忍不住劝蘑菇："你疯了，喝这么多。旁人都奇怪，一个行政部的结婚，为什么一个投资部的和一个海外部的要喝到这样肝肠寸断？"

"你别管我了。"蘑菇不理。

到酒席结束，项维已经醉得不成人形了，蘑菇虽然还有意识，但也醉得路也走不稳了。

萧河和盈盈扶起蘑菇正往外走，却见蒋澄思扶着项维走过来："还是我送她回去吧，我们住得近。"

因他是上司，他们不敢回绝，将蘑菇扶上车就告辞了。

先送完项维，到蘑菇住的小区门口，蒋澄思就让司机先走了，自己搀着蘑菇上楼。

一路上，蘑菇迷迷糊糊说着："你知道吗，当年真有很多人追我的，可我就是喜欢他，喜欢他实在，喜欢他对我好……"

蒋澄思听着，心里不是滋味，进屋后将她扶到沙发上："你醉了，好好休息吧。"

"我没醉。"蘑菇猛地站起来，东歪西倒拉着蒋澄思走进主卧的衣帽间，拿起一个又一个包包扔在地上，"你看，这是香奈儿的春季新款，这是爱马仕的经典凯利包，这是普拉达的限量珍藏款……盈盈说，你买吧，你会很快乐。然后我就买了，我一直以为我很快乐。直到今天，他告诉我，他要结婚了。"

蘑菇歇斯底里地说："你知道吗，这两年我一个人那么努力地活着，就是想证明给他看，我过得很好。可今天他告诉我，他要结婚了。他还说，谢谢我。你知道吗，在爱情里面最伤人的三个字从来不是'对不起'，而是'谢谢你'。你谢我做什么？我所做的一切都是我心甘情愿的，你谢我做什么？"

她向来要强，从没展现过软弱的一面，蒋澄思百感交集，强自将她拥入怀，听见她在怀里哽咽："我所做的一切又有什么意义？我这么努力地活着又有什么意义？他根本就不在乎，根本没有人会在乎。"

蒋澄思捧起她满是泪痕的脸，眼神坚定不移："谁说没有人在乎，我在乎。"

说完，骤然吻下来。他的吻急切而热烈，夹杂着红酒的香醇，她措手不及，下意识地顺应着。

很快掠夺就从唇上蔓延到了颈间，他的手宛如星火点燃着她，她呼吸紊乱，迷糊地睁开眼，看见镜中意乱情迷的两人，脑中挽回一丝清明，用力推开他。

她退缩在角落里，如同惊弓之鸟，大口喘着气，他意欲上前安抚，却听见她的逐客令："你别过来，别过来。"

良久，望着他离去的身影，蘑菇没有松一口气，反而更心烦意乱了……

这两年，蘑菇身边不乏追求者，但她都无动于衷，一是觉得自己没缓过来，缺乏信心开始一段新感情，二是……

蒋澄思总在她左右，她会不自觉地将那些追求者与他比较，比他帅的，没他有才干；比他有才干的，又没他年轻。这样一来，全都被比下去了。

一定是我太久没有男人了，才会如此饥渴，如此饥不择食。

事后，蘑菇是这样为自己开脱的。其实，这不能算是饥不择食，蒋澄思放哪儿都属上等货色。

最终，她得出结论，一要远离蒋澄思，二要找男人。

次日是周日，蘑菇一早拨通了咖啡店的电话："你好，请转告蒋先生，以后我不会再去咖啡馆了。谢谢。"

"这还是你亲自告诉他吧。"那大嗓门的店员很有个性地说。

蘑菇挂了电话，怀疑这人是不是被蒋澄思收买了，处处为他说话。不说就不说，反正她也没承诺过什么。

后来，她收到他发来的信息："We should have a talk（我们应该谈一下）."

"No need.I was drunk last night（没必要。昨晚是我喝醉了）."

然后，她如愿以偿，没有了下文。

"现在大量热钱逃离房地产市场，预计会有相当一部分流向股票市场，第四季度我继续多看A股市场……"部门例会上，蘑菇完成发言后，收到盈盈转发的联谊短信。

当晚，联谊会是在市中心的一家高级会所举办的。

蘑菇一见盈盈就眉头紧皱，盈盈纳闷了："你不是说过要洗心革面，重新做人吗？既然来了应该高兴点才是，干吗还满脸愁容的？"

"我愁不是因为来这里，而是因为看见你。"蘑菇气愤，"上周才听萧河说，你默认和他交往了，为什么你还要来联谊？"

"那是他误会了，我昨晚跟他说清楚了，我和他绝无可能。"盈盈否认。

难怪萧河今天无精打采的，蘑菇深吸一口气，一句话都说不出来。

整个晚会，蘑菇无心交友，一直紧盯盈盈。

"你跟我来。"蘑菇拉盈盈进了洗手间。

"刚和你搭讪那个男的，我认识，在国大证券，人称萝卜周，你离他远点。"

"你别诋毁人家，我觉得他挺好的。"盈盈说完就走了。

蘑菇连忙追出来，又迅速躲了回去。孙董和蒋澄思一行人正朝这方向走来，她庆幸自己闪得快。

回到会上，盈盈居然继续跟那个萝卜周热聊，还喝了不少酒。

散会时，蘑菇强行从萝卜周手上夺过微醉的盈盈："我和她一块儿来的，还是我送她回去吧。"

出来到了会所大堂，发现外面正凉风凛冽，大雨倾盆如注。

"你刚给谁打电话呢？"盈盈含糊地问。

"萧河啊，我让他来送你回去。"

"你脑子有问题啊？我不用他送。"盈盈拔脚就奔进雨里。

蘑菇穿着高跟鞋，没跑出几步就崴脚了，虽然痛得厉害，却一瘸一拐地追着，生怕盈盈会出事。

视线所及是白茫茫一片，骤雨打在身上阵阵抽痛，衣衫尽湿的蘑菇好不容易将盈盈拦下来，躲在小巷口的屋檐下。

"你才有问题。这么好的男人，打着灯笼都找不着，你竟然一次又一次辜负他。你以为他还能忍你多久？你以为他还能等你多久？错过了，你会后悔一辈子的。"

"你说的，我都知道。"盈盈垂着头。

"那你还这样？告诉我，你为什么要将他拒之千里？"

"我怕我配不上他，我怕我没他想象中的好，我怕会让他失望。"盈盈呐喊。

"你不能因为害怕就不去爱了。"蘑菇说，"没有人是完美的，如果真心相爱，就应该相信未来。"

盈盈扑入蘑菇怀里失声痛哭，蘑菇轻轻地拥着她。

原来，在爱面前，人都会不自信。

萧河接走盈盈后，蘑菇想回酒店取车，才挪出一步就疼痛难耐。她拨通了120电话，接线员一听是脚伤，死不了人的那种，说现在是红色暴雨警告，还是等雨停了再说。

蘑菇挂了电话，真后悔自己没说是心脏病。

"你没事吧？"

执着伞的蒋澄思正居高临下地看着她，昏暗的街灯，瓢泼的大雨，他的出现让她有种不真切的感觉。

"我没事。"蘑菇本是躬身扶墙揉脚，马上将脚放进高跟鞋里。

"我送你回去吧。"他神情淡然。

"不用了，我没事，我真没事……"

一路上蒋澄思开着车，蘑菇从后面看着他乌黑的发线，暗自懊恼为什么最近见他都如此落魄？上次哭成大花猫，这次淋成落汤鸡，就不能光彩照人一次。

车开进了地下车库，蒋澄思欲扶她下车，她连忙摆手："我没事了，我自己上去就成，你回去吧。"话虽这么说着，可没走出两步，就来了一个五体投地。

"你先随便坐吧。"蘑菇一进家门，就急忙蹦进房间换衣服，两年的单身经验告诉她，千万不能生病，没人照顾会很可怜。

蒋澄思环视客厅四周，家具是复古的象牙白，简约又不失典雅，摆放在餐桌中央的粉红玫瑰，散发出淡淡的幽香，沁人心脾。

"啊！"

听见蘑菇大叫，蒋澄思几步冲到主卧门外："你怎么了？"

见没有回应，他扭动门锁，居然锁上了，又用力拍门，才听见里面传出微弱的声音："没事，我不小心摔了一下。"

"那你开门啊。"他大声说。

"我没穿衣服……"

"我又不是没见过女人，你开门啊。"他着急了。

这人还真不害臊，不过蘑菇疼得直冒汗，也顾不上礼义廉耻，匍匐前进给他开了门。

见她一屁股坐在地上，上身只穿着内衣，下身窄裙脱了一半，嘴上还倔强地说没事，蒋澄思真是哭笑不得。

他不由分说地将她抱到床上，为她脱去裙子，找来浴巾给她擦头发。她垂着头，两颊显现出不自然的绯红，薄毯虚虚地盖在身上。

蒋澄思心猿意马，不敢再看，干咳一声："你脚还疼吗？"

"嗯。"蘑菇点点头。

他找来冰块，用毛巾包上，轻轻敷在她脚上，冰的东西敷上去，果然痛楚立减，她稍稍松了口气。

他低头细心地为她敷脚，留给她一个柔和的侧脸，温暖的灯光如泻，映得他眉目清峻，从容淡雅，她只看了一眼，只觉得怦然心动。

她别过脸，窗外正是电闪雷鸣，虽觉得尴尬，但也不好赶他走了："这么晚了，雨还这么大，要不你就住这里吧。"

他抬头望了她一眼，只说一个字："好。"

蘑菇见蒋澄思拿着换洗衣服堂而皇之地路过时，不禁郁闷地想，明明客卧有浴室，为什么非要用她房间的？

家居服是蘑菇爸爸留下的，他身高脚长，穿在身上明显短了一截，她掩嘴笑了。他也局促地笑了笑，末了只说："早点休息，夜里有事尽管叫我。"

也许是累了，蘑菇这一夜睡得极其安稳。

次日一早，居然阳光灿烂，蘑菇照旧七点半自然醒来，先是打电话请了病假，再是发邮件安排工作，忙完出来都八点多了。

"咦，这人怎么还在？"蘑菇心里一个大大的问号。

蒋澄思正坐在餐桌前悠然地吃着早餐，还看着蘑菇平常也会看的电视节目——《财经早晨》。

"你起来了？"蒋澄思过来扶她坐下。

"你不用上班吗？"蘑菇奇怪了。

"我今天要出差，中午直接去机场。"

说完，蒋澄思转过身："阿姨，麻烦帮我再盛一碗粥。"

粥自然很快端上来了，蒋澄思又当着杨阿姨的面，跟蘑菇说："你家阿姨的厨艺真比我家的好太多了。"

蘑菇无言以对，这人是要自动进入宾至如归的境界吗？

"我已经预约了Vista的叶医生，一会儿陪你过去。"

是那个著名的骨科大夫？蘑菇上次脚骨折也没能约上。

"不用了，杨阿姨陪我去就好了。"

"那好，随你乐意。"

于是，蒋澄思和杨阿姨都陪着蘑菇一起去看病了。

Vista的医疗设备和环境服务在私立医院中均是极为突出的，而且离蘑菇家不远，开车五分钟即可抵达。

检查完后，蘑菇坐在一旁无所事事，倒是蒋澄思不断和医生说话。

叶医生是香港人，国语并不纯熟，蒋澄思用英文与他交流，杨阿姨也一知半解地听着。

"听到了没有，医生让你以后别穿高跟鞋了，以免造成习惯性崴脚。"回去的路上，蒋澄思认真地说。

"知道了。"蘑菇敷衍道。

"我去东京，三天后回来。你自己在家要注意。"到了公寓楼下，蒋澄思并没有跟上去。

"知道了。"蘑菇再次敷衍道。

忽见她这么顺从，蒋澄思都感觉她不靠谱，又转身低声交代杨阿姨几句才离开。

"他是你男友吗？"上电梯时，杨阿姨好奇地问。

"当然不是。"蘑菇郑重其事地否认。

像蘑菇这样的拼命三郎，休假和工作根本没有区别，以至于Lucy都特赦她不用参加周例会了，可她说："没事，我这是摔伤脚，又不是摔坏脑，一点都不碍事。"这电话会议一开又是两个小时。

由于蘑菇行动不便，杨阿姨的工作时间也改为从早七点到晚七点，照顾她吃完晚餐再走。就在杨阿姨走后没多久，宾客陆续而至。

蘑菇开门见到拿着行李袋的绫香甚是惊讶："你怎么来了？"

"听说你脚受伤了，明达这几天正好出差，我过来陪你住两天。"说完，绫香自顾自地进屋了。

紧接着没多久，萧河和盈盈又来了，带着大袋小袋补品。

"你们这是干吗？"蘑菇鄙夷道。

"对不起，你这样都怪我。"盈盈一脸愧疚。

"别说这个，先说清楚你和萧河现在是什么关系。"蘑菇话锋一转。

"情侣呗。"盈盈害羞地说。

"Yes！"蘑菇握拳头做了一个成功的手势。

"真谢谢你。"萧河笑着说。

"谢什么？舍我这只残脚，能成一桩美事，也算是值了。"蘑菇做无所谓状。

萧河和盈盈走后，绫香和蘑菇坐在沙发上聊天。

"为什么你每次总会不遗余力地帮助身边的人？"绫香不解，"无论是我还是盈盈，还是……"

"因为我希望你们能得到幸福。"蘑菇理所当然地说。

"为什么？"

"以前我帮助别人，是因为我和包子在一起，觉得自己很幸福，所以希望身边的人都能幸福。后来我和包子分开了，我想一定是我做得不够，才没有资格获得幸福，所以我决定还是要帮助别人。"

"你真傻。"绫香心酸地说。

有伴的日子并不难过，很快就到了周末晚上。

绫香一下班回来，蘑菇就贴心地说："我已经让杨阿姨帮你把衣服都收拾好了。"

"我还是陪你再住多几天吧。"绫香说。

"不用了，明达今天都回来了。你们这新婚宴尔的，我好意思留你吗？"蘑菇摆摆手。

两人又坐着聊了好一会儿，蘑菇突然想起什么，自己转着轮椅就进了房间，翻箱倒柜地找东西，找了半天终于找到了。

蘑菇兴高采烈地出来："刚听见门铃响，是明达来了？"

绫香摇摇头："不是……"

蘑菇以为是自己听错了，未等绫香说完，就神秘兮兮地扬出一套紫色的情趣内衣："送你一个好东西，是我以前买的，都没机会穿过。"

绫香顿时脸红耳热，双手捂脸。

"你还害羞啊？都成年人了。"蘑菇嘲讽。

她哪里知道绫香脸红不是因为这个，而是因为……

"看来你恢复得挺好的嘛，还有兴致管别人的事。"

蘑菇一回头，只见蒋澄思正斜靠在厨房门边，拿着一瓶矿泉水，似笑非笑地看着她。

这人怎么来了？此刻的蘑菇正恨不得遁地。

而绫香也是不明就里地看着这二人，还是她的手机铃声打破了这一僵局。

"哦，你已经到楼下了？"绫香应着电话。

"不，你不用上来了，我自己下去就好。"绫香若有所思地说。

"明达要和你说两句。"绫香递过电话。

"喂，明达啊。"蘑菇接过电话。

"没事，我一点事都没有，我下月还准备参加环市马拉松呢。"蘑菇没心没肺地说。

听到这里，绫香又好气又好笑，因为蘑菇至少要坐半个月轮椅，半年内禁止剧烈运动。她瞟了蒋澄思一眼，发现他也嘴角微微上扬，笑意漫上了眉梢。

"什么？你告诉他干吗？"蘑菇皱起眉头。

"什么？他说明晚要来看我啊？"蘑菇不禁惊讶。

"他不是要准备结婚吗？这么忙就让他别过来了。"蘑菇话音刚落，又连忙说，"算了，算了，你还是别跟他说了。"

"既然他非要过来，那还是让他过来吧，虽然我不怎么想见到他。"蘑菇明明喜不自胜，却装作勉为其难。

听到这里，绫香不知为何担心起来，她瞟了蒋澄思一眼，只见他嘴角下沉，神情极不自然。

挂了电话，蘑菇心花怒放地发出逐客令："你们都回去吧，我没事了，谢谢关心。"

次日，蘑菇果然收到包子要到访的信息。

蘑菇让杨阿姨准备了包子爱吃的水果点心，自己还精心地装扮一番。她觉得上次是自己不对，包子和她说要结婚，是出于对她的尊重，她连一声祝贺都没说，就红着眼走开了，实在是不够大方。所以，她决定这次要好好地向包子道贺，要漂亮地和过去说再见。

傍晚，到了包子要来的时间，门口还是一点动静都没有。过了一会儿，倒是家里的电话响了。

"是柳先生打来的。"杨阿姨接完电话就噔噔地下楼了。

蘑菇又进房间补了补妆，等她满心欢喜地出来时，只见杨阿姨拿着一堆补品开门进来。

"柳先生说他不上来了。"杨阿姨是这么说的。

蘑菇失望至极，她悲愤地拨通包子的电话，连声质问："做不成情人就不能做朋友了吗？为什么你要对我如此绝情？为什么你能做到这么狠心？为什么连说再见的机会都不给我？"

那头的包子沉寂了好一会儿，才说："我怕再听到你的声音，我怕再见到你的模样，就没办法那么坚定地离开你了。"

有很长一段时间，蘑菇曾经质疑过包子有没有爱过自己。如果有，为何能说走就走呢？但从今大这个答案来看，他一定是有过的，才会如此挣扎。所以她很满意，她终于可以笑着和他说再见了。

不知过了多久，天色渐暗，门铃突然响了。

沉溺于回忆的蘑菇回过神来，去开门，只见身着便服的蒋澄思站在门口。

"你穿成这样干什么，要去参加晚会吗？"蒋澄思开口就是一句。

蘑菇一时没反应过来，蒋澄思却侧身绕过她径直进屋去了。

见客厅摆满香气四溢的鲜花，餐桌上摆着五彩缤纷的水果，茶几上摆着各式精美的点心，这一切让蒋澄思莫名火起。

"你想干吗？你这是想干吗？"蒋澄思指着周围种种。蘑菇知道他是误会了，正要解释。

"你有病是不是？他都快要结婚了，你还想干吗？"蒋澄思眼神如能噬人。

这一句似乎牵动了蘑菇脆弱的神经，她问："那你呢？你这个结了婚的，老跟着我，你又是想干吗？"

"我想干吗，你都知道。"蒋澄思咄咄逼人，"别告诉我，你就没想过。"

见他没有否认自己已婚的事实，蘑菇有种无与伦比的失落。她本能地闭上眼睛，仿佛绝望一样："我不是没想过，我是做不到，我做不了第三者。"

"给我一点时间，我会解决这个问题。"蒋澄思的语气坚定。

蘑菇轻轻地摇摇头："我和前男友就是因为第三者分开的，我是此生下世都做不了第三者。我无意破坏你的婚姻，也不会成为自己讨厌的人。所以，你请回吧。"

她的神色倔强而固执，蒋澄思自知不能再强迫，心中隐隐作痛，无奈怅然地离开了。

望着他离去的身影，蘑菇的心仿佛被掏空一样。这一次，她是那么明确坚定地拒绝了他，她和他，是不可能了。

很早以前，蘑菇就有过离开B城的念头，这次和蒋澄思摊牌，更是加强了她这想法。在病愈后，蘑菇提交了调职香港的申请。

蘑菇也算是投资部声名在外的人物，上司Lucy当然是极力挽留："为什么突然要调职呢？在这儿干得好好的，大家都那么偏爱你，视你为榜样。"

"个人原因。"蘑菇笑了笑，与其说大家偏爱她，还不如说是偏爱她三年间从前台成为中级经理的富有传奇色彩的故事。

每个上司都知道在员工离职的原因中，最难搞的就是个人原因，Lucy一听也是无从劝起，只说申请她会递上去，批不批是上头的事。

当天晚餐，绫香和盈盈得知蘑菇要离开时，均不约而同地瞠目结舌。

"你病还没好是吗？"盈盈的手放到蘑菇额头上。

"不是，我早就想过了。"蘑菇说，"我原本就是南方人，到香港发展，离家近，照顾父母也方便。"

"不要嘛，现在交通发达，在哪儿不是一样……"盈盈说了一大堆不舍的话。

绫香紧抿着嘴，自始至终寥寥数语。

餐后，盈盈还一个劲地挽留，蘑菇也不耐烦了："萧河的车都在门口等你了，你还不走？"

"不行，你不答应我，我就不走了。"盈盈任性地说。

"好啦好啦，我答应你再考虑考虑，快走吧。"蘑菇苦笑。

盈盈走后，绫香单刀直入地问："是不是因为蒋少？"

见蘑菇不作声，绫香又说："蒋少对你怎样，你心里应该明白。"

"我知道他对我好，但这不过是欲盖弥彰。"蘑菇语气漠然，"如果他真的喜欢我，就应该光明正大地来追我。可两年过去了，事实证明他到底是放不下利益权势。"

"人生在世，总有情非得已。"绫香叹气。

"我理解，他有自己的追求。"蘑菇顿了顿，"但我也会忍不住埋怨他，为这样苍白的爱伤心难过。"

"既然你也对他有意，为什么不尝试一下？"绫香问。

"因为我也放不下。我放不下世俗偏见，去插足别人的婚姻。我放不下道德良知，以爱之名去伤害别人。我的尊严，我受过的教育，我的父母都不会允许我去这样做，哪怕是再多的爱都不足以让我去这样做。"蘑菇泪水盈眶。

这样可望而不可即的爱，绫香也经历过，其中的忧伤，她感同身受。她轻抚着蘑菇的背，沉寂良久。

这是半个月以来，绫香第一次见到蒋澄思，他靠坐在沙发上，指间夹着香烟，寻常的模样，寻常的神态，却了无生气。

"恭喜你。"绫香笑着说。

蒋澄思并未注意到她进来，猛然抬头才说了声："啊？"

"这次你促成了BP内购盛田的股权，可是近年来罕见的巨额并购。"

"哦。"蒋澄思淡然地说，"这只是工作，没什么可喜的。"

绫香径直坐到他对面，此时夜幕渐渐降临，邻间楼宇的广告灯亮起，照在他落寞的侧脸。

她悠悠说着："听说你同意了莫茹的调职申请。"

"嗯。"

"难道就这样了？"她追问。

"不然还能怎样？"他轻笑，"我觉得真可笑，一路走来以为自己无所不能，最紧要的却一样都没留得住。"

"你不像那么容易放弃的人。"

"不是我想放弃，只是她那性子……"他欲言又止，"只怕一切都太迟了。"

绫香已经忘记有多久没见过，这挫败的神色出现在这位睥睨天下的男子脸上。

自从上次摊牌后，蘑菇没再见过蒋澄思，他的动态都是从新闻中得知。他到日本出差半个月，庄美成为BP并购的财务顾问，BP和盛田初步达成一致意见……

她内心深处总渴望能再见到他，无论是在公司，还是在家附近，哪怕只有一面也好。每个周日早晨，她都会站在阳台，看着Happiness咖啡馆的方向，回想那两年的一点一滴。

有一晚，她来到咖啡馆，离去时问："后来，蒋先生还来过这咖啡馆吗？"

那大嗓门的店员摇摇头："没有，他没再来过。"

她深感失落，随后又自嘲，这不是自己想要的结果吗？应该感到高兴才是。

这次调职的除了几位中层外，还有一位高层——人力资源部的余总将调往伦敦分部。在庄美，向来是调职到欧美的发达地区相当于学习，过两年回总部就能得到升迁，所以坊间传说余总回来将会升任副总裁，底下的人自然相当巴结，美其名曰给他办了一个欢送派对。但是欢送会吧，欢送一个人也太刻意了，于是把所有调职的人都请上了。

欢送派对在一家酒吧举行，陆续来了好几十人，其中不乏好几个部门的老总。会场气氛热闹非凡，不但有乐队现场伴奏，还有各类精致食品酒水，难得轻松一刻，大家纷纷脱下正装，载歌载舞。

蘑菇正举着酒杯游荡，惊讶地说："怎么你也来了？"

"我以后也得仰仗余总啊。"绫香笑道。

"哈哈，你不是有蒋少吗？怕什么？"蘑菇讥笑。

绫香却没有笑，目光越过她，尊敬地叫了一声："蒋总。"

蘑菇回过头，见蒋澄思正站在身后，淡然地看着自己，她下意识地躲到绫香身后。

"你不是今晚要飞纽约吗？"绫香奇怪。

"哦。"蒋澄思回过神，"十一点的飞机，还有时间就过来一下。"

绫香转向蘑菇说："蒋总要下个月才回来，你走的时候应该见不上了。"

蘑菇愣是挤出一丝笑容："蒋总，以后请多多保重。"

蒋澄思仍旧只是看着她，那殷切的目光里仿佛有千言万语，可最后还是百般无奈地叹了叹气，离开了。

过后，蘑菇也很痛恨自己，日思夜想地想见到他，然而见到了又将人家推得远远的，说什么保重，生离死别似的，起码要先说感谢他嘛。对，待会儿要过去感谢他，感谢他批准自己的调职，感谢他一直以来的照顾，对，就这么定了。

想归想，可她到底没有勇气站到他跟前。她知道自己应该走了，留在这里多看他一眼，她就可能没信心潇洒地离开了，可此刻她的脚步真有千斤重，因为日后再多看他一眼都会成为奢望。

痛苦挣扎的她站在尽兴欢腾的人群中，显得格格不入。

突然，她的手机振动了一下，收到了一条短信："The song is my inner voices.Stay please（这首歌是我的心声，请留下来）."

"I love you more than I can say/I'll love you twice as much tomorrow/Oh，love you more than I can say……（爱你在心口难开/我对你的爱一天胜似一天/哦，爱你在心口难开……）"

她的心怦怦直跳，迟疑地转过脸，只见蒋澄思穿着白色衬衫站在舞台上，底下的宾客均屏住呼吸地倾听着，他的歌声宛如天籁，她从不知道他还能唱出如此醉心动人的歌曲。

"好听吧，当年读大学的时候，蒋少可是凭着这首歌在校庆上迷倒众生的啊。"绫香走近说。

蘑菇竭力按捺自己的呼吸，就像竭力按捺自己的心一样。她是必须走了，不然，她真担心自己会说出什么可怕的话来。

她眼里冒着水汽，慢慢转过身，背对着他一步一步离开。她知道自己应该答应他的，不为别的，就凭他陪自己在咖啡馆里坐的那两年，她都该答应他的。但是她真的不能，真的不能啊……

绫香一路追了出来，在酒吧外的庭院截住了蘑菇。

"你不是一直想知道真相吗？"绫香喘息，"我现在就告诉你。"

蘑菇泪水落了一脸，尚未回过神来："什么？"

"你不是问过我蒋少结婚没吗？"绫香那样子仿佛鼓足了勇气，"我现在回答你，他没有结婚。"

蘑菇突然眼前一亮，简直不相信所听到的。

绫香将她拉到僻静处坐下，娓娓道来："当年孙小姐和前男友一直藕断丝连，婚礼前蒋少遇袭就是她前男友派人干的，查明原因后，因为顾及颜面低调处理了。孙小姐也因此内疚羞愧，备受压力，得了轻度抑郁症，到国外修学疗养。"

"你是说孙小姐出轨？"蘑菇难以置信，"可她当年不是苦追蒋澄思吗？"

"说白了，孙小姐只是一个富二代，平日只追求吃喝玩乐。蒋少这么忙，哪有时间陪她。加上她的前任一直纠缠，久而久之两人便旧情复炽了。"

"那他还和孙董关系良好，对外以翁婿相称？"

"在商场上，孙董借用蒋少的才干为孙家光耀门楣，同时蒋少借用孙家的影响力提升他的地位，两人存在借力的利益关系。另外，孙董一直器重欣赏蒋少，蒋少当然也感念孙董的知遇之恩。"

蘑菇知道孙家在B城是声名显赫的家族，听到这里，她豁然开朗，又转而一问："那他为什么不直接和我说？"

"那不是要他说出孙小姐的不是？他是不会这么做的。他和你一样仗义，无论前任好歹，从来不会在人前说半句不是。"绫香说得流畅自然，末了又刮了刮她的鼻子，"不信，你自己去问他好了。"

蘑菇再回到酒吧时，发现蒋澄思已经离开了。

她发出了一条短信："I have something to ask（我有话要问你）."

蘑菇到家洗了一个冷水澡，却仍未能平息心中的狂热。她整个人窝在沙发上，不时看向手机，又不时安慰自己。

突然门铃响了，她过去开门，以为是自己看错了，却明明是他站在那里。皎洁的月光映入长廊，他只是静静地伫立，眼神灼热。

她的心一下比一下跳得急："你不是去纽约了吗？"

"你不是有话要问我吗？"

她狂喜地扑入他的怀中，带着欢快的语调："你没有结婚是不是？你只是为了维护孙小姐的声誉，顶着孙家女婿的虚名是不是？"

他脸上尽是诧异，目光深不可测地："是谁跟你说的？"

"是绫香说的，你不要怪她，她也只是为了我们好。"她将头靠在他的肩上，语带嗔怪，"事实是这样，你早该说出来。你知道吗，我们差点就要错过了。"

这人是幸福来得太突然，不知所措了吗？见他久久不语，她正要抬起头问："你怎么了……"

他的吻铺天盖地落下来，他不管了，他什么都不管了，她的笑容甜美迷人，她的目光澄若秋水，唯有她才是真切的，唯有这一刻才是真实的……

事后，蒋澄思仍不舍得放开，她却一把推开他翻过身去，他不解地抚上她光洁的肩："你怎么了？"

蘑菇正气得脊梁发直，感觉吃了大亏似的："你这人怎么能这样？"

"我怎样了？"他明知故问，"美人在怀，你也不能高估我的道德水平。"

此刻，蘑菇真想赏他两个字"流氓"，不过她想起更重要的事："你要多少时间？"

蒋澄思怔了一下，才想起曾说过要她给自己时间。他略一思索，随即说出："十八个月。"

蘑菇忽然想笑，因为他们做项目投资时，回报时间往往精确到月份，这是严重的职业习惯。

她转过身，俏皮地看着他："没准你还应该做一份计划……"

次日早晨，蘑菇睁眼看见枕边俊俏的脸庞，这是她不敢且不曾想象的，突然有种不真实的感觉。

此时，响起了杨阿姨敲门的声音："小姐，该起来了。"

蘑菇应了一声，顺带叫醒身边的人，便迅速起来穿衣洗漱。

早餐过后，蒋澄思依旧去了纽约。

"我会尽快回来的。"吻了吻蘑菇的额头，蒋澄思如是说。

蘑菇有些窘迫，因为杨阿姨也在一旁。

蒋澄思走后，蘑菇正要向杨阿姨解释自己和蒋澄思的关系。

"我早知道你们会在一起了。"杨阿姨笑着说。

"你怎么知道的？"蘑菇奇怪。

"第一次见你们在一起的眼神，可谓是郎情妾意。"

"我有那么明显吗？"蘑菇脸上一红。

"当然。"杨阿姨笑道。

和很多热恋的情侣一样，蘑菇觉得有时跳过一些繁文缛节还是挺好的。

一开始，当蒋澄思从纽约回来直接拖着行李箱出现在她家门口时，蘑菇真是又好气又好笑，却又想不出什么理由去拒绝他，于是，两人就顺理成章地住在一起了。

其实，两人相处的时间并不多。每月蒋澄思出差在外的日子超过一半，而蘑菇虽然不是经常出差，但是每月也会有那么两三天。如果是工作日，两人只有早上能照个面，无非是吃个早餐说句话，只有在周末，两人才能闲下来好好相处。

两个习惯独立的人生活在一起，基本上不会给对方带来烦恼。当然也会有例外的时候，比如说……

某个周末早晨。

"不如我们将大床换一下？"蒋澄思搂着蘑菇说。

"好端端的，为什么要换？"蘑菇不解。

"我不太习惯……"

虽然蒋澄思只说了一半，但是蘑菇约莫能猜到，这床包子也睡过。有些男人吧，确实会有这方面的洁癖，所以，她也就理解并顺从了。只是后来……

"杨阿姨，怎么床单被套都换过新的了？"

"杨阿姨，为什么要把这些衣架都扔掉啊？"

"……"

终于，蘑菇忍无可忍了。

待蒋澄思回来后，她轻描淡写地说："今天杨阿姨把餐具全都换了。"

他正在换衣服，并未在意："哦，是我让她这么做的。"

"那我也是别人用过的，你把我也换了吧。"她冷不防说了一句。

他转过身，见她似笑非笑看着自己，他走过去，捧起她的脸狠狠地吻下去："呵呵，你，我可不舍得。"

于是，蒋澄思无休止的换物事件终于告一段落了。

又比如说……

蘑菇酷爱购物，但由于她负责的是国内二级市场，到国外出差的机会不多，蒋澄思倒是每月都会到国外出差。

某个周末夜晚，两人外出吃晚餐。

"你下周去美国帮我带这双鞋子回来。"路过一家奢侈品店时，蘑菇指着一双鞋子说。

"为什么？"

"国外便宜啊，国内卖13000元，国外才卖7000多元。"

"这也没差多少，你刷我的卡就好了。"

两人在一起后不久，蒋澄思曾经给过蘑菇一张附属卡，但是蘑菇一直没有使用，理由是她不愿意成为任何人的附属品，这让蒋澄思多少有些不悦。

"不要，你的钱还不是我的钱？"

对于这个理由，蒋澄思似乎很满意，于是满足了她的愿望。而接下来的却是……

"拜托你去巴黎给我带这个包包……"

"麻烦你去香港给我带这件外套……"

终于，蒋澄思也不耐烦了。

"你去伦敦记得帮我带这套化妆品回来。"蘑菇笑眯眯地拿着时尚杂志比画。

"看来你是要把我发展成海外代购了。"蒋澄思正在收拾行李。

"呵呵，这不是挺好的吗？可以发展副业创收。"蘑菇乐了。

"那麻烦你下周去三亚，帮我带俩椰子回来。"蒋澄思顺着说。

"不要，我是去工作的，你以为我去旅游的？"蘑菇连忙拒绝。

"那你又以为我出差是去购物的？"蒋澄思笑着说。

于是，蘑菇无休止的代购请求终于有所收敛了。

盛夏过后，秋雨渐凉，这个城市的秋天本来是旱季，这天却下起了霏霏的细雨。蘑菇正忙着准备下周出差的资料，一连打了好几个喷嚏，才想起去披上件外套。

这时，门被敲开了，来人让她意外。

"真是稀客。"蘑菇笑了笑，"找我有事？"

"没事，就来看看你。"项维径直坐下。

"哦？看我做什么？"

"看你有没有感冒。"

蘑菇下意识吸了一下鼻子，疑惑地看着他。

项维开门见山地说："最近你突然不走了，蒋少又是春风得意的样子，我隐约也猜到了几分。"

蘑菇听完并不否认，项维是蒋澄思身边的人，对他隐瞒没必要。

"你到底还是随了他。"项维叹了叹气，"不过也是，像他那样的男人，确实没几个女人能扛得住。"

见蘑菇仍不作声，项维又说："我没有别的意思，只是想提醒一下，要注意一点影响，在公众场合尽量离他远点。"

这话真说到了蘑菇的心伤。由于关系不能公开，两人日常外出时十分注意，墨镜或口罩全副装备，一前一后走着，一点都不像情侣。开始蘑菇也会不高兴，但想想他对自己的好，也会安慰自己，也就一年半时间，忍耐一下就过去了。

出差归来，蘑菇下了飞机就给蒋澄思去了一个电话。

"我在自己家，你过来吧。"蒋澄思如是说。

虽然离得很近，但蘑菇还是第一次来。小区的保卫森严，反复确认登记信息才让她进去。里面全是低密度住宅，建筑间隔着高大浓密的树木，隐秘性良好，路面平坦而宽阔，处处是园林美景。

蒋澄思开门后，只说了一句："我在开视频会议，你自己随便转转。"然后就进了书房。

房子是上下两层复式的，超过200平方米，四室两厅，装修风格简约而自然，黑白分明的基础色调，造型简洁的原木家具，使空间显得更为宽敞明朗。

室外的风景优美，弧形的露台外的树荫触手可及，微风吹过枝叶沙沙摇曳，庭园中的月季和秋海棠开得正好，站在那里仿佛能闻到甜甜的花香。

站在主卧的露台外，看着这祥和的美景，蘑菇怔怔地出了神。

"在想什么呢？"蒋澄思温热的身躯贴了上来。

"在想你这床是不是也该换了？"蘑菇头往后轻轻一靠，恰好埋在他的颈间。

"不瞒你说，这床没有女人睡过。"

"难道你和孙小姐没有……"蘑菇将那两个字省略了。

蒋澄思直想笑："我在郊外还有一处房子。"

早知道这男人不是吃素的，印证心中所想后，蘑菇突然又有些不爽。

"我开完会了，出去吃饭吧。"蒋澄思穿上外套，拉着她往外走。

因为蒋澄思夜里还有一个会议，当晚两人还是回到了他的住处。此后，两人偶尔也会到这边来住，都是蒋澄思必须要开视频会议的晚上。蘑菇不爱过来的原因有两方面，一是蒋澄思家阿姨做的早餐确实不好吃，另一个是她出门装备多，在这边确实不方便。

和蒋澄思相处得越久，蘑菇越觉得每个人的成功都不是偶然的，成功者必然具备特定的优秀品质。而在蒋澄思身上，最突出的是对自身的高要求。比如说，从不睡懒觉，无论晚上几点睡，第二天总会按时早起。又比如说，坚持运动，每周至少三个小时以上的慢跑。

有时，蒋澄思到家已经深夜了，可还是会坚持锻炼。蘑菇对他的体力提出质疑，他则这么回答："正因为工作压力大，才需要通过运动排解，而且运动有助于保持清晰的头脑，你也应该多些锻炼。"

蘑菇总是"呵呵"两声就飘走了，在她的观念里，运动从来都是带有功利性的，没错，就是减肥。

蒋澄思虽然严于律己，却对蘑菇很宽容，从不苛求她跟自己一样，所以和他在一起，蘑菇实在没什么可以抱怨的，只是有一点，唯一的一点——蒋澄思不喜欢别人碰他的手机。对此，他给出的解释是他的层级涉及太多的公司机密了。

每个人都有自己的忌讳，正常来说是应该获得尊重和理解的。但是对敏感多疑的蘑菇来说，每次蒋澄思避开她接电话时，她总有一种不安。毕竟在这方面，蘑菇是吃过亏的。一朝被蛇咬，十年怕井绳，况且这个圈子的诱惑实在太多了，她总不能不防。偶尔，蘑菇也会旁敲侧击："是谁的电话？说什么的？"

蒋澄思一一作答后，蘑菇还是一副将信将疑状。

他不禁笑了："你对我这么没信心？"

"倒不是，我只是觉得情侣间应该坦诚相对。"蘑菇理直气壮。

"那和我说说，昨晚你在露台外跟谁通电话，为什么一见我回来就挂了？"蒋澄思顺势问。

"是我妈妈打来的，刚好说完就挂了。"

"那说了什么？"

"没说什么啊。"蘑菇马上语塞，电话确实是妈妈打来的，只是说的内容是催她去相亲，这些说出来给蒋澄思听始终不好，她不悦地说，"怎么，你不相信我？"

"追你的人并不比追我的少，我只是问一下而已。"蒋澄思笑道，"你这是只许州官放火，不许百姓点灯。"

蘑菇自然是口齿伶俐，但蒋澄思以前是B大辩论赛冠军，两人交锋经常是刀光剑影，棋逢对手。不过若蒋澄思认真起来，蘑菇只会是占下风的。

于是，虽然蘑菇心有不甘，但还是决定各退一步，鸣金收兵了。

09
天罗地网

因为入了冬，盈盈嘴馋，老嚷嚷着要吃火锅，于是这晚绫香领着蘑菇和盈盈来到城南老区的一家火锅店。

店面并不起眼，小小的门脸跻身于狭窄的巷子里，招牌上的金漆已经褪落，蘑菇只能依稀认出"天一"两个字。店内装修陈旧，灯光昏昏沉沉，桌面布满了层层的油渍，盈盈拿着湿纸巾擦了又擦，绫香十分淡然地说："好啦，好吃的地方都不会太干净。"

火锅是老式的铜锅，燃红的木炭放入锅胆内，不一会儿底汤就煮沸了。夹起薄薄的羊肉片，放锅里一涮立马可以吃了，蘸上特制的酱料更是味美。

"你是怎么发现这地方的？"盈盈边吃边问。

"我读大学的时候来过，这家店从前挺火的，只是后来旧城拆迁才逐渐没落的。"绫香笑着说。

蘑菇环视四周，用餐的客人并不多，衣着简朴平庸，与身着名贵套装的她们形成鲜明对比。这一顿饭下来，三人的花费在公司附近也就够一个人吃的。

餐后，盈盈照旧被萧河接走，由于限号，蘑菇坐绫香的车回家。

刚到路口，突然窜出来一个男人猛拍车窗，绫香反应快，赶紧加大油门离开。

"吓死我了，这地方也太乱了吧。"蘑菇惊魂未定。

"这里治安一向不好，一直是贫民居住的地方。"

"那政府为什么不拆了啊？"蘑菇望向车外，处处是简陋的平房，昏黄的灯光从破败的窗户中透出。

"拆不起啊，这里的人太穷了，人口居住密度又高。"

"那住在这里太可怕了。"

"也还好吧。"绫香轻描淡写，"蒋少就是在这里长大的。"

蘑菇吃惊地望了绫香一眼，久久不能言语。

蒋澄思出差了，今夜仍像往常一样，只她一人在家。她洗漱过后，倒一杯冰水，坐到电脑前，鬼使神差地在网页搜索栏输入那三个字。出来的结果无非是他的教育背景、工作经历、成绩荣誉，丝毫没提到他的成长经历。虽然隐约知道蒋澄思的家境并不好，可蘑菇始终无法将光彩耀目的他与脏乱差的贫民窟相联系，此刻，她才发现自己对枕边人的了解是这样少。

最近蘑菇获得了一家公司定向增发投资的机会，她没日没夜地开始备战了。手机响了，是蒋澄思的电话："我刚落地，你在哪里？"

"我还在公司加班。"

"吃过了吗？"

"还没。"

"那我去沧浪等你，早点过来。"

挂了电话，蘑菇看了一下表，已经八点多了，她收拾好东西往外走。

蘑菇下班驱车赶来，绕着山路转了一圈又一圈。两人半月未见，蘑菇心中甚是想念。进了包厢，看见坐姿笔直的蒋澄思正在点菜，蘑菇心中一甜，不自觉地依偎过去。

"今天的澳洲红龙很新鲜，先生要不要试一下？"固定接待的服务生热情介绍，得到蒋澄思的应允后，服务生又问，"太太，札幌帝王蟹今天刚到，要来一份吗？"

服务生走后，蘑菇微笑："这个服务员记性真好，我就提起过一次想吃帝王蟹。"

"做这个行业，记性和觉悟很重要。"蒋澄思为蘑菇斟上一杯清茶。

"说得你好像做过似的。"蘑菇不以为然。

"我当然做过。"蒋澄思笑说，"刚到美国读书的时候，我就是在一家比萨店兼职当服务员，哪怕是这么冷的天，也要去送外卖。"

蘑菇抬头望向窗外，想起路上车载广播里说今晚会下雪。

"有一次，我顶着大雪送外卖收到了一美元的小费，高兴了半天。"眼前的这个男人正在策划百亿美元的并购，和她说起的却是当初那一美元的温暖。

蘑菇怅然道："还能说说你的经历吗？从小说起。"

"为什么突然这么问？"蒋澄思抿一口茶。

"我对你从前的经历了解很少。"蘑菇淡然道，"你不说，我总觉得离你很远。"

窗外悄然飘起了雪，密密地落在树枝上，室内的暖气很足。

"小时候我家里并不宽裕，妈妈离开得早，我和爸爸相依为命。爸爸读书不多，一开始在工地做搬运，后来身体不好，只能在家干些手工活。"蒋澄思目光深邃，仿佛回到了童年里那个摇摇欲坠的平房，看见体弱的父亲弓腰在昏黄的灯光下串珠子、扎风筝、糊纸盒……

"小思，小思。"街口水果摊的赵姨老逗他，"为什么别人都叫二弟、三哥、猪妹，你要叫澄思啊？"

"这是我妈妈给我起的，寓意是澄澈的思想。"幼小的他靠在墙壁，似懂非懂地说着。每每说到这儿，赵姨又会可怜他是个没娘的孩子，将一两个快要熟透了的水果递给他。他抱起水果，拔腿就跑回家找爸爸。

"那时候我们最怕过冬，因为烧不起煤取暖，晚上会冷得辗转反侧。等到上学认字以后，过年我会代写春联，才有钱买煤过上暖冬。还记得那会儿写一张能有5毛钱，写错一张要赔2毛，一个字要练十遍才敢往红纸上写。"

"你会觉得苦吗？"蘑菇泪都要下来了。

蒋澄思摇摇头："顶多会羡慕别人家的孩子有糖吃，有纸牌玩，但是年纪小也不在放心上，转眼就忘记了。我的小学是在家附近的农民工子弟学校读的，身边同学的家庭也不富裕，没有什么可比较的，只是后来我被推优上市一……"

市一是B城最好的中学，蘑菇记得网页上对他的简介就是从中学开始的。

"在市一，身边很多同学生活优越，我看到了人与人之间的差距，社会的不平等。"

"听说你是厂洼区来的，那边是不是特别脏乱差？"刚开学没几天，他的同桌陈军问他。

上中学以前，蒋澄思没离开过厂洼区几次，还是头一次听人这么问。

"我妈说那区特别乱，经常有人打架抢劫。"陈军自顾自地说着，"我从小到大都没去过，回头你能不能带我去你们那儿看一眼？我倒是想见识一下。"

"也不知道那个厂洼区的孩子有没有去上补习班，希望第一次期中考试不要拖班里的后腿。"蒋澄思上楼梯时，听见班主任杨老师和同事抱怨。

"厂洼区不是只有一个孩子被推优上来吗？成绩应该不错吧。"

"那不过是学校为了扶助弱区教育给的名额，谁知道真实成绩怎样。"

"今天你的老师给我打电话，问你有没有上补习班，这该上还是得上。"周末回家的时候，爸爸掏出皱巴巴的200块钱放他手里，"不用担心钱的事。"

"爸，我不想上学了，我想回家替您干活。"蒋澄思推开。

"说什么劳什子话？你不读书想一辈子都留在这里？"爸爸怒说。

"我不想您这么累。"

"我不累，你随你妈，脑子很聪明，要好好读书，不要像我这么没出息。"

"我至今仍不理解，我爸爸也没读过什么书，为什么他就那么认定知识能改变命运？"蒋澄思叹了叹气，"到底是怎样的信念支撑着他供我读书？"

与他同龄的许多童年玩伴早早就辍学打工了，唯有他一路读了下来，从初中、高中、大学，到出国留学，越走越远，越走越开阔。

"只可惜再也没有机会问了，爸爸在我回国后第二年病逝。"蒋澄思落寞地说，"那种感觉，你知道吗，那种子欲养而亲不待的感觉，这么多年仍缠绕在我心头。"

没有哪个孩子能轻易成人，每个优秀的孩子背后都有父母辛勤的付出。蘑菇感受到这句话的分量。

"我相信无论在哪儿，你爸爸看见你现在的成就，都会很欣慰的。"蘑菇怜悯地看着眼前这位男子。

他就这样背负着父亲的信念，披荆斩棘一路走来，出类拔萃，让所有曾经轻视他的人刮目相看，直到如今，与那些出身显赫的人平起平坐。个中艰辛，并非常人能体会。

蘑菇的小日子波澜不惊地过着。在工作上她小有成绩，有想买就买的能力，又不会忙到没时间享受生活，有三两知己可以倾诉，还有一位让人艳羡的男友，虽然迄今为止这还是个秘密，她也是知足者常乐了。当然，这中间也有波澜跌宕的地方，比如这次她妈妈突如其来的造访。

"妈妈，你怎么说来就来？"蘑菇在机场接上妈妈的时候说。

"鉴于你近期极其恶劣的表现，我一定要过来好好看看你到底是怎么回事，看看你眼中还有没有我这个妈妈。"妈妈见面就训斥。

蘑菇知道妈妈这回来势汹汹，也是积怨已久了。每次妈妈来电话都是三句不离相亲，她之前好歹还能当耳边风听听，最近实在是无心对付，妈妈还没进入主题，她就找借口挂了。

"妈妈，合着你是过来刷存在感的？"蘑菇揶揄。

幸好，蒋澄思这几天在美国出差，蘑菇临时让杨阿姨过来把蒋澄思的物品收拾好送回他家中。

妈妈一如往常，不远千里从老家带了一大堆用得上和用不上的东西给蘑菇。

"妈，这个你下次别带了，上次寄来的都还没吃完。"蘑菇一一整理放进冰箱。

"咦，小茹你怎么把大床换了？"

"之前那床包子也睡过，我想着旧的不去新的不来。"

"书房的家具摆放怎么都变了？"

"我重新设计了。"

"这餐具我怎么从来没见过？"

"这是朋友送的。"

如此种种，蘑菇对答如流。

"我就几个月没来，怎么感觉都不一样了呢？"妈妈质疑。

"妈妈，你怎么跟福尔摩斯一样啊？坐下歇会儿吧。"蘑菇手心开始冒汗了。

"小茹，你再跟我说说，这件衣服是怎么回事？"妈妈四处转悠后扬了扬从脏衣篓里翻出来的男士衬衫。

蘑菇招架不住，举双手投降了。

"难怪你最近烦我提相亲，不过……"妈妈转怒为喜，"小茹，妈妈和你说，有男人是件好事，但是你得坦白从宽。"

于是，蘑菇简单交代了一下，特意说明因为交往不久，希望妈妈不要操之过急。

"什么，交往才两个月就住一起了？"妈妈连问，"你还真不怕吃亏啊！对方什么人你了解吗？"

蘑菇老实地点点头。

"那你约他出来，我要会一下。"

"妈妈，你这架势是要华山论剑啊。"蘑菇笑道，"他现在出差了，等下回再会吧。"

"那有没有照片？发给我和你爸爸先看一下。"妈妈不死心。

蘑菇摇摇头："妈妈，照片有什么好看的，回头看真人好了。"

"看你神神秘秘的，真让人担心。"

"妈妈，以前我没有男朋友你担心，现在有男朋友你又担心，何时是个头？"

"那也是，有总比没有强。"妈妈自言自语，"现在事情弄明白了，我也就放心了，我明天就回去吧"。

蘑菇喜出望外："妈妈，你太开明了。"

"对了，哪天你们要擦枪走火不小心有了孩子，可一定要生下来。"妈妈笑眯眯地说。

"那当然，我们家穷得就只剩下钱了。"

妈妈走后，蘑菇让杨阿姨将一切东西归位。

"对了，这次算加班，加班费加到这个月的工资里，回头我转给你。"

"不用了，蒋先生说他以后会负责我的工资和家用。"

"哦？"蘑菇挑了挑眉毛。

蒋澄思比预期早了两天回国，所以蘑菇回家见到他时还是意外高兴的。

"这个是给你的。"蒋澄思整理行李时给蘑菇。是纪梵希限量珍藏版琥珀香水，蘑菇放到鼻子边闻了一下："怎么想起送我这个？"

"住的酒店里有商店就逛了一下。"蒋澄思说，"还有这个是给杨阿姨的。"是一条巴宝莉的丝巾。

"对了，杨阿姨说以后你会负责她的工资？"

"是的，我忘和你说了。"蒋澄思低头解衬衫袖扣。

"为什么突然这样？我可从来都没抱怨过。"。

"之前我是忙得顾不上，现在我吃住都在这儿，总不能让我吃软饭吧。"

"我可是不介意啊。"蘑菇笑了，"那你给杨阿姨多少钱一个月？"

蒋澄思说了一个数，蘑菇惊住了："蒋总，你可真大方。"

"只要把你伺候好，这点钱算什么。"蒋澄思轻笑。

"说得好像是杨阿姨做饭你没吃似的。"蘑菇笑了。

"对了，下周绫香生日，我们提前请她吃个饭吧。"

"好呀。"蘑菇反应过来，"你说我们？"

"嗯，我们也该请绫香吃饭了。"

沧浪是有名的日本餐厅，位于夕霞山顶，能俯瞰半个B城的夜景。

蘑菇和绫香先到的，接待的服务生将二人领入包厢："您好，太太，这边请。"

听见称呼，绫香若有所思地笑了，蘑菇也不好意思了。

"你们经常过来吗？"绫香问起。

"来过两三次吧。"蘑菇想了想。

"你现在幸福吗？"

蘑菇笑着低下头，没有回答。

"你们在一起会聊些什么？"

蘑菇歪着脑袋想，换床、换被单、换餐具……算了，这些就别提了，以免影响蒋澄思的光辉形象。

"都是衣食住行的小事。去哪儿吃饭啊，这衣服要不要洗，偶尔也会说些时事或者见闻，也没什么特别的。"

"是吗？我真的很好奇，蒋少走下神坛居家过日子的样子。"绫香笑了。

约一个小时后，蒋澄思抵达，问道："莫茹呢？"

"她上洗手间了。"绫香说。

"你们都吃过了吧？"蒋澄思解开西服纽扣，盘腿而坐。

"嗯，你要再加点菜吗？"绫香应道。

"不用，这够吃了。"蒋澄思端过那碗还有一半的乌冬面，"这是她吃的吧？"

绫香点点头，只见蒋澄思自然而然就着那碗剩下的面吃了起来。认识他十年有余，见到的多是他孤傲冷清的模样，而此刻的他又是如此不同，仿佛成了另一个人。

"这是今年送你的礼物。"蒋澄思递过一份文件袋,"祝你生日快乐。"

绫香打开袋子看了看,重新装好原路退回:"虽然我每年都很期待你送的生日礼物,不过这次实在太贵重,我不能收。"

"你帮了我这么大的忙,这根本不算什么。"蒋澄思正色道。

"我这样做,并不只是因为你。"绫香神色凝重。

此时,包间的门被打开,蘑菇走了进来,一见蒋澄思就埋怨:"你这人请人吃饭还迟到,太不应该了。"

"怎么这么看着我?我说错你了?"蘑菇睁大眼看蒋澄思,"啊,你怎么把我的面都给吃了?"

蒋澄思愣了一下:"我以为你吃完了。你还是少吃点吧,哪个女孩像你吃得这么多?"

"你居然嫌我吃得多?"蘑菇内心受伤了。

绫香看着眼前拌嘴的两人,不禁笑了起来。

蘑菇一向是单干的,因为最近股票市场看得多,部门领导担心她忙不过来,给她配了一个新人小芸。小姑娘悟性不是特别高,人倒是勤勤恳恳的,无论头天加班多晚回家,次日都会准时上班。

自从和蒋澄思在一起后,每次开月度例会蘑菇都会觉得有点怪,看着主位上一本正经的他,不禁想起他说过的情话,使坏的样子。

"M,蒋总问你话呢。"部门副总卓元凡叫她。

"啊?"蘑菇回过神。

"上周的沪深300指数好像不太对。"卓元凡重复了一遍。

蘑菇细看了一下:"不好意思,确实是有点问题。"

"所以,你的分析都是建立在错误的数据之上?"蒋澄思说,"How could you do like this(你怎么能这样做)?"

本来还想说几句难听的话,但他忍住了,将报告往桌面一掷:"重新改一版再发出来。"

会后,小芸万分歉意地说:"抱歉,是我摘数摘错了。如果你为此受到处罚,我真的很过意不去。"

见她快要哭了，蘑菇不忍心责备："怎么会呢，又不是什么大事。"

"可我听说蒋总要求下属一向严厉，之前有员工犯了错误，直接就被开了。"

蒋澄思的严厉在庄美是闻名的，能被他训得厉害还能健全到现在的，估计就只有蘑菇了。

晚上，蒋澄思到家已经十点多了。

蘑菇笑脸相迎："蒋总，你要的报告我已经重新发了。"

蒋澄思脱下西服："你的下属到底行不行啊？不行换一个。"

"你怎么知道是我下属犯的错？"

"我当然知道，你一个人做的时候，哪犯过错。"

"小芸还年轻，犯点错误也正常。"蘑菇说，"虽然不是很聪明，但能踏踏实实干活就行。"

"你还是应该严格要求你的下属，一个好的下属能给你省很多心。"蒋澄思倒了一杯冰水，背靠沙发上，双脚放到茶几上。这是他一天中最放松的时候。

"那我应该像你要求我一样，要求她。"蘑菇不屑道，"你不知道，在过去两年，我有多怕你，看见你都想绕路走。"

"你不知道，在过去两年，我又有多怕你，怕你什么时候身边就多个男人。"蒋澄思笑了。

原本是拌着嘴的，听他这么一说，蘑菇头一歪靠在他身上："油嘴滑舌。"蒋澄思不常说情话，不经意间说起，蘑菇还是很受用的，"那你现在不用怕了，我的灵魂已经属于你。"

"我才不要你的灵魂，我只要你的身体。"蒋澄思低头含住她的耳垂。

次日中午，盈盈约蘑菇到公司附近的餐厅吃饭，吃完后顺便在商场闲逛。

"你看这条珍珠项链好看吗？我喜欢好久了，下月去日本旅游，看看有没有。"路过塔思琦的专卖店，盈盈比画说。

"嗯，挺好看的，在日本买估计能便宜三分之一。"

"这个呢？"

商场内的大屏幕上播放的画面，吸引了蘑菇的注意。

蒋澄思在回答记者的问题："互联网金融肯定是一种大趋势，传统金融业会面临大洗牌，其实我们在两年前就调整扩张战略，例如缩减物理网点的建设，致力于开发互联网金融平台……"

"原来蒋总在杭州参加互联网大会啊。"盈盈也凑过来看。

蘑菇想起昨晚难得和蒋澄思吃饭，他的电话响了好几次，他都没有理会。后来，蘑菇的电话就响了，是项维打来的："他是不是和你在一起？你告诉他，今晚的庆功宴，连孙董都来了，让他赶紧过来。"

蘑菇原话转述，蒋澄思还是坚持陪她吃完饭再去，结果这一去深夜才回，一大早又到杭州开会了。之前两人数日未见，本打算这周末能好好聚一下的。

"LAZ作为全球知名的独立另类资产管理机构，首次参与的在华投资项目也是互联网金融项目，请问贵司会重点投资互联网金融产业吗？"记者提问。

"那是当然的，互联网金融在中国的发展全球瞩目，尤其是支付平台的。事实上，除了互联网金融，LAZ也积极寻找其他互联网相关产业的在华投资机会……"

"哇，这个女的好漂亮，不过是不是在哪里见过？"盈盈说。

蘑菇也注意到这个坐在蒋澄思身边的迷人女子有些面善，却一时回忆不起来。

下午，蘑菇主导的大型投资项目第一次过会。因为投向是新兴产业，而且投资金额较大，面对评审会成员的纷纷提问，蘑菇过关斩将。最后，投委似乎对蘑菇的演讲很满意，以三分之二的赞成票通过。

关注了一年的企业，好不容易争取到投资的机会，两个月以来的调研准备，终于获得通过了，蘑菇也是激动得手舞足蹈。

会后，蘑菇打开手机，看到蒋澄思的微信："今晚来杭州陪我吧。"

蘑菇就回复了一字："好。"

B城离杭州也有千里之遥，蘑菇是乘坐最晚一班航班到达杭州的，抵达酒店已经十二点多了。

蘑菇此行十分注意，幸好蒋澄思住的是行政楼层，与随行的员工分隔开。蘑菇依安排入住他隔壁的房间，刚放下行李，就听到敲门的声音。

见到他，她笑弯了眉，他却一把将她搂入怀里，密密地吻在她的唇上、脸蛋上、肩膀上，她在他怀里放肆地笑着："慢点，慢点，你说我这算不算是千里送外卖？"

"咚，咚。"是敲门的声音，两人的动作停了下来。

"蒋总，我是江颜，你在吗？"

原来敲的是隔壁房门，两人舒了一口气。

江颜？那个今年新进庄美的美女？蘑菇内心困惑，这大半夜的敲门做什么？

"咚，咚。"门再次被敲响。

"阿思，是我，开门吧。"还是隔壁的敲门声，蘑菇听出是昨天LAZ发言的那位女子的声音。未几，蒋澄思的手机响起，他极不情愿地抽身去接："哦，我还没回房间。"

"好，一会儿32层酒吧见。"

此时的蘑菇也坐起整理衣物，斜眼看着他："这大半夜的找你什么事？"

"工作上的事。"蒋澄思吻了吻她的前额："一会儿先睡，不用等我。"扫兴的蘑菇真的连"好吧"两个字都挤不出来。

酒店在西湖边上，好久没睡到自然醒的蘑菇吃过早餐，闲来无事到西湖溜达。

"起来了吗？"蒋澄思的电话。

"哼。"被忽悠过来却独自一人的蘑菇应了一句。

电话那头的人也笑了："今天西湖附近的会展中心举办车展，都是顶级跑车，你要不要去看一下？"

"不看，反正买不起。"

"我送你呗。"

"别以为我不敢要。"蘑菇赌气说。

车展上名流和明星云集，展位上的车模也明艳动人，有两家著名车商的CEO都来了，现场讲述自家车的设计理念。还有几款概念车的外形极具动感，蘑菇也是大开眼界。

"有看上的吗？"

"有啊，看中了一辆兰博基尼。"

"那就下单吧，我让Cici过去付定金。"

"你说真的？"

"我是真的不想再开你的甲壳虫了。"

虽然蒋澄思有两辆豪华越野、一辆超跑，但是基本没时间开。商务出行都有专车接送，生活中出行开得最多的还是蘑菇的小甲壳虫。蘑菇想起他手长脚长，开甲壳虫局促的样子，就想发笑了。

"你也有跑车啊，我开你的就好了。"

"这太招摇了。"

蘑菇汗颜了，开法拉利招摇，开兰博基尼就不招摇了？

晚上，蒋澄思回到酒店，蘑菇递给他一个车模。

"会不会太奢侈？说买就买？"蘑菇嘴上这么说，心里还是挺高兴的。

"这算什么啊？不只这个，其他的，你想买都可以买。"

"你是想包养我吗？"

"我只是想和你分享我的财富，给你最好的东西。"蒋澄思的态度诚恳。看见漂亮的就想买给他，吃到好吃的就想打包给他，遇见什么好事总会不自觉想起他，与他分享自己力所能及的一切，喜欢一个人大抵也就是这个样子了。

"那问题来了，你到底有多少财富？"蘑菇俏皮地说。

庄美员工的收入属于同行业中的高水平，蘑菇自觉薪酬已经挺高的了，蒋澄思职位比她高N个级别，薪酬肯定难以想象。而且作为投资从业者，薪酬只是收入的一部分，投资收益才是大头。

"这我还真不知道，你得问Cici。"蒋澄思笑了。

"那好吧，你让Cici给我做个表？"蘑菇知道Cici还管理着蒋澄思的私人事务。

"你要对我进行FDD（财务尽职调查）啊？"蒋澄思将蘑菇打横抱起放到床上，支起胳膊看着她。

"那当然，你可是我终身投资的项目。"蘑菇手抵在胸前。

蒋澄思轻笑，翻身将她压在身下，蘑菇以为他要使坏，却好久都没有动静，侧脸一看，他居然睡着了。估计他也是累坏了，这两天就没有好好休息过。

这时候该死的电话又响了，蘑菇拿起一看，是一个叫Lily的人打来的，她把手机直接关进浴室，然后上床乖巧地陪他睡下了。

次日清晨，睡了个整觉起来的蒋澄思神清气爽，身边的可人儿还在梦中，他来到酒店的健身房跑步。落地窗外是西湖美景，虽然是冬日，但细雨蒙蒙的西湖也有种别样的美丽。

"昨晚为什么没有接我电话？"黎藜走上他旁边的跑步机。

"哦，找我有事吗？"蒋澄思问。

"我最近看上了一个项目，却被另一个机构抢先认购了。"

"然后呢？"

"你猜那家机构是……"黎藜鬼魅地朝他笑了。

蘑菇打了一个大喷嚏，她看了一下表，下午三点十九分，项目终审会很快要开始了。

在庄美，等值5亿人民币以上的项目投资属于大额投资，需要过两次会。虽然这是蘑菇第一次主导的大额投资，但她一点都不紧张。因为终审会有七位成员，其中两位董事会成员、四位业务部门主管，以及蒋澄思。

当蘑菇势在必得地介绍完整个项目，两位部门主管点头表示认同，林总是自己部门的老大，更不用说了。现在只差一票了。

这时，项维提出了第一个问题："M，我看这家企业本身没有做过养老项目？"

"这家企业主营的医疗器械，具备医疗方面的经验。至于基础设施建设和运营管理，他们已经和一个韩国高端养老机构签订了合作协议，前期韩国方面会派出专家过来指导。"这个问题，还是好解答的。

"据我了解，我们也没有投过类似的产业？"

"中国老龄人口越老越多，老龄化速度又快，政府的设施建设和服务又跟不上，高端养老以后一定是个趋势。我们是没有产业的经验，但是大势所趋，我们应该趁早介入。"蘑菇回答。

"要知道走得太快就会成为'先烈'。"项维接着说，"我只是觉得这次投资金额这么大，还是应该慎重一点。"

经过这么一折腾，方才表示认同的两位主管似乎动摇了，项目该不会被否了吧？蘑菇的心有点悬着，她将目光投向蒋澄思。

"我觉得项目本身不错。"蒋澄思发表意见，"但是William说得有道理。要不这次先搁置投决，回去考虑一下如何回避风险点，下次再议。"

蘑菇前脚出会议室，后脚就给蒋澄思发信息，让他晚上早点回家。这次真怪自己太自信了，事前也没有和蒋澄思通过气，弄得刚刚差点下不了台。

这天晚上，蘑菇在家里来回踱步，听见开门的声音，就迎了上去。

蒋澄思见她一反常态，乖巧地接过他的公文包和脱下的西服，还备茶送到书房，也笑了。

"今天累吗？"蘑菇正殷勤地给他揉肩捶背。

"你别这样，我瘆得慌，有话直说。"蒋澄思说。

"你说我那项目该怎么办？"

"项维不是提了几个问题吗，你逐一化解了就行。"

"那个项维……"蘑菇顿了顿，"项总提的问题，确实有点难办。"

蒋澄思知道她现在恨不得活剐了项维，于是说："他不是说你们没有经验吗，还说这次投资金额大，风险高，那你就找个有经验的机构一块儿投，分担风险就行了。"

蘑菇茅塞顿开，转念一想："可这么急，上哪儿找？"

"我认识一个，可以推给你。"

"谢谢。"蘑菇笑逐颜开。

"那我是不是该有赏？"

蘑菇高兴地坐进他怀里，仰着脸胡乱亲了他几下。

"好啦，快点把对方的联系方式给我吧。"

"你这也太敷衍了事了吧。"蒋澄思不屑。

"事成之后再重赏吧。"

"你这是不见兔子不撒鹰啊。"蒋澄思轻笑。

次日下午，蒋澄思在办公室听财务部门汇报明年的财务预算方案。

"阿思，我们的人正在你们这边开会，你们负责这个项目的小妞也太搞笑了，居然很大方地说能分我们10%的份额。"黎藜在电话里气冲冲地说。

"你想要多少？"蒋澄思快人快语。

"起码51%。"

"50%吧。"

那边的黎藜盘算了一下："好。"

"他们在哪个会议室？我过去一下。"

"在你们投资部的会议室。我正好在附近，我也过来听一下吧。"

蒋澄思正要劝阻，对方却挂了电话。

二十分钟后，蒋澄思和黎藜出现在投资部，不明就里的部门主管林总闻讯赶来了，忙问："蒋总和黎总大驾光临，不知是何事？"

谈判进入了僵局，当这三人同时出现在会议室时，蘑菇是喜忧参半。

底下的人也纷纷议论："这动静也太大了吧。"

当他们坐定，双方向各自的领导低声汇报情况后，谈判继续。

"M小姐，10%的份额是什么意思，你是在打发要饭的吗？别忘了现在是你们有求于我们。"黎藜咄咄逼人，"LAZ是什么机构你了解过吗？别说这只是6个亿的小项目，哪怕是100亿的项目，如果拿不到话语权，我们都是不会投的。"

蘑菇被喷了一脸，心里极其抵触："黎总，这次是我们主动提出合作的，但这个项目毕竟是我们先拿到的，所有的条款都是我们辛辛苦苦跟被投企业争取回来的。"

"你以为LAZ去谈就拿不到这些优惠条款吗？如果不是你们早签了全额认购意向，我根本不会坐下来和你谈。"黎藜说。

"双方之前对合作的理解有偏差，现在我们再谈一遍，看怎么缩小这些的差距吧。"蒋澄思四两拨千斤，将讨论的主题回归项目。

后来的谈判，完全是蒋黎两人控制局面，蘑菇完全插不上话，一张口就被自己的主管林总示意噤声。

一小时后，双方达成一致意见，会议结束。

会后，项目组的小姑娘纷纷讨论："真是开眼了，两大顶尖金融机构的领导坐下来谈项目。"

"高手过招，这么冗繁的条款居然言简意赅就谈完了。"

林总临走时和蘑菇交代："这项目是蒋总亲自和黎总谈的，你要尽快落实签约，别有差池。"

蘑菇点头称是，却窝了一肚子火，憋得脸都红了。这么好的项目凭什么就这样分50%出去？都怪那个项维，提的那些根本不是问题的问题。当年软银投淘宝的时候就投过中国电商吗？

她越想越气，越气越想，愤而跑到海外部，要找项维理论。

"项总现在在见客人。"秘书说。

蘑菇坐到沙发上等候，门是虚掩着的，能听见里面传来的声音："那个M也是够偏的，要是我的下属，我早就批评她了。"

"黎总，您别跟她一般见识，最后结果您满意就行。"项维说。

"哪能谈得上满意啊，我也就看在阿思的分上才不多生枝节。"

"黎总，您大人大量。"项维说，"今晚定在夏宫吃饭，Cici已经过去点菜了，我们十五分钟后出发。"

"不如我们等阿思一起吧？"

"蒋总还要过预算，说让我们先过去。"项维说，"对了，您第一次过来，一会儿我带您参观一下我们部门。"

"好呀，我早就久仰庄美海外部的大名了。"

"阿思……"这声音如此熟悉，蘑菇想起在杭州那晚也听过。

此时，蘑菇的电话响了，是蒋澄思打来的，她到门外接听。

"我知道你今天很不高兴，今晚一块儿吃个饭吧……"

蘑菇说话的时候，正好项维和黎藜从她身边经过，并未留意到她。后来，蘑菇上网查了一下黎藜的简历，LAZ新任大中华区总裁，硕士毕业于斯坦福大学，本科毕业于B大。原来是大学同学，难怪这么面善，之前她在绫香的婚礼上见过。

一开始，蘑菇以为自己入错酒店包间了，因为里面摆满了鲜花。

"这是怎么回事？"坐在鲜花丛中的蘑菇感觉很怪。

约莫一刻钟，蒋澄思也来到了。

"你是为了今天的事弄这些赔罪吗？"蘑菇指了指周围。

"当然不是，你忘了？"蒋澄思盘腿而坐。

"忘了什么？"

"今天是我们在一起的第一百天。"

"不会吧？"蘑菇不相信，打开手机算日子，还真是。

"好吧，算你有心了。"蘑菇说，"我想起来你从来没有送过我花，其实我也挺好追的吧。"

蒋澄思用沉默表示不敢苟同。原本蘑菇有一堆话等着问他，为免破坏气氛还是忍住了，只问一句："LAZ的黎总是你大学同学？"

"嗯，Lily是我同学。你还在为今天的事耿耿于怀？"

蘑菇不作声，他说出了她的情绪。

"你现在越来越显露出资本家的本性了。"蒋澄思取笑。

"什么本性？"

"贪婪。"蒋澄思说，"虽然是被生分了一半，但是LAZ是全球知名的机构，也是强势的。"

蘑菇知道他今天是尽力了。

"下了班就不要想工作了。"蒋澄思打开餐桌上的香槟，给蘑菇和自己倒上，"你还记得我们第一次单独吃饭吗？"

蘑菇摇摇头，表示毫无印象。

"三年前在夏宫，我们坐在门口的位置。"蒋澄思提醒。

"我想起来了，那天我还点了一桌子的菜。"蘑菇恍然大悟。

"我还得你当时说过的话。"蒋澄思感叹，"以至于我现在每天早上醒来见到你，都感觉在做梦一样。"

人生兜兜转转，光影交错，明明是不相干的人却偏偏走到一起。蘑菇也是感慨万千，眼前的男人比起当年，风度依旧，却越发持重。

"Cheers（干杯）."

"For what（为什么）？"

"You complete me（你使我完整）."

这时，窗外闪现姹紫嫣红的烟花，两人站到窗前仰望，绚丽的烟火在夜空到达顶点绽放光彩，又有如繁星飘然落下。

虽然心有不甘，但是既定的事还是要做的。第二天，蘑菇给被投企业打了电话，告知准备与LAZ共同投资的事。

"前几时LAZ也来找我们谈过这个项目，但是我们说了已被你们全额认购，没想到他们果真找你们去了。"被投企业说。

"什么？LAZ找你谈过？"蘑菇皱着眉挂了电话。

不一会儿，小芸敲门进来："这是LAZ发过来的协议初稿。"

蘑菇翻开协议逐条细看："优先回报权？我不记得我们谈过这个条款。"

"我也是这么说的，但是对方一口咬定有。"小芸说。

LAZ负责和蘑菇对接项目的Wendy，也是个厉害的女人，每次和她说话就跟吵架似的，真是物以类聚。蘑菇想起就头疼，她硬着头皮给Wendy打了电话。

"我很肯定，当时开会，无论是我还是蒋总都没有承诺过这个条款。如果您一定坚持，那我就去问蒋总。"

"好呀。"对方态度十分不屑，"我和黎总正在你们蒋总的办公室，你过来吧。"

"好呀。"蘑菇可不吃这一套，反正是无中生有的事，谁怕谁。

她就觉得这事老扯上蒋澄思过意不过去，撇开私人关系，在公司她和蒋澄思起码差了十几个级别，怎么也轮不到她这个层级来解决。

还有，作为下属，这个Wendy也是奇葩，动不动就把事情往上捅，老爱搬自己的领导黎藜出面。领导把事情都干了，还要你干吗？

蘑菇抱着协议稿来到了首执办公室，她已有两年没来过这里，装设发生了一些变化，苏州园林美景已经撤去，铺上了白色斜纹的大理石，显得明亮宽敞多了。

蘑菇进了办公室，发现蒋澄思、项维、绫香，还有庄美的好几位高层都在。

"蒋总，您这位下属也真挺执着，非要过来和您确认我们谈过的条款。"黎藜笑里藏刀，"你是信不过我，还是信不过你们蒋总？"

蘑菇并未理会她，直接走到蒋澄思身边，俯身指出有异议的条款，然后胸有成竹地看向黎藜。

蒋澄思看完皱眉望向黎藜，思量片刻后："没错，这是我和黎总谈的，忘了知会你。"

"但是……"蘑菇大感意外。

"我说，如果你对LAZ连这点信任都没有，我们还谈什么合作？"黎藜嚣张地说，"Wendy，你陪这位M小姐再过过协议，免得说我们无中生有。"

两人出来后，Wendy笑着说："你真是自取其辱，区区条款又算什么，你知道蒋总和黎总是什么关系吗？"

蘑菇板着脸说："是同学又有什么了不起的。"

"但是如果是前男友呢？"

这话犹如当头一棒，蘑菇一直觉得这事不对劲，却又不明所以，这下可就一目了然了。昨天被生生压了下去的情绪，突然就冒了起来，她当即找了一个偏僻处，给蒋澄思打电话。

"黎藜是你前女友是不是？你对她余情未了，把我的项目让给她是不是？还拉上项维来演戏是不是？"电话一接通，蘑菇连珠炮般地问。

蒋澄思冷静地回答："我还在会上，一会儿回你。"

中午的时候，蒋澄思来了电话，蘑菇当然是没接。

临到下班的时间，蘑菇被部门主管林总叫了过去。

"今晚LAZ美国总部的高层过来，我们举办了一个欢迎宴会，上头临时决定让你也参加。"

"为什么？"

"我们不是和LAZ共投了一个项目吗，你又是项目负责人，准备安排你今晚做一个演讲。"

"可是我一点准备都没有。"

"现在不是给你时间准备了吗？宴会七点开始，现在还有两个小时。今晚所有的领导都会出席，你要好好准备一下。"

宴会的地点虽离公司不远，但是路上堵车，蘑菇是抱着电脑冲到会场的。

部门主管林总见到她，当下就责难："怎么不换身衣服过来？"

因为时间都花在演讲稿上，蘑菇穿着制服就过来了，哪里像在场的各位穿得那么华贵亮丽。

蘑菇低头看着自己的衣着，唯一能撑得住场面的就是脚上的高跟鞋了。恰好绫香过来为她解围："我多备了一套礼裙，随我来。"

蘑菇换上了一件黑色高腰蕾丝裹身长裙，绫香帮着绾了一个简约的发髻，还化了一个明媚的妆容。

"你比我丰满，穿起来前凸后翘的，真好看。"绫香赞赏，"可惜没有准备首饰，不然就更完美了。"

"已经很感谢了。"蘑菇看着手机上的PPT，还默默念着演讲稿。

一会儿是全英文脱稿演讲，要是说错说漏，穿得再漂亮也全白搭。

宴会开始，孙董先行发言，欢迎LAZ的高层一行到访，还当众宣布两家公司计划在境外组建一个规模上百亿美元的基金，在境内也会在直投项目上开展合作。

蘑菇作为两个机构携手投资的第一个项目的负责人，开始发言。

见她落落大方地上台了，发言娴熟流利，仪表端庄得体，面带微笑犹如桃花盛开，蒋澄思一时竟看得入了神。

"难怪你这么护着她，还是挺漂亮的嘛。"坐在一旁的黎藜揶揄。

演讲结束，掌声四起。因为演讲出色，下台后本来想撤的蘑菇，被部门领导林总叫住，四处拎去敬酒，一路敬到了主桌。

LAZ的总裁盛赞蘑菇挑项目的眼光，还主动向大家介绍LAZ在国外曾经投过类似的项目，非常成功，获得了高额的回报。

庄美的一位董事说："公司怎有这么漂亮的女员工？"

孙董笑说："那是你孤陋寡闻了。"

蘑菇礼节性地与蒋澄思及黎藜碰杯，笑容十分牵强。

后来，也不知道谁建议要合影，大家一拥而上，原本站在LAZ总裁旁边的蘑菇被挤到一边。

"啊。"蘑菇裙子窄，迈不开腿，鞋跟又高，脚一扭差点整个人倒在地上。

"你没事吧？"绫香看见赶紧过来扶她到一旁。

"我好像扭到了。"蘑菇汗都冒出来了。

"我陪你上医院看看。"

"别，你还得在这里顾全大局，我让萧河开车过来陪我去吧。"

绫香抬头恰好对上蒋澄思关切的目光，于是对蘑菇说："别，我还是打电话让明达过来吧。"

明达陪蘑菇到附近的一家私立医院看病，幸好医生说无大碍，敷点药，行走多注意就行。

折腾了一晚上，本来就没吃饭的蘑菇饿得饥肠辘辘。

明达又陪她到附近的深夜食堂吃饭，见她狼吞虎咽的样子，明达很是怜悯："你也是挺长情的，都这么久了还一个人，老包那边孩子都有了。你还是赶紧再找一个，凡事能有个照应。"

话音刚落，只见蒋澄思和绫香一前一后走过来。

蒋澄思凶巴巴地走到蘑菇跟前，忽然就蹲了下来，脱下她的高跟鞋，检查她的脚。

绫香则拽着一脸蒙的明达告辞了。

"我说过多少遍，让你不要再穿高跟鞋。"蒋澄思轻揉她的脚腕。

"可我需要这个。"蘑菇任性地说。

"你不需要这个，你只需要我。"

他这么一说，蘑菇也有点动容了，可是想起今天的事，"哼"了一声缩回脚。

"这次把你的项目分给LAZ，确实是公司战略布局的需要，希望和LAZ搞好关系，有助于开展美元基金合作。这无论对庄美还是对我个人的发展，都非常重要。不过，LAZ确实在投资养老产业上有成功经验，在日后项目管理上能提出许多建议，这对被投企业也是一件好事。"蒋澄思仔细解释。

确实今天被投企业得知LAZ加入都要笑到颤抖了。

"可这事你一开始没和我商量就是不对。"蘑菇抓住重点。

"这确实是我不对。"蒋澄思态度诚恳，"我只是怕你误会我和黎藜。"

"我是那种小肚鸡肠的女人吗？你太小看我了吧。"蘑菇嗤之以鼻。

蒋澄思用沉默表示不敢苟同。

"你快想想你还有没有别的事情瞒着我？"

蒋澄思眼神变幻莫测，笑着摇摇头。

"你发誓？"蘑菇穷追不舍。

"我发誓我永远爱你。"蒋澄思将蘑菇轻轻拥入怀。

次日中午，蘑菇约绫香在公司附近的意大利餐厅吃饭。

"我知道啊。"绫香喝了一口海鲜汤，"黎藜是我的大学室友。"

"原来你早知道他们以前是一对啊。"

"怎么看你一副沮丧的样子？"绫香奇怪。

"在这个防火防盗防前任的年代，如果一个帅气有才又多金的男人，有的不只是一个而是两个前女友，那该怎么办？"蘑菇郁闷道。自己还防错了，之前防的都是孙小姐，结果现在出来一个黎小姐。

"啊，原来你是不自信啊？"绫香笑道，"说个事让你嘚瑟一下，我前后见证了蒋少三段感情，他的两位前女友都是倒追他的。"

"真的吗？"蘑菇突然提起精神。

"当然。蒋少和孙小姐在一起，很大程度是因为孙董，因为他的赏识，而且他为蒋少父亲提供了很好的医疗条件，我感觉不出蒋少对孙小姐有太深的感情。至于黎藜，她是我们的级花，学习成绩好，外表总给人一种高冷的感觉。当时，蒋少是班长，她是副班长，后来蒋少是院学生会会长，她是副会长，再后来蒋少是校学生会主席，她是副主席，一路追随。总之，大学四年总能见她围绕在蒋少左右。刚开始，蒋少并没有和她在一起，可能是朝夕相处，被说郎才女貌多了才在一起的。"绫香嫣然一笑，"唯有你，是他主动追求的，还一追就追了两年，实在是太肉了。"

"肉？"对比商场上的强势，蒋澄思在她面前确实收敛不少，只不过蘑菇后知后觉，"他追了我两年？你怎么知道的？"

"我对他太了解了，他每次看你的眼神都是不一样的。从前他就是像神一样的存在，优秀、孤傲、克制、喜怒不形于色，但从他看你的眼神里，我看到了七情六欲。"

蘑菇咽了一口果汁："你这也说得太玄乎了吧，我怎么都不知道？"

"你不知道的事多了去了。"绫香笑着说。

原本每年圣诞节前，都是庄美全员最放松的时刻，人们讨论最多的话题便是如何度过这个节日。但是今年连蘑菇也看不明白了，这天一大早，居然收到了公开竞聘的通知。原因是，公司要成立一个新的境外直投业务部门，主要是筹备和LAZ合作的美元基金。

蘑菇想起，一周前庄美正式宣布计划和LAZ合作，在境外共同组建一支百亿美元基金，主要用于境外私募股权投资。

果然在午间的餐厅里，这次竞聘成了大家讨论最多的话题。

盈盈也发表了见解："一般来说美元基金不是归海外部管吗？为什么要专门成立一个新的部门啊？"

蘑菇对这次的竞聘并不感冒："可能是公司境外发展的重要布局。"

"听说会空降一位高管来负责这个部门。"盈盈说。

"你知道的真多啊！"绫香捧着餐盘过来坐下。

"是呀，我听萧河说的，他也要参加这次竞聘。"

这时，有三个香水味极浓的靓丽女生经过她们，蘑菇的鼻子有些敏感，不自觉擦了擦鼻子。

"刚经过的是你们部门的江颜，现在庄美排名头号的美女，也要竞聘到新部门。"盈盈悄悄说。

"她不竞聘也能去吧。"蘑菇揶揄。

这天，蒋澄思结束了为期三天的亚太商贸交流会议回到了B城。

"听说你到香港的时候，两大家族的人都争相约见，看来这次新天季在纽交所上市，对他们触动很大。"蒋澄思前脚进办公室，项维后脚就来访了。

"这不是意料之中的事吗？"蒋澄思满腹心事，脸上并无喜悦之色。

"文氏家族的那帮老古董，当初你给他们推这么好的项目，他们还推三阻四的。现在半年估值翻了三倍，哭都来不及了。"项维仍自顾自说着，"不过也好，现在和他们谈合作就容易多了。"

蒋澄思愁眉深锁："对了，Lily那边怎样……"

"黎总那边进展顺利。倒是公司这次人事调整，孙董可能已经有所察觉了。"

"所以，现在行事要更加低调小心。"蒋澄思又说，"还有，顺便翻翻以前的旧账，看看有没有落下把柄的。"

"好。"

"你一会儿约一下徐律师，过一下法律意见书。"

"昨晚才发给你的那几百页的法律意见书看完了？"项维难以置信。

食堂的暖气坏了，蘑菇打了一个大喷嚏，路过的萧河见状，随手脱下西服递给她披上，被一起用餐的绫香看在眼里。

"对了，你最近还是离萧河远点。"绫香说。

"为什么？"

"萧河这两年升不了中级经理都是拜你所赐。"绫香说。

"跟我有什么关系？"

"其实萧河每次竞聘的成绩都不错，但都是拿到蒋少那边签字就给退了回来。"绫香说起直叹气。

"为什么？"

"你还记得上一次吗？"

"哪一次？"

"就是你扭到脚的那一次，那时你脚伤不便，萧河经常扶你出入写字楼，有一次被蒋少见到，我见他脸都青了。"

"不会吧？他那么小气？"蘑菇一副吃惊状。

"我也旁敲侧击过，萧河和你只是朋友关系，可他都不相信。"绫香无奈，"男人在这方面都不会大方的。"

"那要这么说，我还不相信他呢！"

"此话何解？"

蘑菇便说起了那次的半夜敲门事件，绫香笑了："我说你怎么不喜欢江颜。不过，这不都是正常的吗，记得有一次我和蒋少出差，住他隔壁上半夜就听见了三回。"

"那他有没有……"蘑菇试探。

"当然没有，身在名利场，他怎可能连这点定力都没有？"绫香扑哧一笑，"你和蒋少也是左手信不过右手。"

"可这苍蝇也太多了，怎么赶也赶不完。"

"所以，待在这样的男人身边，内心一定要足够强大。"绫香笑说，"蒋少待你可是诚心一片，你也要对自己有信心才行。"

蘑菇想了想，点点头。

晚上，蘑菇听见开门的声音，从房间里出来了。

蒋澄思被雨淋得半湿，正脱下大衣和鞋子。

"外面下那么大雨，怎么不让老王把车开到地下车库再上来？"蘑菇进浴室拿毛巾出来给他擦头。

"今晚我和沈杳到南郊出席活动，开完会我让老王去送她了，我是打车回来的。"

沈杏是公关部的副总,一个颇有姿色的女子。

蘑菇很大方地说:"你可以让老王先送完她再送你啊。"

"那不是相当于我送她回家了吗?我这个身份,还是容易让人误会的。"

"上司送下属回家也算是正常吧?你当年不也老送我吗?"蘑菇遥想自己当年老搭顺风车。

"我又不怕你误会。"

他毫不掩饰,蘑菇却有些羞涩:"我至今都想不明白,你为什么会喜欢我?原本我们就是风马牛不相及的两个人。"

这问题出其不意,蒋澄思冥思了一会儿,才说:"因为你傻呗。"

满心期待的蘑菇,迎头一盆冷水。

"原来如此,我这么傻你都喜欢,你不是更傻?"

"我喜欢你不是傻,我是疯了。"

10 暗涌

两周后，公布竞聘的结果。

原以为这次竞聘只为组建新部门，没想到竟然是公司大范围的人事变动。风险控制、法务、人事等几个重要部门的负责人都发生调动，境外分支机构的负责人亦然。新组建的境外直投部门也由外聘的利丰来负责，而且直接汇报孙董。

这让蘑菇看不透，她也曾经问过蒋澄思，这会不会对他有影响。

"当然不会，这次人事变动我是知情的。而且我现在又不负责具体的事务，只有一些重要的项目我会在前期介入，后期也是交给下面的人去做。"

近一段时间，蒋澄思频繁出差加班。盈盈频繁约蘑菇打发晚上的时间。

这晚，盈盈又约蘑菇去看维也纳交响乐团的演奏会。

蘑菇打趣："你最近不和萧河约会吗？"

"别提了，他换部门以后忙得不见踪影。"

"这是好事。萧河刚调部门，还升了中级经理，自然会忙一些。"蘑菇想起不久前，她煞有其事地跑去和蒋澄思说，自己和萧河一点关系都没有。

音乐会结束后，盈盈接了个电话，蘑菇走在前面，来到停车场取车，结果怎么也开不了车门。

"小姐，你开错车了。"

蘑菇转过身，原来是一个肤色微黑、俊秀不凡的青年男子。

"你的车应该在那边。"男子指了指。

蘑菇望向不远处，有一辆一模一样的兰博基尼跑车。

"抱歉。"蘑菇窘迫。

出停车场转弯，那辆车正好开出，停下来让蘑菇先过去。

蘑菇摇下车窗微笑表示感谢。

"你认识刚刚那人吗？"盈盈问。

"不认识。"

"你还是赶紧找一个，不然那些谣言都要上天了。"盈盈感慨。

"此话何解？"

"那天我去投资部听来的，说你年轻漂亮却一直不找对象，住高档住宅开豪车，珠宝包包一大堆，是情人的标配。"

蘑菇开着车，却下意识摸了一下颈间的翡翠吊坠："那你信吗？"

"我当然不信啦。"盈盈嗤之以鼻，"你经常加班到凌晨一两点，还要凌晨五六点起来赶飞机，这样的二奶，也太励志了。"

蘑菇大笑："哈哈，知我莫若你。"

"我了解你没用，还是赶紧找个爱你的去吧。"

"好，好。我这就去。"蘑菇笑了。

天微微亮，光芒从厚厚云层的边际透射出来，万籁俱寂。

刚结束一场越洋电话会议，项维递来一杯浓缩咖啡："我想起了你刚入职那会儿的癫狂状态，没日没夜的，真觉得你是个疯子。"

蒋澄思合上文件："我知道你当时和我搭档，都要恨死我了。"

"说实在的，我还挺怀念那段日子的，没有那时候的积累，我也走不到今天。"项维笑说，"还记得你说过，千万别在该奋斗的年龄选择安逸。"

"那现在呢？"

"现在是有事干的感觉真好，到了这个年纪，不然就太寂寞了。"项维自嘲，"只不过……"

蒋澄思转头看他："什么？"

"她就真的值得你那么做？"

蒋澄思没有应答，看向落地窗外晨曦中高楼林立的商业区。

临近春节，蘑菇作为投资方，忙于出席被投企业举办的年会。

这晚，蘑菇受邀出席与LAZ共同投资的养老项目被投企业的年会。

原本是例行出席的，蘑菇没想到被投企业还邀请了庄美和LAZ的许多高管，境外直投部门的利丰也来了。

蘑菇被安排坐在主桌，对面坐着黎藜，她忽然就不自在了。

没想到最后连蒋澄思和项维都来了，主办方是喜出望外，连忙请他们坐到主桌。蘑菇坐在蒋澄思旁边，也觉得怪怪的，微信问："你也是来凑热闹的？"

"我是来接你回家的。"

见他一本正经地放下手机与人交谈，蘑菇很想笑。

黎藜问："你不是说不来了吗？"

"嗯，晚上的会临时取消了。"

宴会开始才上了头三道菜，就开始一轮又一轮的敬酒了。被投企业的董事长徐总见两位顶级金融机构的高层难得地都出席了，拉着蒋澄思和黎藜侃侃而谈，没说两句就来一杯，连带坐旁边的蘑菇也跟着倒霉，要一块儿陪酒。

不一会儿，利丰领着人过来敬酒，江颜也在列。

徐总说："林总，您公司的小姑娘个个都国色天香啊。"

"哈哈，这位是小姑娘。"利丰拍了拍江颜，又指了指蘑菇，"这位可不小了，徐总您有好的资源可以介绍一下。"

蘑菇皱了一下眉，她与利丰并不熟悉，对方却表现出很了解自己的感觉。

"其实M姐也没大我多少。"江颜甚是得意。

M姐？蘑菇整个人的感觉都要不好了。

徐总不相信："莫小姐，你还没有对象啊？"

蘑菇还没回，利丰笑说："您也不信吧，都快成大龄未婚女青年了，真让人操心啊。"

大龄未婚女青年，这是有史以来第一次有人将这几个字架在蘑菇头上。同桌的黎藜以及LAZ的人相视而笑，一旁的项维已注意到蒋澄思脸色微变，连忙打圆场："其实我们干这一行的普遍晚婚晚育，这都正常。徐总，您刚说项目上需要和政府哪个部门联系……"

晚上，蘑菇洗完澡从浴室出来，推开书房门，见蒋澄思靠在新购的羊皮沙发上翻看文件。因为蒋澄思长期霸占书房，书房都按照他的意思重新摆设，除了添了几样家具，上周还装了一套视频会议设备。

"在看什么呢？"她俏皮地凑了过去。

沐浴过后，她穿着丝质的睡袍，发间散发着芬芳的气息，他伸出手将她柔软的身子揽入怀中。

"这是我节前要送礼的名单。"蒋澄思递给她看。

一串长长的礼单，上面写着密密麻麻的人名、头衔、礼品名称。蘑菇翻了翻，惊叹："这么多啊。"

"可不是。"蒋澄思笑了笑，"你也不问问会收到什么礼物？"

"我就不用了。"蘑菇摆摆手。

"连累你成为大龄未婚女青年，我总得有表示吧。"

蘑菇瞪了他一眼："这是你情我愿的，还真不用。"

"可我礼物都买好了，也不好拿去退吧。"蒋澄思将一个紫色的锦盒在她眼前晃了晃。

蘑菇打开锦盒，里面是一条璀璨夺目的扇形项链，数十颗钻石，碧玺和蓝宝石密集相间，色彩斑斓，精美绝伦。

蘑菇眼睛发亮，不禁皱眉道："我戴着这个，人家会以为是假的吧。"

"怎么会呢？"蒋澄思说，"这项链特别配你那条裙子。"

"哪条？"蘑菇抬头看他。

蘑菇换上了在多年前的宴会上曾穿过的那条露背白色缎面长裙，配上这条扇形项链，华贵大方，十分好看。蒋澄思站在一旁看着，蘑菇在镜子前照了又照："你还记得我穿过这条裙子啊。"

蒋澄思从身后贴近她，手抚上了她光洁的背。蘑菇觉得不对劲，试图阻止他游走的手："你要做什么？"

"做我当年就想做的事。"蒋澄思的头埋在她的肩上，忘情地吻下去。

蘑菇有些恍惚，那个晚上的那些人那些事一幕一幕浮现在眼前，他英俊的侧脸，他温热的手心，他动人的心跳，原来已经过了这么久，原来在这么久以前他就爱上了。她闻到了沁人心脾的原木香气，一如那个让人沉醉的晚上……

"我还没有送你礼物呢！"蘑菇抵在蒋澄思怀里。

"你在我身边的每一天就是最好的礼物。"蒋澄思低头轻吻蘑菇。

这天，蘑菇进书房找金融类书籍，听见蒋澄思在与Cici通话确认下周日程，由衷地惊叹："你春节也要开会啊。"

蒋澄思应道："国外又没有春节的概念，该开还得开。"

"那你春节在B城怎么过？"蘑菇连问，"整个假期都在开会啊？"

"不会啊，你早点回来，我们可以去玩。"蒋澄思说。

"去哪儿？"

"这里。"蒋澄思拿起旁边的一本杂志递给她。

是文华新开的一家高端温泉酒店，位于天月山山顶，离B城两百余公里。整个酒店只有二十二间客房，每间客房不但配有户外的无边私汤，能边泡温泉边欣赏山间的美景，房顶还是用全玻璃覆盖的，晚上拉开幕帘就能欣赏漫天的星星。光看图文介绍，蘑菇心里就很美。

于是，蘑菇年初三就离家起程回B城。出发前，蘑菇拉着蒋澄思去超市采购了一大袋零食。

"不用买那么多吃的，酒店都有。"蒋澄思试图阻止她。

"路上开车也要四个小时。"蘑菇说，"而且这次旅行感觉像春游，以前每回春游我妈妈都会给我准备好多吃的。"

蒋澄思笑了："你妈妈给你准备的应该都是她亲手做的吧。"

天微微亮，地平线边际泛起淡淡的霞光，大街小巷十分寂静。

"开，往城市边缘开，把车窗都摇下来……"音乐台播放的是黄大炜的经典老歌，蒋澄思开着车，心情不错地跟着哼了起来。

"你唱歌挺好听的。"蘑菇想起欢送会那晚他的歌声惊艳全场。

"我高考结束后曾在酒吧兼职唱歌。"蒋澄思说。

"不是吧？你还干过多少不为人知的兼职？"蘑菇惊讶。

"都是为了讨生活，没有办法。"蒋澄思笑。

阳光打在他刚毅的侧脸。想起他的成长背景，蘑菇忽然难过："我真的很佩服你，在那样艰苦的环境下，还那么努力。"

"人生有很多时候是没有办法选择的，但也不能因为上天给了你一副烂牌，你就不打了。"蒋澄思说，"学会将不好的牌面打得漂亮，才是最重要的事。"

蘑菇从心底佩服蒋澄思的不只是他的聪明、决断、勇气，更是他始终如一的勤勉，从来不松懈。

"这就是你一直努力的原因？"

"要知道，勤勉和努力不一定会成功，但是不努力就肯定一点机会都没有。以后你越往上走就会越发现，比拼的都是自己能力以外的东西。"

"那是什么？"

"人脉、机遇。"

蘑菇沉默了一会儿，才说："那你和我在一起，会不会影响你的发展？"须知道蒋澄思的人脉资源大多来自孙家。

"当然不会。"蒋澄思轻松地说。

"可你要怎么做呢？"要怎么做才能全身而退，才能不伤到任何人？蘑菇心里默念过无数次，却始终问不出口。

"这不是你要考虑的事情，我自然会处理好。"蒋澄思显然不想继续这个话题。

此时，车已到郊外，蘑菇转头看向窗外连绵起伏的山脉。北方的山宽阔雄伟，覆盖着高低不一的绿植，偶然经过一片湖，错落的松树倒映在结冰的湖面，如梦如幻，宛如一幅工笔画。

因为出发得早，两人并不赶时间，从高速公路下来绕行国道到百花古镇吃午餐，游览了好一会儿，再重新上路。快到天月山脚下时，天空乌云密布，风雨欲来。蘑菇正要庆幸快到了，却遇见一个老奶奶站在路旁招手。蒋澄思并没有理会，开过之后，蘑菇执意让他停下，自己下车倒回去询问老奶奶的情况。

"奶奶住在山上，问我们能不能送她一程。"

"这山很大，又快要下雨，还是别多管闲事了。"

"就是这样才不能不管啊。"蘑菇这边说完，那边就扶老奶奶上车了。

顷刻，大雨如注。

雨天山路并不好走。

"奶奶，是这儿吗？"每次蘑菇这样问，奶奶总是应道，"不是。快到了，快到了。"

"奶奶，您能认清路吗？"顺着奶奶所指，开了两个小时还没到。

"啊，过了过了。"奶奶突然叫道，"快停。"

蒋澄思在拐弯的坡道上急刹车，车子左前轮滑落在弯路外的斜坡上，山坡不算陡峭，却正好卡在底盘。

蒋澄思看完车况，欲联系救援，却没有信号。

"雨这么大，你们还是先到我家吧。"奶奶站在雨中招呼他们。

一行三人，沿着下坡路，来到一个农家院前。门是敞着的，门前的大黄灯泡也是亮着的，照亮了门前的一段路。

奶奶刚进门就喊道："老头，我回来了。"

里面的人闻声出来了，是一个满头白发的老爷爷："雨这么大，我还以为你今晚不回了呢。"

"我也是回来走了一半路才下的雨。要一开始就下，我今晚就住三丫那儿了。"奶奶和蘑菇说过,她下山是为了走亲戚,"幸好有他们二位送我回来,不然就坏了。"

爷爷连忙招呼他们进屋。放下背包,脱下外套,蘑菇才敢偷瞟蒋澄思一眼,因为从方才车出意外,应该说从奶奶上车的那一刻起,他就几乎默不作声了。

蒋澄思神色如常,只问道:"请问家里有没有固定电话?"

爷爷摇摇头:"固定电话要到山腰的镇上去打。"

步行到镇上要两个小时,天已黑了,又天寒地冻,奶奶让二人留宿一宵,明天再赶路。爷爷奶奶到厨房张罗烧菜去了,蒋澄思和蘑菇则坐在炉火边取暖。蘑菇用胳膊触了下他:"你不怪我吧?"

计划被全盘扰乱,蒋澄思也是没心情搭话。

蘑菇自知理亏,开始滔滔不绝:"虽然今晚不能泡无边私汤,但是本来下雨就泡不了,况且俗话说,救人一命胜造七级浮屠,尊老爱幼又是光荣传统……"

他总爱她做错事后自圆其说的样子。

终于,他也笑了。

很快,饭菜做好端上来,有大白菜炖肉、土豆焖扁豆、红烧豆腐等,都是极其寻常的农家菜。

"这是什么?挺好吃的。"蘑菇指着一小碟糕点。

"这是自家做的年糕。"奶奶颇为得意地介绍,糯米磨成浆,红豆磨成粉,一层米浆一层粉间隔着往上铺,再浇上白糖水清蒸出来。做这年糕可麻烦了,现在年纪大了,孩子又不在身边,要不是走亲戚,逢年过节她也不愿做了。

奶奶有一儿一女都在城里打工,春节轮班,今年都没回来过年。

"我们老两口可冷清了,今晚你们来,才有点过节的气氛。"说罢,爷爷进了厨房,取出一大瓶高粱酒给他们满上。

这酒烈,蘑菇抿了一小口,刺喉无比,干咳了好几声,蒋澄思和爷爷倒是碰杯就干。四人边吃边聊,气氛喜庆洋溢。

吃完,奶奶领着他们到里屋住下。这房子应该是很久没人住了,家具都蒙上了一层灰，两人简单地收拾了一下房子。

蘑菇站到窗前研究："原来这窗户是漏风的，难怪屋里这么冷。"

"别嫌弃了，好歹是带独立卫生间的。"

蘑菇扑哧一笑："怎么感觉你很适应这里？"

"我小时候住的地方比这差多了。"蒋澄思苦笑。

这时，奶奶敲门，提了一桶热水进来："这水是给你们洗漱的，一会儿我再烧一桶过来。"

蘑菇连忙谢过，这么原生态的洗澡方式，她有生以来还是第一次体验。

因为舟车劳顿，又喝了酒，蒋澄思本来已躺下休息，听见蘑菇大叫又惊醒，前去看个究竟。原来是卫生间的灯灭了，他去找奶奶要来梯子和灯泡。披着浴巾的蘑菇站在他身后，看见蒋澄思爬到顶上，取下灯泡又换上新的，然后灯又亮了，他转身朝她笑了笑。

她怦然心动了，仿佛看到了许多年后过着寻常日子的他和她。

他下来，她踮起脚尖吻了上去。明黄灯光下的她楚楚动人，已是薄醺的他一股燥热，美人在怀也不想放了，抱起就往外走。

"我澡还没洗完呢。"

"别洗了。"

还在过着节，夜里偶有鞭炮声。半夜蒋澄思又折腾了她一回，她睡得迷迷糊糊，毫无防御能力。临近天明，她才沉沉睡去。

再一睁眼，已是白日，蒋澄思也不在。蘑菇起身穿衣到屋外去，奶奶告诉她，蒋澄思早早起来步行到镇上去了。

虽然雨已经停了，但是山路泥泞，路途又远，蘑菇很担心他，吃过早饭就坐在窗前左顾右盼。

没多久，蒋澄思回来了，蘑菇喜上眉梢。

因为正值新春假期，地势偏僻，救援最快也要下午才能赶到。

两人无所事事，蒋澄思在院子里帮爷爷劈柴，蘑菇则坐在一旁望天打卦。云层遮天蔽日，蘑菇拿着一根禾草吹了吹："你是不是觉得很无聊？"

"不会啊。"蒋澄思摇摇头。

"可你平常都那么忙。"蘑菇质疑。

"没有特别要做的事，没有特别要见的人，整个人都慢下来，什么都不用想，我倒是希望这样的日子能多一些，再多一些。"蒋澄思冲她笑了笑。

晌午，蘑菇躺在床上小憩，蒋澄思并无午睡的习惯，靠着床沿打开电脑看文件。蘑菇在蒙眬间感觉身体异样瘙痒，她拍了拍始作俑者："你要干吗？你不是还有个电话会吗？"

"没信号，开不了。"

"那也不能成天干这档子事。"蘑菇想起昨天夜里。

"反正闲着也是闲着。"蒋澄思语带痞气。

"不行，我要睡觉……"

蒋澄思又哪会理会，缠着她轻声细语，耳鬓厮磨。

厚厚的云层散去，冬日的暖阳渐露头角，午后阳光落在山间、森林、田野、院落、窗前……

年后，两人逐渐恢复了忙碌的步伐。虽然不能时常厮守，或者是想见即见，但是偶然在路上的匆匆一瞥，抑或是在会上的遥远相望，纵使整个过程不发一语，恋人间的心有灵犀总是溢于言表的。

这天，部门例会结束后，蘑菇被林总叫到办公室。

"澜馨是不是你管理的一只股票？"林总坐在转椅上说，"瑞林集团愿意出价收购我们手上澜馨的所有股份，你看一下这份收购要约。"

蘑菇接过文件，仔细翻阅。

"你尽快做个卖价分析给他们回复。"林总吩咐。

"好的。"蘑菇应道。

澜馨酒店是B城有名的五星级酒店，由商人凌添仁创建，已经有二十多年的历史。这家企业是蘑菇初涉二级市场时就开始研究的，是她最早买入的投资股票之一。作为已持有超过5%该企业股票的机构投资者，蘑菇还代表庄美去参加过几次股东会，与掌门凌添仁有过几次长谈，对他印象颇佳。虽然已年近花甲，但他仍力主创新，与时俱进，是个谦逊和蔼的老人。他与蘑菇爸爸年龄相仿，每回见到蘑菇都会亲切地叫她"小莫"。

蘑菇心情忐忑地回到办公室，打开财经资讯系统，没多久就接到了澜馨的紧急电话，希望她晚上无论如何也要安排时间见个面。

见面约在澜馨酒店的旋转咖啡厅，来人是一位年约三十岁的青年男子，自我介绍道："你好，莫小姐。我是凌添仁的儿子凌越，刚从法国回来不久。"

"你好，小凌总。"蘑菇礼貌地与对方握手，总觉得对方面善。

"从上周五开始，澜馨的股票就出现异常波动，一开始我们以为是因为新发布的要与Tom Sim（法国著名室内设计师）团队合作的消息导致的，但是才两天时间，就发现瑞林买入澜馨的股票已到达举牌红线。"

"瑞林很明显是想通过收购澜馨，打开酒店市场的高端布局。"凌越皱着眉头，"相信你现在也已经收到了瑞林的收购要约。莫小姐，这是一场恶意收购，希望你们能继续持有澜馨的股票。"

"但是凌总，瑞林给出的价格，不是一般人能拒绝的。"蘑菇十分为难，"我们也有自己的考虑。"

"我明白你们的关注点。"凌越说。

接下来的一个小时，蘑菇看着眼前这位青年热情洋溢地讲解自己的雄心壮志，对澜馨未来发展的规划，创新的亮点，利润增长点……

"我明白你对澜馨的热爱，也愿意相信未来澜馨在你的领导下会发展得越来越好。这次瑞林收购来势汹汹，你和凌老先生有没有想过坐下来和他们谈谈。"蘑菇爸爸也是做实业的，她很明白企业创始人对企业独有的情感。

"实不相瞒，瑞林找过我们。我爸为了这事和他们气急，都住院了。"

"凌老先生没事吧？"蘑菇担心地问，"在哪家医院？我回头去看一下。"

"你有心了，我爸在养和医院，目前情况稳定。"凌越继续说。

"你说的事，让我再考虑一下。"蘑菇起身告辞。

蘑菇到家已经十一点了，蒋澄思还没回来，她去了个电话。

"你今天刚出差回来，也不早点回。"蘑菇嗔怪。

"我这边还有事，你别等我了。"蒋澄思说，"早点休息。"

原本还想多说几句的，听见那边嘈杂的人声、脚步声，知道他在忙，蘑菇也不便多说了。

换作寻常，做这样的决定，蘑菇是毫不犹豫的，不过今天倒是有点踌躇。

"那一会儿我就将这个卖价报给瑞林了。"会议结束后，小芸问。

"先不着急，下午再报吧。"

在正式回复瑞林前，蘑菇决定探望一下凌添仁。

中午时分，蘑菇来到了养和医院。问询完凌老先生所住的病房，蘑菇刚走到病房门前，就听见里面传来了争执声。

"你们什么都不用说了，赶紧走。"凌添仁涨红脸大声说。

"凌老，您别这么冥顽不灵，和我们合作是一个双赢的局面，对澜馨绝对是有百利而无一害。"

突然身边有个人闪过，冲进病房，喊道："你们来干什么？我说过不要来打扰我父亲的！"

接着，两个身穿正装的人气急败坏地从病房出来了。

蘑菇真觉得自己来得不是时候，提着鲜花和水果，忐忑地进了病房。凌越正拍着凌添仁的背，劝道："爸，您别生气。"

"您好，凌总。"蘑菇尴尬地说。

凌添仁抬头见是她，说："哦，小莫，你来了。"

蘑菇礼貌地寒暄几句，凌添仁就开始叹气。

"来的是瑞林的人，他们说要把澜馨发展成连锁酒店，每年以十家新店的速度扩张。这样的扩张速度怎能保证装修质量和管理水平？澜馨是老牌的高端酒店，这样只会把牌子做砸了。"

蘑菇心情有些复杂，没有搭话。

"小莫，请不要把股权转给瑞林，拜托你了，重重地拜托你了。"

一个满头白发的老者在自己面前弯下腰，蘑菇犹如惊弓之鸟，赶紧扶起他："凌总，您别这样，千万别这样。"

顷刻，蘑菇起身告辞。

凌越坚持相送，边走边说："莫小姐，我知道这事让你十分为难。但听我爸说，你是澜馨股东会一次都不落下，会认真投票，给我们的重大决策提供建议，真正关心澜馨发展的股东。希望你能再慎重考虑股转的事。"

下午，蘑菇出现在林总的办公室。

"M，你还没明白我的意思？"蘑菇刚说明来意，就被林总打断，"昨天我不是让你分析卖不卖的问题，而是让你分析卖多少钱的问题。"

"我作为这只股票的管理人，有理由相信继续持有……"蘑菇继续争取。

"M，澜馨的人是不是已经找过你？你让他们别妄想了，这事没那么简单。"

此时，林总的电话响了。

"好的，好的。请放心，我们一定尽快办。"林总语气恭敬地说。

挂完电话，林总说："你赶紧和瑞林的人接洽股权转让的事。"

蘑菇碰了一鼻子灰出来，不得不给凌越打电话说明情况。

"我很理解你的处境，如果你们确定要转让股权，就转给我们吧。"

"你们的资金会有压力吗？"蘑菇不由得担心。

"当然有。"凌越说，"但澜馨是我爸爸一手创立的，他对待澜馨就像对待自己的孩子一样，我无论如何也不能让它旁落。"

林总听完蘑菇的汇报后，显得有些不满。

"林总，根据澜馨的股权受让条款，确实约定在同等的条件下，澜馨的管理层有优先回购权。"

"这不是出现竞价了吗？澜馨也太执着了吧？"林总没好气地问，"目前拟定的卖价是多少？"

"16.35元。"

"那你和两边都说一下吧。"

没想到几番来回，瑞林居然将买价提高到19.15元。由于庄美目前持有澜馨1800万的流通股，每提高1块钱，就意味着需要多付出1800万元的成本，蘑菇第一次感受到资本市场的凶狠。

"刚接到消息，光辉已经和瑞林达成收购协议了，目前的形势对我们很不利。"电话里的凌越有些沮丧。

目前凌添仁持有澜馨33%的股权，光辉证券排第二，持有19%，再就是庄美，持有12%。

蘑菇能感受到凌越的压力："凌总，我很抱歉……"

左思右想之下，蘑菇来到了C座10层。

Cici知道她和蒋澄思的关系不一般，起身说："蒋总在开会，我和他说一声你来了？"

"不用了，我就在这里等他。"蘑菇说。

一小时后，项维、绫香送黎藜一行人从首执办公室出来，众人见着蘑菇也是意外。

蘑菇敲门进去，称呼一声"蒋总"。

蒋澄思正看着文件，抬头见是她，笑了："不管在哪儿，只有我们两个人的时候，叫我的名字就行。"

"嗯。"蘑菇应着，"我想和你说个事。"

蘑菇简单地说了一下澜馨的收购案以及她自己的想法。

"原来是为了这事啊。"蒋澄思笑说，"这种恶意收购在资本市场上并不罕见。你作为这只股票的投资者，考虑投资收益才是最重要的事。"

"但是澜馨是B城的老牌酒店，也是凌总的心血，如果任由资本横行，它一定会被做垮的。"

"这跟你又有什么关系？"蒋澄思反问，"你只需要对你的投资人负责，不要感情用事，也不要先入为主。"

"在这个实业误国、炒房兴邦的时代，发展实业举步维艰。资本买卖只是短短的瞬间，而实业发展却需要岁月沉淀。哪怕是资本家，也应该有保护优良企业发展的责任。难道不是吗？"蘑菇眼巴巴地看着蒋澄思。

蒋澄思决绝地说："当然不是。资本家只是负责挣钱，锄强扶弱是慈善家该干的事。"

蘑菇无比失望地走到门口，又回过头说："在你眼里，难道就没有比利益更重要的事吗？"

当晚蒋澄思彻夜未归，蘑菇在夜里醒了两回，看见身旁空空如也，也再难以入睡了。

后来，庄美还是与瑞林签订了转让协议，这段时间蘑菇都是在沮丧中度过的。一方面是为无法帮助澜馨而感到内疚，她与凌越通了一个长达三个小时的电话，到最后凌越都要反过来安慰她；一方面更是对蒋澄思的无情感到失望，虽说两人在一起前，她就知道他是个利益至上的人，商场上对他锱铢必较、冷酷无情的评价不绝于耳，但这些评价转为现实，当真在她面前出现时，她在情感上还是无法接受。

"怎么郁郁寡欢的样子？你和蒋少闹别扭了？"中午吃饭的时候，绫香问。

"没有啊。"蘑菇摇摇头。

"你有什么事都特别爱上脸，和我说说吧。"绫香说。

蘑菇将发生的事简单说了一遍："你知道吗，我都要怀疑我们的价值观了。"

"你把这事想得太严重了吧？蒋少也是在商言商，在其位谋其政。"绫香说。

"所以，每当我和他的利益发生冲突时，他都会让我屈服。上次和黎藜，他让我顾全大局，这次又说我感情用事。他总将利益看那么重，我和他真是两个世界的人。"

绫香也不好再说什么："他在外面做事也有他的难处，你还是要多理解。"

这时，食堂的电视里播出了一则财经新闻，说的是澜馨酒店已和文华达成品牌转让协议，出让核心资产澜馨酒店品牌。

"凌总，我看到新闻说你们把澜馨品牌转给了文华？"蘑菇打电话给凌越。

"是的，中间的交易过程复杂，回头再一一细说，不过总算阻止了瑞林的收购。"

蘑菇也不方便再问："那就好。"

每逢节日，都是企业之间礼尚往来的时候，端午前一周，蘑菇收到的粽子礼盒都堆积如山了。澜馨的粽子驰名B城，来人将礼盒交到蘑菇手上后，又问海外部怎么走。

蘑菇有文件找项维签字，便说道："正好我要去，你和我一起吧。"

到了海外部，蘑菇被林庭叫住闲聊了一会儿，转身去找项维时，见那人正好从他办公室出来。

蘑菇推门而入，纳闷道："澜馨的人怎么给你送礼？"

项维却奇怪地看着她："你不知道啊？"

蘑菇摇摇头。

"你真的不知道啊？"项维惊讶，"蒋少熬了一个通宵，设计反收购方案，又游说文华做交易方，还亲自操刀起草交易条款。"

"可澜馨品牌不是出让给文华了吗？"蘑菇蒙了。

"但是两方还签了对赌协议，有一条重要的条款，如果一年后，澜馨的净利润不能增长50%，则取消交易。"

"可澜馨根本做不到，所以只能取消交易。"蘑菇顿时心里明白了。

"你以为文华是买谁的面子来配合唱这台戏？"项维说，"那凌越也是傻，打反收购战居然想着高价回购股票，这要多少钱才够？"

蘑菇忘了蒋澄思才是资本运作的高手，通过这种方式反收购，可以不费一分击退对手。

"为什么澜馨的人要送礼给你？"

"这事当然只能由我暗地出面。瑞林的大股东是孙太太的弟弟，难道要蒋少明着和孙太太作对吗？"项维说。

蘑菇如梦初醒。

"你把这个拿走吧。"项维嫌弃地说，"这事要让孙太太知道，我可麻烦大了。"

蘑菇拿着礼盒出了办公室，许久都回不过神。

想起最近蒋澄思出差居多，在家时蘑菇也有意无意地避开他，她忽然感觉很内疚。这晚，蒋澄思从美国出差到家，蘑菇从厨房迎了出来："我做了消夜，你吃吗？"

蘑菇将蒸热的粽子和泡好的热茶端到书房："这是澜馨的鲜肉粽子。"

"是澜馨送给你的？"蒋澄思放下文件。

蘑菇摇摇头："是澜馨送给你的。"

他显然意外，淡然一笑："我小时候就听说澜馨的粽子好吃。"

"你怎么都不和我说你帮澜馨的事？"

"我不和你说，是不想再有下一次。"

蘑菇垂下头，并不作声。

"做我们这一行，离钱太近了不是一件好事。"蒋澄思说，"有时太重感情很容易被人利用。"

"但是我做过的交易，交易方都很好啊。"蘑菇反驳。

"那是因为你做的交易还不够多。"蒋澄思握住蘑菇的手，"我不是危言耸听，这世界也许没有我说的那么坏，但绝没有你想象的那么好。"

"好吧。"蘑菇忽然应得痛快。

知道她是在敷衍自己，他多说无益，他忽然说："我倒不想吃粽子了。"

"那你想吃什么？"蘑菇皱眉。

蒋澄思打横抱起蘑菇往卧室走去："你背对着我睡了两周，自己好好想想吧。"

"别呀，你刚出差回来，不累吗？"

"牡丹花下死，做鬼也风流……"

夏日炎炎，蓝天白云，花开漫道，布满花香。

"瑞林取消收购澜馨的股权，我们要追讨违约赔偿金吗？"蘑菇在车上问道。

"算了吧，孙董小舅子的钱谁敢要啊。"林总又说，"听说孙太太为这事气得够呛，幸好这事不是坏在我们手上。"

蘑菇赶紧转移话题："今天天气真好。"

松柏高尔夫球场拥有18洞的"圆点"球场，于1932年开始启用，是B城历史最悠久的高尔夫球场。

自从江颜被调到新部门，蘑菇偶然会接到陪领导见客的差事，能一早进山呼吸新鲜空气，也算是福利了。两人抵达后，被工作人员拦在俱乐部大堂："抱歉，我们今天有包场，还有十五分钟才结束。"

"你赶紧给章总打个电话，让他晚一会儿到。"林总交代蘑菇。

蘑菇坐在沙发上等候，百无聊赖地张望四周，只见靠近落地玻璃的沙发上坐着一位身着浅蓝色长裙的女子，她戴着的蝴蝶结大檐遮阳帽遮住了大半边脸，在低头翻看时装杂志。

顷刻，有一行人过来，周边围着数个身着黑色西服的保镖。

"蒋总。"林总一见来人就醒神了，径直迎了上去。

蘑菇转身见是身着休闲服的蒋澄思和黎藜，中间还站着一个白衣的男子。

蘑菇也随林总上前道："您好，蒋总，黎总。"

"这位是叶公子吧，幸会幸会。"未等蒋澄思介绍，林总就热情主动地上前握手。

眼前的男子容貌冷峻，只是礼貌地点点头，并没有伸出手的意思。蘑菇在杂志上见过他，是叶氏的总裁叶峻彦。

这时，那位女子也走了过来，竟然十分貌美："峻彦，我有点累了，想回酒店。"

"那我和你一起回去。"叶峻彦说道。

蘑菇和林总目送一行人远去。

林总嘀咕："这叶公子果真傲慢。"然后又说，"这个女的也真是漂亮，难怪带着一个拖油瓶还能嫁给叶峻彦。"

蘑菇平时不爱八卦，但是对几年前轰动一时的叶氏离婚新闻，她还是记忆犹新的。她不明白，明明是一个该在财经版出现的人士，为什么会经常出现在娱乐版的头条。

下午，蘑菇接到物业的电话，说今晚社区会临时停水。

"那去瑰丽酒店住吧，我今晚正好在那儿参加宴会。"蒋澄思如是说。

蘑菇下班匆匆回家收拾行李住到酒店去，蒋澄思去美国出差换下的西服随手挂在脏衣架上，杨阿姨还没来得及整理，蘑菇想顺道带去酒店干洗了。

她取下衣服闻到了琥珀香水的味道，想起他送的那瓶琥珀香水之前被杨阿姨失手打烂了，杨阿姨为此还内疚了很久。

客房位于瑰丽酒店的63层，拥有一百二十度弧形的落地窗，能俯瞰整个月坛湖的夜景。蘑菇坐在沙发上抱着电脑看报告，听见开门的声音，看了一眼屏幕右下方的时间，已经十二点了。

"还在加班？"蒋澄思从后面环抱蘑菇。

蘑菇闻到了他身上的酒气，"哼"了一声不理会。

"你怎么了？"蒋澄思下巴摩擦着她的肩窝，惹得她痒痒地挣开他。

"我在想，现在你又不负责美元基金的事，为什么还和黎藜走得那么近？"

"今天我和黎藜一起是作陪叶公子的。"

"你们竟然认识叶公子。"

"嗯，以前在美国读书时，在留学生会上认识的。"

蒋澄思摁了一下遥控器，落地窗上的纱帘全打开，窗外呈现出一个弧形的大露台，以及无边泳池，他牵她往户外走。

"你和那个黎藜真的一点关系都没有？"蘑菇又绕回来。

"当然没有，现在我80%的时间都在工作，剩下的时间连睡觉都不够，哪来的时间再多想。"蒋澄思边卸下衣物边说。

蘑菇想想，好像也是。

"俗话说，老子决定起点，老婆决定终点。我能走多远就看你了，别成天疑神疑鬼的。"

"谁是你老婆？"

"当然是你啊。"

"不要脸。"蘑菇得意地笑了。

夏夜明月高挂，蒋澄思纵身一跃到铺满月光的泳池中，畅游起来。

蘑菇总有一种错觉，眼前的男子清冷，深不可测，像谜一样，离她很远，在床笫间却又能感受到他对她真真切切的爱、渴望。清冷和渴望交错，如梦如幻。

"下来吧。"他微笑着朝她张开双手。

他每一次张开双手，就如同这次一般，她总会选择相信他，坚定地朝他走来。

立秋一过，事情就多起来了。

"林总，你这样我没法干了。"蘑菇怨声载道。

"M，你要看到这是个机会。"林总苦口婆心，"多少人想要这么多钱都没有。"

因为之前部门里几名骨干竞聘到了境外直投部门，招聘的速度跟不上，人员青黄不接，投资任务压力大，蘑菇作为部门的骨干被委以重任。但面对第三季度突然多出来的2个亿投资任务，蘑菇都快疯了："我抱着这2个亿会睡不着觉的。"

"睡不着觉就对了，可以多看几个项目。"林总笑着说，"然后不就能投出去了吗？"

投资是把双刃剑，投得好自然是钱和声望都有了，可万一踩了雷，赔钱挨骂丢工作也是有的。

这晚，盈盈约绫香和蘑菇出来吃饭，说有要事宣布。

因为各忙各的，三人已经有些日子没聚了，聚在一起当然是天南地北地说了一通。

都快吃完了，绫香才问起："你有什么事要说？"

盈盈才想起说："哦，对了，我要结婚了。"

"恭喜，你们也是速度派，才谈了一年就要结婚。"蘑菇笑着说。

"哎，这不是意外吗……"盈盈低头看了肚子一眼。

"哦……"绫香和蘑菇相视一笑说，"这是双喜临门啊。"

"所以，我想赶紧把事给办了，肚子大起来就不好看了。"盈盈说。

"也是，公司人多口杂。"蘑菇说，"你准备什么时候？"

"想在下月初，不过现在酒店都不好订，一般都是提前半年订的。"

盈盈发愁着。

"你们有没有目标？我帮你打听打听？"绫香说。

"香格里拉或者威斯汀，如果能是澜馨就更好了。"

"澜馨？"绫香一听，看了蘑菇一眼，"还是你来吧。"

这种忙，蘑菇当然很乐意去帮，当即给凌越发了微信。未想到凌越直接打电话过来，蘑菇说了一下诉求，事情就很愉快地敲定了。

"我愁了几天的事，你几分钟就搞定了。"盈盈一脸崇拜地看着蘑菇，"施主，你还能再帮我一个忙吗？"

"说。"蘑菇十分豪气。

"当我的伴娘。"盈盈说。

"啊？为什么？"

"我是外地的，在这边没有亲戚，最好的朋友就是你和绫香了，可绫香又结婚了。"

"好吧。"蘑菇义不容辞，"不过说好了，我得收两个红包，一个是媒人的，一个是伴娘的。"

"太好了，最爱你。"盈盈抱着蘑菇。

"看来没我什么事，我是不是该走了？"绫香打趣说。

"当然不是，我也爱你，婚礼的好多事都要请教你呢。"盈盈连忙又抱住绫香说，蘑菇见状哈哈笑了。

餐后，萧河来接盈盈，蘑菇和绫香送盈盈到餐厅门口。

盈盈一见萧河就汇报了今晚的战绩，萧河连忙表示感谢："真是麻烦你们了。"

"这是哪里的话，萧河你结婚就是我结婚啊。"蘑菇拍胸脯说。

大家一听纷纷笑了。

婚事可繁可简。简单的，旅行结婚即可；烦琐的，蘑菇陪盈盈见完婚礼策划感觉都要吐了，以至于她对盈盈说："你确定你揣着个球，能熬下来吗？"

"我父母都是好面子的人，这次婚礼，家里的亲戚都请过来了。"盈盈无奈地说，"你也知道公司的人势利，萧河正在上升期，婚礼办得风光一点，也能给他长脸。"

"好吧。"蘑菇也是理解的，"就一个月时间，再苦再累我也陪你。"

蘑菇是这样说的，也这样做了。她和绫香事无巨细全部参与，出主意，做选择，轮流陪跑。

又一个周末，绫香陪盈盈去选婚照，蘑菇陪萧河去看婚礼场地，两人一组分头行动。

萧河一大早就过来捎上蘑菇，还带了咖啡和三明治。

"萧河，你太体贴了。"蘑菇笑说。

两人一路有说有笑，中间萧河的电话响了，他摁了接听。电话是车载外放的，是江颜的声音，她完全是颐指气使的态度："昨晚不是让你把报告给改了吗，怎么还没改过来发给我？利总等着要看呢。"

"我昨晚改好发给你了，我现在开电脑再发一遍。"萧河挂完电话，把车停到路边，拿出电脑开机。

"萧河，你是她前辈，论级别，你比她高，她凭什么指使你干活，还用这个态度跟你说话？"蘑菇听着就冒火。

"唉，一言难尽，她现在和利总走得很近，部门里有背景的人，她也使不动，就压着我干活。"

"你就是太好说话了。"蘑菇说。

到了婚礼场地澜馨酒店，接待的是一位酒店高管，两人被带到酒店花园的绿茵草坪，萧河看完场地甚是满意。酒店高管十分有经验，一一讲解酒店安排，上至酒水餐单，下至宾客的停车位，事无巨细。

得知蘑菇过来，凌越还亲自来了一趟，交代下去："一定要办得妥当，关于费用，能免即免。"

萧河一听喜上眉梢，嘴上却说："凌总，您的安排已经很给力了，费用按正常收就行。"

"别客气，你是莫小姐的朋友，也是我的朋友。"凌越说。

望着凌越离去的背影，萧河笑说："M，你刚听他说什么了吗，看来这男的对你有意思。"

"他只是客套话而已，生意场上的人说话还是有水平的。"蘑菇无心继续这个话题。

在回去的路上，萧河又接到了江颜的电话："利总看不懂你写的报告，你赶紧回公司一趟。"

"她怎么这么讨厌？这报告不是她让你改的吗，怎么她不解释去？"

"她经常这样。"萧河说。

"这不是欺负老实人吗？"蘑菇双手抱胸，愤愤不平，"对了，你的婚礼会请高层吗？"

"利总、林总是会请的，其他的高层看情况吧，估计请了人家也不来。"

"我说高层你还是全请了吧，人不到，礼金总会到的。"

"这不好吧？"

"那有什么？这么多高层，你请这个不请那个也不合适啊。反正你就多发张请帖，万一来了呢。"

"也是。"

蘑菇晚上才到家，蒋澄思正开着电视看网球赛，见她回来说："你现在比我还忙，每周末都在外面跑。"

"快到头了，下周末他们举办婚礼。"蘑菇躺在沙发上不想动了。

蒋澄思轻笑："你总是为别人的事操碎了心。"

"谁让我是热心的朝阳群众。"蘑菇灵机一动，"对了，我今天试了一下伴娘婚纱，他们都说很好看。"

"哦，你还当伴娘？"蒋澄思皱眉。

"是呀，我第一次穿婚纱，造型师说现场配上造型会更好看。"

蘑菇朝着蒋澄思眨眨眼。

很快就到了婚礼当天，蘑菇一早去酒店陪盈盈做造型，绫香是后来赶到的，见到装扮好的蘑菇就揶揄："你知道为什么我结婚没让你当伴娘吗？"

蘑菇摇摇头，一脸茫然。

"我知道，我后悔了。你站在我身边，我都没法看了。"盈盈假装哭泣。

蘑菇绾着温婉的韩式发髻，插着紫水晶蝴蝶头饰，穿着贴身的白色薄纱短裙，哭笑不得："至于吗？"

"不过没事，你要能在婚礼上钓上一个金龟婿也好。"盈盈笑着说。

草坪婚礼的布置以鲜花和白纱为主，有个长方形的展台摆满了马蹄莲和新人照片。

风和日丽，阳光正好，十点过后，宾客已陆续到达。绫香被派到宴会入口迎客，蘑菇则守着盈盈忙前忙后。

公司同事见着也很惊讶，盈盈不过是行政部的一个小职员，部门的老大居然为她迎客。还有那个传说中的M小姐，还给她当伴娘打下手，简直刷新众人的三观。然而就在众人纷纷热议的时候，没想到蒋澄思和项维也出现了。

蘑菇正在与策划沟通仪式的细节，远远看见蒋澄思来了，内心一阵窃喜。

新郎萧河受宠若惊，赶紧迎上去："蒋总，您怎么来了？"

"你不是给我发请帖了吗？"蒋澄思问。

"是的，二位能出席真是莫大的荣幸。"萧河顿时笑了。

蒋澄思礼貌地祝福一对新人，盈盈激动得有些语无伦次。

项维站在一旁与蘑菇嘀咕："你这枕边风也吹得厉害，他从来没有参加过一般员工的婚礼。"

"我可没让他来。"蘑菇反驳。

说完，蒋澄思转身就被公司的女员工纷纷拉住求合照了，项维屡被要求蹲下帮忙拍照的样子很是好笑。

蘑菇也去凑热闹，把手机扔给项维："麻烦帮我也拍一张。"

"你们俩回家自拍不行吗？"项维一脸不情愿。

蘑菇站到蒋澄思身边，明知故问："你怎么来了？"

"你裙子太短了。"蒋澄思回了一句。

项维板着脸看着两人，待蘑菇走开后，才上前说："你的手放她腰上了。"

蒋澄思瞥了他一眼，不明所以。

"我说，刚刚拍照你的手放她腰上了。"项维压低声音，"在公众场合你们能不能注意一点影响？"

蒋澄思自知理亏，唯有转移注意力，朝姗姗来迟的利丰举杯。利丰见着蒋澄思很诧异，携江颜硬着头皮上前打招呼。

这时，凌越也过来了，不但仔细过问现场，还送上厚礼。

"凌总，感谢你们这么精心的安排。"萧河也是好心，"我给你引见一下我们的大老板。"

"蒋总，利总，这是澜馨酒店的凌总。"萧河介绍，"凌总，这是我们的CEO蒋总，我的部门领导利总，海外部的项总。"

"幸会。"凌越一一握手。

利丰开口："我说澜馨的酒席这么难预订你们也能订到，原来是认识老板啊。"

萧河连忙说："我也是托M的福。"

一旁的蘑菇忽然有种不祥的预感。

利丰笑说："那M的面子也真是大，凌总为了给你腾这个场地，拒绝了一个重要的外事接待活动。"

蘑菇并不知情："利总，您怎么知道的？"

"我太太在外交部工作，我当然知道。不信你问凌总。"

蘑菇瞟了旁边的江颜一眼，情人站在旁边，还有脸说起太太。

倒是凌越出来解围："我是先答应莫小姐的，不能失信。"

蘑菇没敢看蒋澄思，幸好这时策划过来提醒准备举行仪式，她才趁机溜走。

婚礼仪式温馨浪漫，萧河和盈盈宣誓，交换戒指，蘑菇看着感动得热泪盈眶。

新郎萧河发言，感谢完父母、妻子、亲朋好友、同事，当然没能忘记特别感谢……

"可以说，没有她就没有我和盈盈的今天，我们非常希望她能获得幸福，找到一个好的归宿。"

随后，盈盈将手上的捧花直接递给身后的蘑菇。

蘑菇杵在那儿，尴尬地笑着，心里暗自叫救命，今天把蒋某人招惹过来绝对是个错误。

婚礼结束后，蘑菇帮忙收尾，傍晚才回到家，她倒头就睡了一大觉。睡得昏昏沉沉，手机响了，她连忙去接。蒋澄思问她吃晚饭没有，她回答说没有。他说出去吃，他回家接她。她说叫外卖，因为太累了。他坚持，她屈服。

蘑菇穿一身宽松的运动服上车，整个人瘫坐在座椅上，与白天的优雅精致大相径庭。

"你累成这样吗？"

"昨晚加班到一点，今早五点又起来了。"蘑菇没力气地说，"而且好久没穿高跟鞋了，站这么久好痛，一会儿下车你要背着我走才行。"

"好呀，那我们只能去个苍蝇小馆了，大饭店都认得你。"蒋澄思苦笑。

"是认得你。"

车子开到了南边城乡接合部的小吃街附近，蒋澄思为蘑菇打开车门，背对着她弯下腰："上来吧。"

"我开玩笑的。"蘑菇受宠若惊。

"又不是第一次。"

温软的身子伏上来，蒋澄思感到暖暖的："你的朋友都很热心于你的终身大事。"

"嗯，他们也是好心，你可别放在心上。"蘑菇真担心他又把账记到萧河头上。

"怎么会？"蒋澄思说，"不过，澜馨的凌越，你少和他接触。"

"我就订酒店找了他。"蘑菇心想自己和凌越一点事没有，都怪那个利总挑拨。

"你找我就订不到酒店了？"蒋澄思说。

"我看你忙……"蘑菇语塞，这蒋某人真小气，"好吧，我知道了。"

"你忙完闲事，是不是该放点精力在正事上？"

"什么正事？"蘑菇歪着头问。

"亚洲投行交流会代表演说。"

"就是我当年弃权的那个？"蘑菇一下子回忆起三年前，她职业生涯的一个莫大的污点。

"没错，在哪里跌倒就在哪里爬起来。"

"我倒是愿意在哪里跌倒就在哪里多躺会儿。"

"这是你的耻辱，你要战胜它，让它成为你的荣耀。"

他总能简明扼要地说出重点，轻而易举地说服她。

伏在他宽阔的背上，蘑菇心里也是暖暖的。抬头是弯弯的月亮，路旁的榆树高大茂盛，风吹过叶子发出唰唰的声音，路灯将两人的影子拉得长长的。

11 逆转

　　自此，蘑菇业余就开始闭关做演说训练，不应酬，不逛街，不抽风，埋头苦干，一心准备月末的亚洲投行交流会演说。

　　出发前夕，蘑菇仍在加班加点，盯着三个电脑屏幕的演讲稿默念。林总经过她的办公室，敲门进来："加油啊。"

　　蘑菇比画了一个拳头的手势："谢谢！"

　　"对了，忘了和你说，你上次做的那2个亿的投资组合分析报告，我很满意。现在部门副总的位置悬空，我准备向高层推荐你。"

　　"真的吗？"蘑菇喜出望外。

　　"嗯，以你的资历，这事应该问题不大。如果你能赢了这次比赛，更是锦上添花了。"林总说，"好好干吧。"

　　这时，手机响起，她本来是要挂断的，却手残摁了接听。

　　电话那头是Cici的声音："M，不好了，你快来。"

　　蘑菇一到会议室，见蒋澄思正怒容满面地和风合的人开会。

蒋澄思能说一口流利的英语和法语，这会儿却说着中文，让底下的人一字一句地翻译。

"0.89%的不良贷款率算高吗？"蒋澄思寸步不让，"请问美银去年的不良率是多少？"

蘑菇坐到蒋澄思旁边，在桌子底下踢了他一脚。

蒋澄思正在气头上，转脸见是她，不敢发作，又别过脸。

于是，蘑菇又踢了他一脚，蒋澄思仍无动于衷。

当蘑菇踢到第三脚时，蒋澄思彻底冷静下来，侧脸看她一眼，又好气又好笑，手一挥示意她出去。

那晚，蘑菇等了许久，仍未见蒋澄思回来，不自觉睡着了。

次日早晨，蘑菇再睁眼的时候，只见蒋澄思对着镜子打领带。

"你昨晚几点回的？风合那边怎样？"

"两点，还好。"蒋澄思言简意赅，"事情准备得怎样？"

因为蒋澄思要去美国出差，将会缺席亚太投行交流会，这是五年以来的第一次。

"很好，要我演示一遍给你看吗？"蘑菇即兴站到床边表演了一番，完毕，屁颠屁颠地问，"怎么样？有哪里要纠正吗？"

蒋澄思摇摇头，她终于成为他许多年前曾经想象过的模样。

"你不批评我，我好不习惯啊。"蘑菇笑着说。

蒋澄思仿佛想起什么，转身从抽屉里取出一个锦盒："对了，你把这个戴上。"

蘑菇打开一看，是一枚梨花胸针，自己多年前送给蒋澄思的结婚礼物。这是一套蒂芙尼的情侣饰品，女士是胸针，男士是袖扣。

"为什么？"

"因为这个。"蒋澄思抬手展示他衬衫上的袖扣。

蘑菇笑弯了眉。

香港半岛酒店。

国际金融名流云集，半数的香港富商都出席了。重新置身于这个会场，蘑菇的心境是不一样的，多了一分淡定自如，少了一分局促不安。

她站在讲台上，气定神闲地面对数百听众，侃侃而说，语言结合表情动作，流畅自然。

虽然蒋澄思没能亲临现场，可每当蘑菇触及那枚梨花胸针，就感到仿佛他在她的身旁。

语毕，掌声四起。结果，也是众望所归。

上台领奖的那一刻，面对着众多的名人，不断闪耀的镁光灯，二十八岁的蘑菇仿佛置身于人生的巅峰。

蘑菇凯旋的当天，收到了一封全员邮件，内容是前任海外部主管、现任北美分部主管的杨麟涉嫌职务犯罪，被停职调查。

蘑菇一落地，就接到蒋澄思的电话，说晚上一起吃饭庆祝。

月坛湖边上的瑰丽酒店，蘑菇到的时候，整个西餐厅都没有其他客人，她心中一惊，该不会又是什么重要日子吧？她马上翻出手机盘算，不是她的生日，也不是他的生日，也不是整百天的纪念日。

不一会儿，蒋澄思也到了，扬起香槟杯："祝贺你！"

"简单吃个饭就好了，为什么要包场？"蘑菇和他碰了一下杯。

"不为什么，我就想安静地和你吃个饭。"蒋澄思放在酒杯，展开餐布放在膝上。

"你也沾上了有钱人身上的坏毛病。"蘑菇说，"太随心所欲并不是一件好事。"

"恰好相反，我以前穷的时候，会想以后我有钱了会怎样。"

"然后呢？"

"后来我有钱了，才发现其实也不能怎样。"蒋澄思苦笑。

他身着深蓝色西服，贴合腰身的剪裁，配上白色的口袋巾，是荣屋的经典高定款，头发也梳起定型，神态却十分疲惫。

"怎么这样看着我？"蒋澄思问。

"我在想，也许我们不需要那么多的钱，能简简单单生活就行，我不想你那么累。"蘑菇心疼地说。

"其实人到了一定的份儿上，都是被推着走的。有时候我不想想自己，也得想想底下的那些人怎么办。"

"对了，杨总那边怎样？"蘑菇才想起来问。

"他没事。"蒋澄思似乎不愿多说，扬手让侍应给蘑菇和自己倒了香槟。

窗外是月坛湖，湖面平静宽广，湖边的垂柳与一轮下弦月倒映在湖面上，异常安谧。

"最近有个去伦敦分部交流学习的机会，时间大概是半年。你想不想去？"

"哦？"她精神一振，每年公司这种去国外进修的好事根本轮不到她。

"如果你想去，我可以安排一下。"

缺少留学经历是蘑菇的硬伤，她自然是想去的，不过，她一副"那你呢"的表情。

"我下半年的时间也在欧美居多，所以并不影响。"

"好呀。"蘑菇眼前突然浮现出自己和蒋澄思在异国生活的场景，住在岁月沉淀的西式公寓里，布满英伦风情的生活元素，想想也是十分美妙。

这天中午，蘑菇约盈盈和绫香一起吃饭庆祝夺冠，宣布自己准备去英国进修的消息。

"啊，你要去英国啊？是升职前预热吗？"盈盈笑着说，"之前有小道消息说你快升副总了。"

"没有啦，就是去学习交流，半年就回来了。"蘑菇应道。

"我会很想你的。"盈盈说。

"好吧，我会帮你代购的。"

盈盈突然就转悲为喜，开始琢磨自己要买的母婴用品了。

"什么时候走？"绫香问。

"下月初吧，还有好多工作没交接呢。"蘑菇皱眉道。

"你这工作就不要交接了，你去伦敦分部不也是要上班吗？"林总头疼地说。

"可是会有时差，回复也没那么及时。"蘑菇争辩。

"唉，现在人员这么紧张，哪有人接你的活，你还是自己揽着吧。"

前段时间投资部好些员工都竞聘去了新部门，招聘速度又跟不上，导致很多项目都青黄不接。这次上面指定蘑菇去伦敦，林总也是没办法才放人的。

林总话题一转："你的升职报告我已经提了，你明年3月回来就升副总了，你要起表率作用，让大家看到你的勤奋。"

蘑菇碰了一鼻子灰出来，心情郁闷至极。

蘑菇把工作分类，将一部分现场工作交给小芸："小芸，我不在的期间，这部分工作就交给你了，你现在开始熟悉一下。"

"好的，这真是责任重大，我不知道自己能不能胜任。"小芸犹豫地说。

小芸来自小县城，家庭条件也一般，虽然靠着自己的努力考上了重点大学，毕业后留在了大城市，但比起大城市的孩子，还是有点自信不足。不过，谁不是这么过来的呢？看小芸平时处事认真尽心的态度，蘑菇相信后天的努力和勤奋也能弥补先天的不足。

"你当然可以，只是缺少锻炼的机会。"蘑菇说，"现在机会放在你面前，你要好好珍惜啊。"

"我怕自己犯错误。"小芸低下头。

"只要是人，都会犯错误。但不能因为怕犯错，就放弃了进取的机会。"

"嗯。"小芸笑着说，"M，你知道吗，我觉得自己很幸运，当时能进庄美，我和我的父母都不敢相信。后来，还能被分到投资部，跟着你学到那么多东西，我真的很珍惜这一切。"

"你的幸运源自你的努力。"蘑菇说，"努力的人最幸运。"

最近，蒋澄思没有经常出差，只是每天还是深夜才回。这晚难得他十点前到家，蘑菇也是很意外。

"你去伦敦的事情准备得怎样了？"蒋澄思问道。

"订了下月10号的机票，已经请那边的同事留意租房信息了。"

"不，你就住文华东方吧，我让Cici帮你订一下。"

知道他一向下榻文华，但是蘑菇还是说："半年都住酒店，我可忍受不了。还是找个公寓好，在那边没那么忙，等你过来，我还能给你做做饭。"

"啊，你还想着自己做饭？"蒋澄思转过身笑了。

"那当然，我已经请杨阿姨教了我几道菜，等过去就可以一展身手。"

"好啊，那我让Cici帮你租个公寓吧。"

蘑菇想起一件事："对了，我父母知道我要去伦敦，下周非要来看我，还想约我们吃晚饭，你有时间吗？"

"哦？"蒋澄思扬眉道，"你父母知道我吗？"

"我还没说。"蘑菇说，"不过他们老打听，总是躲躲闪闪反而更招怀疑，还不如大大方方地见面，和他们说明情况，估计他们也会理解。"

见她殷切的眼神，蒋澄思略一沉思，说道："好。"

"你最近那么忙，有什么我可以帮你的吗？"

"有啊，你能每天让我见见你，就是在帮我了。"

蘑菇眉开眼笑，站起来赏他一个吻。

这天，蘑菇正点下班到机场接上父母。

妈妈一见蘑菇，就将几份她作为封面人物的金融杂志递给她。

"你说你爸爸多夸张，他刚在机场书店把你做封面的杂志都买下来了，还跟卖杂志的人说'这是我闺女'。"

"女儿有出息，还不让我炫耀一下？"蘑菇爸爸笑说，"爸爸后来也看了你演说的视频，真的很棒。我何德何能，能有这么一个闺女啊？"

"爸爸，你夸张了。"蘑菇大笑。

"我们先去酒店放行李吧。"爸爸说。蘑菇父母是明事理的人，得知她现在和男友同居，就非要住酒店不打扰她的生活。

蘑菇也明白父母的用心，毕竟蒋澄思和父母还没见过面，一下子住一起也是尴尬。

"你们订了哪家酒店？"

"澜馨。"

自从蒋澄思交代后，她已经尽量减少和凌越的接触，之前凌越邀请她出席商务活动，她都是派小芸去的。

蘑菇想着，凌越这么忙，反正也不一定会见得着，就这样吧。

谁知一进酒店大堂，就见到凌越在迎接一群外国客人，蘑菇朝他点一下头，他就过来了。

"你怎么过来了？"

"我父母过来了，住在这里。"蘑菇给凌越介绍了她父母。

"你们好，叔叔阿姨。"凌越和蘑菇父母打过招呼，转过身和蘑菇说，"你怎么不和我说一声？"

"这种小事就别麻烦了。"其实蘑菇之前一直忙，也忘了过问父母住什么酒店，她见远处的外国客人在等着，"凌总，您还是先忙吧。"

"好。"凌越转身和秘书交代几句，"那你们先办入住，有事随时和我联系。"

蘑菇和父母办完入住，拿着行李到房间，这是一个起码有180平方米的套间，面朝西山，视野开阔。

蘑菇笑道："爸爸，你也会享受了。"

"没有呀，是不是搞错了？"蘑菇爸爸说，"我就订了普通的客房，刚刚刷预授权也是普通客房的价格。"

蘑菇想了一下，打电话到前台，果然前台小姐说："这是凌总交代的，直接升级至总统套房。"

"那个小伙子也挺好的嘛。"蘑菇妈妈说。

"这是小茹的客户，有商业利益关系的。"蘑菇爸爸不以为然，"还是由我们出面感谢吧，我们带了些土特产，交给前台转交给他。"

"好的，爸爸。"蘑菇说，爸爸果然老到。

从酒店出发到了沧浪，服务生带三人到蒋澄思专属的包间。

蘑菇热情地介绍："这里的神户牛柳特别好吃，北极贝也鲜甜。"

妈妈摆摆手："吃什么都一样，人怎么还没到？"

"妈妈，人家一会儿就到了。"蘑菇低头翻着餐单。

"我在想，你一个人在这边，要不以后回家好了，让他跟你爸爸学做生意？"妈妈想到就说了。

蘑菇心下觉得好笑，蒋澄思是资本运作高手，搞实业也不知道行不行，一想到他推销瓷砖的样子，她就忍俊不禁："妈妈，你想得太远了吧。"

"一点都不远，现在你爸爸的公司每年利润都好几个亿了。"妈妈说，"正在计划上市呢。"

"哇，爸爸这么厉害啊？"蘑菇印象中爸爸公司的发展也就中规中矩，远没达到这水平。

"这几年房地产发展迅猛，你爸爸的生意就越做越大。现在公司的瓷砖都做出口了，下月还要去俄罗斯参展的。"妈妈接着说。

"果然是英雄出老年。"蘑菇给爸爸竖起了大拇指，爸爸则一副没什么大不了的表情。

"所以说，这公司以后是要交给你的。"妈妈接着说。

"好了，年轻人也有自己的爱好，接班的事回头再说。"

"怎么还没到？"妈妈又回到问题上。

蘑菇看了下时间，走出包间，给蒋澄思打电话，结果无法接通，很快又收到他的信息："抱歉，临时有事，晚上来不了。"

蘑菇不禁埋怨，这个人实在是太不靠谱了，早上出门前，她还提醒过他。这下可如何是好？

她回到包间，让服务员上菜，平静地说："我们先吃吧，他临时有事，可能来不了了。"

"爸爸，这是大关的清酒，口感醇香，来一杯吧。"蘑菇积极地给爸爸倒酒。

整顿饭，蘑菇一个劲地喊"爸爸"，一声"妈妈"都不敢喊。

"爸爸，听说圣瓦西里升天教堂好漂亮，下月过去多照点相给我看啊。"

"爸爸，我去伦敦安顿好以后，你们有空就来看我啊。"

"爸爸，B城博物馆有个珠宝展览，明天你们可以去看看啊。"

蘑菇妈妈再也沉不住气了，筷子往桌上一撂："怎么见个面都这么难啊？"

见蘑菇的脸快挂不住了，蘑菇爸爸好言相劝："如果是有事来不了，也没办法。今天见不着，明天再见也一样。"

"是呀，回头再见也一样。"蘑菇附和。

"对方是什么人，也从来都不说。"妈妈退了一步。

"好了，女儿自有分寸，咱们也应该给她一点空间。"爸爸说着。

"不过。"爸爸话锋一转，语重心长地说，"这么多年，爸爸做事有一个原则，看不懂的生意，我从来不碰；看不懂的人，我从来不跟他玩。你也要明白这个道理……"

送完父母，蘑菇松了一大口气。回来的路上，车载广播里反复播放着晚上会有暴雨，出行注意安全。

夜间倾盆大雨，雨滴不断敲打着门窗。

蘑菇一晚辗转反则，心情跌宕起伏，由怒转忧，等他回来一定要好好教训他！该不会是不敢回来了吧？嗯？该不会是发生什么事了吧？

蘑菇每隔一小时看一下时间，从夜里十二点看到早上七点，蒋澄思整整一晚未归，也没有回复她任何消息，这是极其罕见的。

蘑菇买了一大杯黑咖啡，到公司后直奔首执办公室："蒋总在办公室吗？"

Cici一见她便站起来，也没说在还是不在。

"我要见他。"蘑菇说。

Cici欲言又止地说了句："M，孙小姐突然回来了。"

"回来了就回来了，你干吗这么紧张？"蘑菇放下咖啡笑了笑。

此时，Cici的座机响了，她接起电话："好的，我明白了。"

放下电话，Cici将蘑菇推至电梯前："M，你先回去，我一会儿再找你。"

蘑菇莫名其妙地进了电梯，下到1层时突然想起咖啡忘拿了，又按了上去的电梯，再上去的时候Cici都不在了。

她看见私人电梯的灯亮了，下意识地躲进旁边的楼梯间。

电梯门打开，有人从里面出来，是蒋澄思的声音："你还病着，还是先回家休息吧。"

"不嘛，老公。"是娇滴滴的女声，"你在医院陪了我一晚，没有休息，今天我也要陪你。"

"我有工作。"

"你安心工作，我不会打扰你的。"孙璇说。

"太太，一会儿蒋总有个重要的会议，你在恐怕会让他分心，不如我陪您到旁边的酒店先吃个早餐。"Cici说。

"不要，我和阿思好久没见了，我要陪着他……"孙璇说。

三人一边说一边走进了办公室。

蘑菇手捂住嘴巴，大口喘气，转身一路奔走下楼。

绫香在办公室刚挂完电话，就听见敲门声，说了一声"请进"。

蘑菇满脸通红地进来了，用极其凌厉的眼神看着她："你为什么要骗我？"

绫香措手不及："你在说什么？"

"蒋澄思结婚了，你为什么要骗我？"蘑菇痛苦地说，"你知道吗，我从来都没怀疑过，一刻都没怀疑过，不是因为这话是他说的，而是因为这话是你说的。你是我最好的朋友，你为什么要骗我？"

绫香迟疑着说了一句："我希望你们能幸福快乐。"

"这建造在谎言之上的幸福快乐能长久吗？你知道谎言破灭会有多痛吗？你给我造了那么美好的梦，你知道梦醒了会有多痛吗？"

"我知道你痛，你又知道蒋少有多痛吗？我和你说的时候，蒋少事先并不知情，他愿意和我一起欺骗你，证明他真的很爱你。只有他由始至终都是清醒的，他明明知道谎言破灭后的痛苦，却如履薄冰地爱着你。"

蘑菇苦笑，她仿佛读懂了日日夜夜蒋澄思眼里的那些深不可测，内心挣扎，欲说还休，那一定很痛苦吧。

"对不起，我真不想看到你们错过。你总是在帮别人，我也很想帮你。"绫香继续说。

"这种爱你也经历过，是没有未来的。"

"蒋少和项维不一样，你相信我，他是真的想和你在一起，而且他现在所做的一切……"绫香企图上前拥抱蘑菇。

"不要再说了，我不想听……"蘑菇挣开她的双手，夺门而出。

蘑菇一路低头穿过人群打算离开公司，路上接到了林总的电话。

"你在哪里？刚才项总过来了，说海外部那边有个项目需要你支援，让你今天就出发去伦敦。"林总说。

"林总，很抱歉，我不去伦敦了。"蘑菇挂断电话，被人拽住推进了旁边的会议室。

蘑菇挣开项维的手："放开我！"

"他两分钟后过来，好好说话，都是迫不得已。"项维挂完电话，还想说多两句，可见蘑菇眼眶湿润，硬是忍住了。

"他来了，好好说话。"项维离开前一再交代蘑菇。

蒋澄思推门进来，身着剪裁得体的西服，头发也梳起来了，虽然一宿没合眼，但显得十分精神。

他走近蘑菇，蘑菇闻到了熟悉的琥珀香水的味道。

"对不起，这事是我不对，我会尽力去弥补的。"蒋澄思声音低沉，"你一会儿去机场坐今天的航班去伦敦，那边我已经安排好，我下周就过去找你。"

蘑菇转身冷眼看着他："你以为这样就能瞒天过海了吗？你就那么怕孙璇知道我？"

"我不是怕她，我是怕你。"

"你怕我什么？你是怕我破坏你们夫妻和睦，毁了你的美满家庭？还是怕我闹得街知巷闻，毁了你的大好前程？"

"我是怕你离开我。"蒋澄思皱眉道，"当时是你说你快要结婚了，我也断了其他想法，按部就班地走既定的人生，我劝你去演讲那次，就是我去美国结婚的前夕。没想到后来发生了那么多事，你分手了，孙璇又有外遇，这都是我不曾想到的。那时我每天告诫自己要远离你，却根本控制不住地要接近你。后来你拒绝了我，坚决要走，关键时刻绫香又帮了我，我已经错过一次，不想再错过。"

"所以你们就打着爱的旗号来欺骗我，让我成为我最瞧不起的那种人？你们都太自私了！"

"对不起，再给我一些时间，我会处理好这一切。"

"你不爱孙璇，为了利益，你却娶了她。你会因为爱我，就抛弃荣华？我凭什么相信你？"

"在遇见你之前，我不知道什么是爱，也从不相信命运。现在，我都相信了，你也要相信我们会在一起才行。"

"错的事不会因为坚持而变得正确。我不会原谅你的，我们今后不要再见了。"

"蒋少，还有五分钟，LAZ的总裁就到了。"门外响起项维的声音，"我们得马上赶回去。"

"这不是意气用事的时候，你听话，先去伦敦，我安排好了就过去找你。"蒋澄思紧抓住她的双肩。

"你还没明白，这是错的，我们根本不应该开始。"蘑菇的肩头是颤抖的，她用力地摇头。

"我怎么不明白，我从一开始就知道这是错的，我却一再地重复犯错……"

此时，项维冲进来推着蒋澄思往外走："没时间了，蒋少。别坏了大事。"

春天的雨夜，冬日的暖阳，鸡蛋花的繁影，挡住了他的脸，他说，我接着你，我保证。他忽然就蹲了下来，脱下她的高跟鞋，他说，你不需要这个，你只需要我。往事还历历在目，温暖仍笼罩在心头，怎么成了随风而破的泡影？

蘑菇蜷缩在客厅的沙发上，忽然听见了开门的声音。

"小姐，原来你在家里？"杨阿姨走进来。

"先生说你的电话打不通，让我到家里看看你在不在。"

蘑菇别过脸，并不理会："杨阿姨，你也是知道的吧？"

"知道什么？"

"这一年来，你就没有发现过他有不对劲的地方？"蘑菇苦笑。

"小姐，我……"杨阿姨欲言又止。

"杨阿姨，谢谢你一直以来的照顾，以后你不用再来了。"

不知过了多久，蘑菇趴在床上醒来，天已暗了下来。此时，手机又振动起来，屏幕上显示是妈妈的来电。

"之前给你打电话怎么没接？"

蘑菇才想起父母还在B城，压低声音说："妈妈，我在开会不方便。"

"你男友今晚有空和我们一起吃饭吗？"

蘑菇的心咯噔一下，佯装镇静地回复："他还是没空。"

"我就知道，我就随便问问。"蘑菇妈妈说，"今天凌总收到我们送的土特产后，非常热情地邀请我们今晚吃饭，你也一块儿过来吧。"

蘑菇站在洗脸台的镜子前面，看到自己披头散发，妆容模糊，人不像人，她连说话的勇气都没有了。

不，不能让父母担心，她心里默念，无论多难都要演过去。

正所谓，人生如戏，全靠演技。

她先卸完妆，拿热毛巾给核桃大的眼睛消肿，又换上了一身黑色的真丝印花长裙，梳了简单的法式发髻，又化了一个浓妆掩盖精神状态。

蘑菇八点才到澜馨酒店，被引到一个私密的包间，父母和凌越在里面热聊。

一见蘑菇，妈妈就说："怎么这么晚才到？"

"我回家换了一身衣服。"蘑菇笑了笑。

甚少见蘑菇穿休闲装的凌越，眼前一亮，由衷地说："真好看。"

蘑菇尴尬地笑了笑，妈妈得意地说："我这闺女从小就爱臭美。"

菜品一一上来，凌越一一殷勤地介绍："这个是我们酒店的特色菜醉蟹，这个是佛跳墙，这个是松茸牛柳……"

蘑菇坐在那里，神游万里，妈妈碰了她一下，她才反应过来："啊？你说什么？"

"我说你演讲得真好。"凌越说，见蘑菇都没动筷，又说，"菜品是不合胃口吗？我再点几个。"

"不是，我想上个洗手间。"蘑菇打岔道。

"我和你一起去。"妈妈说。

一出包间门，妈妈说："我觉得小凌挺好的。"

"小凌？"蘑菇各种凌乱，"你叫凌总小凌？"

"是呀，他让我们叫的。"妈妈说，"小凌对你有意思。"

"妈，你说什么，凌总是我的客户。"

"唉，瞎子都能看出来。"蘑菇妈妈说，"他今天还打听你有没有男友。"

未等蘑菇搭话，妈妈说道："我已经说没有了，不行你换一个吧。"

蘑菇扶额，她已经够烦了，简直一波未平一波又起。

从洗手间出来，蘑菇没见着妈妈，以为妈妈已经回去了，沿着来时的路往回走，她实在不在状态，见到一个眼熟的门脸就进去了。

她以为自己眼花了，宴会厅的长条桌边，围坐着孙董、孙太太，还有LAZ和庄美的高层，项维、绫香、孙璇以及蒋澄思都在。

里面的人也是一脸错愕，蘑菇反应过来："不好意思，我走错了。"

"慢着。"孙太太急忙走向蘑菇，扬手就给了她一巴掌，"你当小三当上瘾了是吗？居然还敢找上门？"

孙太太的举动震惊全场，未等所有人反应过来，蘑菇妈妈及时从后面出现，一把推开孙太太，一副要开打的架势："你敢打我女儿？"

蘑菇顾不上火辣辣的脸，迅速拦住妈妈，蒋澄思也迅速上前拉开孙太太。

"你说谁是小三呢？我家有的是钱，追她的人从长安街头排到长安街尾，你居然敢说她是小三？岂有此理！"

"我相信这是个误会。"孙董也过来了。

"误会？东西可以乱吃，话能乱说吗？"蘑菇妈妈气极了，"我和你说，我女儿是有男朋友的，他们快要结婚了。"

在场的人又震惊一场，只有蘑菇简直要掘地三尺，头都抬不起来了："妈妈，走吧……"

"发生了什么事？"凌越和蘑菇爸爸听见动静也过来了。

"最好你说的是真的。"孙太太冷笑。

"当然是真的。"蘑菇妈妈转向凌越说，"小凌，刚刚这个阿姨非要给小茹介绍对象，我说小茹都要和你结婚了。"

蘑菇的头都要垂到地上了，如果这里有南墙，她就去撞了。

"妈妈，走吧……"

凌越定了定神，大喜过望，看着红着脸的蘑菇，只说了一句："谢谢阿姨。"

"那就祝你们百年好合了。"孙董说。

蘑菇全程低头，不敢看也不想看蒋澄思的表情，拽着妈妈走了。

一行四人出了包间，气氛异常诡异，蘑菇先开的口："哈哈，凌总，刚刚我妈妈是开玩笑的。"

"其实是真的也可以。"凌越顺水推舟，欲表明心意，"我一直对……"

正在气头上的蘑菇妈妈已经什么都听不进去了："抱歉，小凌，我们临时有事，先告辞了。"

蘑菇妈妈神色如常，但是手是抖的，没错，是被蘑菇气抖的。蘑菇这会儿哪敢说不，一边弯腰给凌越赔礼，一边跟上妈妈的步伐："凌总，很抱歉，我们先告辞了，下次请你吃饭赔罪。"

蘑菇爸爸更是尴尬，方才两人还相谈甚欢："小凌，实在抱歉……"

"没关系，叔叔，你们先忙，下次我还请你们吃饭。"凌越也是纳闷，一家三口都跟他道了一遍歉。

蘑菇陪父母回到酒店房间，一关上门，蘑菇爸爸再也沉不住气了："今天到底是怎么回事？"

"你问问你的宝贝女儿！"蘑菇妈妈气得直抖。

"爸爸，妈妈，对不起……"面对最亲的人，蘑菇再也演不下去了。

"我问你，你那个男友到底是怎么回事？"

绷了一个晚上，一提到伤心处，蘑菇忍不住放声大哭。

蘑菇哭得肆意，仿佛小时候受了委屈扑进妈妈怀里求安慰。

这下可吓坏了父母，他们多少年没见自家闺女哭过了。

"好了好了，你不想说，我也不问了。"蘑菇妈妈说，"不过，你可答应我，马上和那男的断绝来往。"

蘑菇在妈妈怀里点点头，爸爸心疼地说："小茹，不管怎样，你要记着爸爸妈妈爱你，永远爱你。"

次日早上，蘑菇在机场接到林总的电话："你怎么回事？昨天一天找不着人，蒋总要问你项目上的事，你赶紧回来。"

"抱歉，林总，这几天我家里有事，想请个假。项目上的事情，可以让小芸回复。"

"你以为庄美是你家开的，说不去欧洲就不去欧洲，想休假就休假。"林总大声训斥，"蒋总要找的是你，小芸哪能知道那么多。"

"小芸不懂会问我的。"蘑菇顿了顿，"林总，我正式提出辞职申请，等我休假回来，请尽快安排人接手我的工作。"

"这是怎么了？你不去欧洲就不去了，你想休假就休吧，还辞什么职啊？"林总忽然就没脾气了，蘑菇可是部门拿得出手的明星职员。

"因为个人原因，很抱歉，林总。"蘑菇挂完电话，凝视窗外。

"小茹，快过来，要登机了。"妈妈叫她。

蘑菇随父母回到老家住了一段时间，每天陪妈妈去买菜，逛街，游公园，日子一片宁静祥和。

"妈妈，你干吗老盯着我看？"

"我怕你丢了。"

"我不是在这儿吗？"

"但你的心不在。"

一周后，寒风凛凛，蘑菇回到庄美大楼，正值孙董召开全员会议，会场里坐满了人。

孙董坐在主席台，正襟危坐："我知道最近公司的谣言很多，说谁是谁的人，谁又被夺权。我只想说，庄美是一个国际化的金融机构，员工的服务对象都应该是公司，而并非某一个个人。无论融投管退，相信在座的每一位都是经手上亿资金的项目负责人，在别人看来就是腰缠万贯的金主，但是权利和义务是对等的。所以，有时候离钱太近不见得是一件好事，近期公司会进行一次彻底的内部合规检查……"

蘑菇张望四周，他没来，一开始她还害怕会见着他。

这次回来，蘑菇走在路上，总觉得大家看她的目光怪怪的。

难道她和蒋澄思的事已经众所周知了？她忽然担心起来。

蘑菇从洗手间出来，被拍了一下肩膀，她吓了一跳。

"我说你呀，怎么老联系不上，要嫁入豪门也不用躲着我们吧？"

"什么？"蘑菇转身，皱眉看盈盈。

从上周开始，公司就开始流行各种传言了。

"你知道吗，原来M的男友是澜馨的太子爷。"

"我说呢，原来M的兰博基尼是澜馨太子爷送的啊。"

"听说M不去伦敦进修，就是为了和这个凌越在一起。"

"难怪M要辞职呢，原来是快要结婚当澜馨的老板娘了。"

谣言漫天，传得跟真的一样。

蘑菇为此十分头疼，这是她老娘挖的坑，她也只能往里跳了。

没想到在庄美声誉良好，向来是独立女性典范的M小姐，要走了才坏了口碑，晚节不保。

然而，让蘑菇烦恼的事还不止这一桩。

"上周我们投资的一家上市公司，出现了一笔低于市场价格的大额股权交易，根据签订的最惠国待遇，公司应该把股权优先受让给我们。"合规调查人员约见蘑菇说。

蘑菇解释："其实这是公司内部员工的激励政策，大股东以低于市场价格让对公司贡献较大的员工持股。这种股权激励政策，在业内是很正常的，所以我们放弃这次的受让权。"

"话虽如此，但是根据调查，你们并没有知会法务部门，就提前确认了这次交易。"合规调查人员将调查材料递给蘑菇。

蘑菇回到办公室，真不忍心责备小芸："怎么会出现这种情况？我们在发对外确认的文件或邮件之前，都是要先经法务部同意的。"

上周她休假，事情是小芸负责的。

"很对不起，那天公司的人发给我受让方公司的背景材料，但是催得很紧，我觉得没什么问题，就直接邮件确认了。"

"不管对方有多着急，我们都是要按流程办的。"蘑菇说。

小芸没想到事情这么大，红了眼："可是之前有一次，我们也没有事先知会，法务部也没有说什么。"

蘑菇真想向她解释"此一时，彼一时"的道理，人生在世，怎可能不犯错误呢，就看别人想不想逮你了。

两天后，蘑菇接到人事部的电话："我们准备对小芸进行劝退处罚。"

"劝退？哪有这么严重？这又没对公司造成实质性的影响。"蘑菇说。

"现在公司风控从严，我们也是根据制度办事。"

"那处罚我好了，小芸是我的下属，我理应承担所有责任。"

"不，这不是你的责任，蒋总说这不是你的责任。"

原来这事是冲她而来。庄美那么大，要躲一个人并不难，她回来了两天就躲了两天，却也有躲不过去的时候。

蘑菇从B座穿过长长的大堂来到C座10层，电梯门一开，只见蒋澄思与项维正在走廊上与黎藜等几个LAZ的人握手道别。

"哟，听说你快要结婚了，恭喜啦。"黎藜一见蘑菇就笑着说。

"谢谢。"蘑菇连否认的兴致都没有。

项维一见形势不对，连忙说："黎总，这边请，我送你们下去。"

明丽的阳光倾泻而入，室内满溢着百叶玫瑰的香气，蒋澄思背对着阳光，蘑菇坐在他对面。

蘑菇一副公事公办的口吻："蒋总，我认为对小芸的处罚过重了……"

"你和那个凌越是真的？"蒋澄思直接打断她。

"这是我的私事，没必要向您汇报。"蘑菇不卑不亢。

"你没有权力单方面结束我们的关系。"

"每个人都应该为自己的错误负责任，我们早就结束了。"蘑菇言归正传，"蒋总，希望公司能重新考虑对小芸的处罚。"

"每个人都应该为自己的错误负责任，这不是你说的吗？"蒋澄思身体向前倾，光影斜照在他的侧脸，蘑菇才看清他的倦容。

偌大的首执办公室内，势均力敌的两人依旧在僵持着。

"这件事没有对公司造成实质性的影响，何况小芸还年轻，被劝退的消息要是在业内传开去，她以后很难找工作的。"蘑菇一再解释。

"你对别人倒是挺宽容的。"蒋澄思高高在上地说。

蘑菇沉住气说："那好，我是小芸的上司，理应对这事负全责，我引咎辞职。"

"你倒是挺潇洒的，说走就走。不过，你本来不就是要辞职的吗？"

"你不要太过分，你这是在公报私仇，你知道吗？"蘑菇已经极力克制。

"我告诉你，更过分的事我都能做出来。"

"你到底想怎么样？"

蒋澄思似笑非笑地看着她，蘑菇的心不寒而栗。

项维送走黎藜，折返蒋澄思办公室，佯装轻松地说："太好了，LAZ愿意和你签署一致行动协议。"

蒋澄思脸上一点喜庆的样子都没有，项维又自顾自地说："我说啊，老孙这回真是赶尽杀绝，逼着你去邀请LAZ的高层，又暗地里使坏，向公司股东说你有二心，没想到阴沟里翻船，那个利丰哪里是你的对手。"

蒋澄思仍然阴着脸，一言不发。项维与他相识多年，从没见过他如此模样，语重心长地说："蒋少，明眼人都能看出来M对凌越一点意思都没有，等事成之后找个机会再解释就好。成败在此一举了，一定要沉得住气啊。"

次日中午，蘑菇依约来到公司附近的四季酒店。

这是一间行政套房，蘑菇穿起跟极细的裸色高跟鞋，踩在厚软的地毯上有些不稳。蒋澄思靠在落地窗边的复古沙发上，映在眼前的是庄美大楼。他拍拍大腿，示意蘑菇坐过去。

蘑菇一脸轻蔑："你这样有意思吗？"

"你是在求我吗？"

"你就不怕孙璇、孙太太敲门进来吗？"蘑菇正脸面对他坐下，露出鄙夷的眼神。

"她们要来了，我就说约个分手炮而已。我们那点破事，她们早就知道了，要闹早就闹了，你别高估了自己，低估了利益。"

"下流。"蘑菇感觉一阵恶心，"你别亲我啊。"

事后，蘑菇抬起脸，直勾勾地看着他。

蒋澄思知她所想，冷笑着拿起电话："老严，我觉得王小芸那不是什么大事，能留还是留吧。但处分还是要的，杀一儆百。"

"好，就按你的意思办。"蒋澄思挂断电话。

蘑菇在一旁听着，气得牙痒痒："你答应过的事你还记得吗？"

"那你答应过的事你还记得吗？"蒋澄思反问。

"你不能穿上裤子就不认人啊！"

"我答应你不把她劝退，可没有答应你不让她受任何处分。"

"无耻。"蘑菇留下这两个字，转身拿起手袋要走。

蒋澄思拽着她的手腕，冰冷地说："我警告你离凌越远点，于你于他都有好处。"

"凌越年轻有为，家世显赫，关键还是未婚，哪样不比你强？"蘑菇把心一横，"就许你家庭美满，不许我寻找幸福啊？我警告你不要对他下手，别把那些下三烂的手段用到他身上，他是个正派人。"

"你就把我想得那么不堪？"蒋澄思怒不可遏。

"不然呢？凤凰男，骗子！"蘑菇轻蔑地说，"我妈妈从小就教我要诚实做人，你妈妈没教你吗？哦，对不起，我忘了你没有妈妈。"

"哐"的一声，蒋澄思震怒地将桌上的茶具一扫落地，蘑菇笑着离开。他妈妈一直是他的禁区。冬去春来，落花流水，她和他终于是完了。

明明是每天都在做的事，如果在前面加上"最后一次"，就会变得有意义。

最后一次参加晨会，最后一次用这个账号登录看股市走势，最后一次用这部电脑写投资日报，最后一次给桌上的鲜花换水。

部门在会议室为蘑菇提前举办了一个小型的告别派对。

许多共事过的同事都过来了，萧河、盈盈、林庭、Susan……

"绫香本来也说过来的，后来又说有事。"盈盈说，"你们最近是不是闹别扭了？"

"没有啊，回头我再找她单聚吧。"蘑菇想了想。

"大家静一下。"林总拍了拍手，"M，你为庄美服务了五年，从前台到中级经理，堪称庄美的传奇，在这里对你影响最大的人是谁？"

蘑菇抬眼望去，那人今天并没有来："当然是您啦，林总。"

"我去，你这也太会拍马屁了吧。"底下的人起哄。

"当然没有，我真的很感谢林总一直以来对我的鞭策和鼓励。"蘑菇说这句话的时候，往事一一浮现在眼前。

"你这到底是在写什么？毫无逻辑可言，一塌糊涂的报告证明你有一塌糊涂的脑子。"

"我在问你话，你有什么好哭的？那你坐在这儿哭一会儿，我们先开会。"

"你知道协议条款有多重要吗？你进行过的每一个谈判，酒桌上说过的每一句话，都会落实到每一条法律条款中去。"

那时三十多个人开会，他就是针对她。骂人的话，他根本不用指名道姓，大家都知道是对她说的。

M回过神，鞠了个躬："很荣幸与大家共事，也很感谢这么多年来大家的厚爱。"

此时，突然有人敲门进来，是合规调查组的人："M，你涉嫌职务犯罪，请跟我们回去协助调查。"

"由于你和澜馨凌越的特殊关系，在瑞林收购庄美的过程中，你利用职务之便故意哄抬股价，拖延收购时间，导致交易失败，令公司蒙受损失。"合规调查负责人李劲说。

"第一，我和凌越没有任何利益关系；第二，当初我给瑞林报价也是遵循估值，觉得值这个价才报的。"

"是吗？当时澜馨的市场价才16.35元，你怎么报出19.15元的卖价？简直就是变相拒绝收购。"

"这不是我报的，是双方轮番议价的结果。"

"有邮件或者是录音吗？瑞林那边说是你直接报的价格。"

蘑菇哑口无言："当时情况紧急，我都是电话沟通的。"

"你是在拖延时间吧，让澜馨有足够的时间找到合作方拒绝收购。现在澜馨的股价回落到13.6元，当时瑞林给出的价格是17.5元，错过这么好的卖出机会，你知道你令公司损失了多少钱吗？"

"是蒋总让你们查的吗？"蘑菇怒问。

"你还真以为庄美是姓蒋？是孙董让我们来的。"李劲低声在她耳边说。

蘑菇心头一惊："我不知道你在说什么。你能不能不要拿台灯照着我？太晃眼了。"

"你和凌越的关系众所周知。你干过的事，心里应该有数。"

"从现在开始，我不会再回答你任何问题。"

随后蘑菇被移交给公安机关，她坐在拘留室里越想越担心，如果这事闹大了，顺藤摸瓜，项维和蒋澄思都脱不了干系。

"莫小姐，你好，我们又见面了。"徐枫律师说，"目前我正在争取为你办理取保候审，请耐心等待。"

"徐律师请回吧。"蘑菇垂着头，"请你转告蒋总不用担心，这事情到我为止，不会连累他的。"

一时间，新闻铺天盖地下来了，金融才女为情涉案，还把蘑菇和凌越参加盈盈婚礼的合影放在封面……

蘑菇爸爸聘请了经验丰富的罗律师为她打这场官司，然而蘑菇被取保候审出来后情绪十分低落，律师每每与她沟通策略，她都要强打精神应对。

"这个案件的切入点是你和澜馨的凌越到底有没有关系，只要能证明你们之间没有感情或者利益的纠葛，我们的赢面就会很大。"罗律师说。

"我和凌越就是普通的商业关系，杂志登出来的这几张照片都是在公开场合照的，根本说明不了什么。"蘑菇说。

"好，如果我想请凌先生出庭做证，可以吗？"罗律师试探道。

"当然可以，我们之间光明正大，我相信他会同意的。"

"太好了，我想知道，除了你以外，还有没有人参与这个项目的交易？"

"有，我的下属王小芸。买卖双方的每次报价，我都让她帮忙记录。"

"好，我明白了，剩下的就交给我吧。"

这些天蘑菇的睡眠都不太好，夜里思虑过多无法入睡，常常天亮后方能入睡片刻。爸爸妈妈担心她的精神状态，搬到B城陪她一起住。

蘑菇醒来，听见客厅有动静，是爸爸回来了。

"怎么样？"

"睡着了。"蘑菇妈妈轻声说，"怎么样？"

"罗律师说，凌越和王小芸都拒绝出庭做证。"

"怎么会这样？凌越不是喜欢小茹吗，为什么不肯帮她？"妈妈说。

"利益相关，也是迫不得已吧。"爸爸叹气，"这事你先别告诉小茹，我再想想办法。"

蘑菇的心在抽痛，这些都是她用心帮助过的人啊。

审讯应控方要求公开审理，庭审当天来了很多记者旁听。当然也来了庄美的不少职员。萧河和盈盈来了，用手势示意蘑菇加油。江颜和利丰也来了，有说有笑地朝蘑菇打招呼。蘑菇报之一笑，人情冷暖唯有自知。

首先出庭做证的是庄美合规部人员，他们叙述内部自查的情况，出示相关证据。

而后出庭的是瑞林集团的人，句句诛心，控诉蘑菇是如何百般阻挠收购澜馨。

可出人意料的是，控方最后出庭的居然是江颜。

"莫茹和凌越的关系最近才在庄美传开去，真没想到，他们在很久以前就好上了。"江颜言之凿凿，"M开的跑车就是凌越送的，同款同颜色，还有M的首饰和包包。虽然M的收入很高，但是也不足以维持她的消费。"

"被告有着来源不明的巨额财产，以及与收入不匹配的消费，这很可能来自交易方的赠予，除非她能够说清楚财产的来源。"控方律师说。

一审过后，蘑菇在层层包围下离开法庭。

"莫小姐，现在的情况对我们很不利。对于控方提到的不明财产，我们要给出一个合理合法的说明。"

蘑菇报以沉默。

爸爸急忙抢白："罗律师，我们家财万贯，区区一辆跑车算什么，我可以列出我名下的所有资产。"

"莫先生，我们现在要举证的是这辆跑车的来源是合法的，要提供相关的购买凭据。"

顷刻之间，蘑菇就有了决断，这件事绝不能再牵扯到他。

"罗律师，我想知道，这场官司打输的后果是什么？"

律师分析了定罪的几种结果和概率。

"如果我想做有罪辩护呢？"蘑菇悠悠地说。

罗律师措手不及，蘑菇爸爸一听就急了："不行，你这孩子到底是怎么了？他们要提供什么证据，你提供就好了。"

见蘑菇沉默不语，蘑菇爸爸有点慌了："罗律师，实在不行，我们就协商解决，不管花多少钱，只要能达成庭外和解。"

"莫先生，实不相瞒，我问过。奇怪的是庄美那边拒绝任何沟通，说现在公司正严肃内控，这次正好抓个典型，让所有员工引以为戒。"

"罗律师，你一定要帮忙想办法，我只有这么一个女儿，这么一个女儿……"蘑菇爸爸纵横商场多年，从没如此失态过。

比起刑罚的制裁，蘑菇看见这些日子父母为她奔波难过，这更让她难受。

很快就到了二审开庭，蘑菇见到蒋澄思坐在证人的位置上，项维和绫香都坐在旁听席。

"蒋先生，请问你与被告是什么关系？"辩方罗律师问。

"上司和下属。"

"请问是直接上司吗？"

"不是，我比她高几个层级。"

"请问你对这个案件的了解有多少？"

"我先说一下，我出庭并不是对这个案件有了解，而是对这个人有了解。莫茹是经我招聘进公司的，从前台到海外部到投资部，她的履历和业绩都非常优秀。她勤奋好学，处事公正，我相信她不会因为私事影响她的职业判断。"

换到控方律师提问："蒋先生，据我了解，被告不仅是你招聘进去的，还是你一路提拔上去的。"

"是的，授人以鱼不如授人以渔，我觉得她有能力，所以才帮她一把。事实上，她从未令人失望。"

未等蒋澄思说完，控方律师打断，道："蒋先生，这次庄美是原告，你作为庄美的CEO居然在为被告做信用背书，我有理由怀疑你和被告的关系。"随即扬起手中的照片，"这些是有人拍到的你们曾一起出入被告住所的照片，能解释一下吗？"

蘑菇心中一惊，这是圈套啊，紧张得不敢说话。

"我住在莫茹楼上，出入碰见也是正常的。"

"据我了解，你并不是居住在这里。"

"像我这么有钱的人，怎么可能只有一所房产？你可以到房产局查一下，我在一年前已经购入了该房产。"

"这张是上月10号你们前后出入四季酒店房间的照片，能解释一下吗？"

"你可以调取当天的酒店监控，当天出入该房间的人，有我的秘书Cici、我的下属项维、我的客户黎藜，这能证明什么？"

"好，你能说一下在酒店房间里谈些什么吗？"控方律师笑道。

"工作上的事。"蒋澄思说，"如果你怀疑莫茹和我有不正当关系，又要证明她和澜馨的凌越有不正当关系，存在利益输送，这不是自相矛盾吗？"

"那之前贵司也有员工被起诉，为什么你不出庭做证？"

"那是因为我并不了解员工或者是案情……"

"那为什么你这次就了解了？"

"是因为事实。截至昨天，澜馨股价已经上升到19.8元，我有理由相信，莫茹当时坚持的是价值投资。正因为她的坚持和远见，如今庄美对澜馨持股的回报率已经远远超出了预期。"

控方律师哑口无言，众人突然眼前一亮。

"莫茹作为投资从业人员，经手项目的回报远远在业界的平均水平之上，可谓是十分优秀的。我觉得我有必要站出来说句公道话。"蒋澄思原本是对着律师陈述的，最后说话时转向法官。

没有给庄美造成任何损失，最后也成了本案判决的关键。

法庭外有一条长长的阳光走廊。宣判后，蒋澄思与随从匆匆离开，蘑菇不避耳目地冲出来叫住他。

"你为什么要出庭做证？怕我熬不住供你出来？"蘑菇的话语冷冷的。

"我就是怕你熬得住不供我出来，把自己给搅进去了。"蒋澄思应道。

"你不该来的……"蘑菇忍不住说。

蒋澄思看着她，欲言又止，转身离去，在光照下留下长长的身影。

蘑菇妈妈抱着女儿喜极而泣："没事了，宝贝。没事了，宝贝。"

而蘑菇丝毫没有胜利的喜悦。

离职那天，蘑菇收拾私人物品装进纸箱，从电梯到地下车库，发现绫香也同样捧着纸箱走在前面。

蘑菇叫住了绫香，小跑上去问："你也离职了？"

绫香笑着点点头："是呀。"

两人许久未见，再次相遇，记忆被刷新一样，自动跳过中间的不快，恢复了往昔的亲密。

"你接下来有什么打算？"

"我会去一个新的公司。你呢？"

"还没想好，可能回家打理家族生意吧。"蘑菇顿了顿，"他最近怎样？"

"据我所知，他现在应该不在国内。"

蒋澄思最近销声匿迹一样，在公司和新闻上都没有露过脸。蘑菇还想继续问，但是觉得没这个必要。如果他想见自己，早已经见了。

"你是有事想找他吗？"绫香试探道。

"没有，我就想说声谢谢。"

"好，我见着他帮你说一声。"

冬日的南方沿海城市，温暖湿润，空气清新，在寒冷干燥的北方过惯了的蘑菇显然不适应。蘑菇最近在协助爸爸的企业上市，她从证监会上完辅导课出来走在大街上，戴着大大的珂洛伊太阳镜，看着蓝蓝天空上的烈日，内心打了一个大问号，这12月的温度怎么和7月是一样的？

蘑菇走到一个露天咖啡店，买了一杯冰摩卡，被商厦的户外电视大屏幕上正播放着的一则财经新闻吸引了。

LAZ正式发布声明，中止与庄美合作建立美元基金计划。

"请问中止合作的原因是什么？"记者发问。

"LAZ和庄美的合作是建立在一个关键人物的基础上，据了解，这个关键人物已经离开庄美，所以LAZ中止该项合作计划。"黎藜回答。

"请问您说的这个关键人物是不是庄美CEO蒋澄思先生？"记者追问，"蒋澄思先生已经许久没有出席庄美的公开活动。"

"无可奉告。"黎藜说，"下一个问题。"

看完这则新闻，蘑菇垂下手机，内心久久未能平静。

此时，蘑菇的手机响了，竟然是凌越。

一听是邀请她参加澜馨的股东会，蘑菇笑了："凌总，我早就从庄美离职了。"

"我知道，你是作为盛世资本的委派代表出席。"

"什么？"

"在你出事的那会儿，有人联系我，说要救你只有做到两点。一是配合做高澜馨的股价，抛售一部分股票，任由其在市场大肆吸纳澜馨股票，目前对方已经是澜馨的第一大股东。二是和你保持距离，所以我没有出庭做你的证人。对方一直不肯透露身份，我虽然照做也是将信将疑，后来看见你没事才放心。"

"哦，很感谢你。"

"不，我该感谢你才是。这事本来就是因为澜馨而起，如果你真有事，我会内疚一辈子。"

"凌总，你言过了。"

"其实，我对你……"

"稍等，我有另外一个电话进来，我一会儿再回你。"

对方是Happiness咖啡店大嗓门的店员："蒋先生已经回来了，问你什么时候回来啊？"

"马上，请转告他，等我。"

蘑菇预订了最早一班飞往B城的航班，是绫香来接的机。蘑菇的心中自然是无数个问号，一上车就问个不停："他离开庄美了？"

"蒋少组建了一个新的基金——盛世资本。现在LAZ已经和盛世资本签约合作了，只是还没正式公布。"

"那他和孙小姐？"

"一个月前已经协议离婚了。"绫香说，"孙璇的抑郁症是假的，她是怕蒋少离开她，才演这么一出。"

"这是怎么知道的？"

"蒋少执意离婚，孙璇闹着绝食自杀，被送进医院。她的前男友去了，当着蒋少的面大骂她又不是真得了抑郁症，为什么要去死。狗血吧？"

"这是给你的。"绫香递过一份文件。

"这是什么？"蘑菇打开一看，是澜馨的股权证明。

"盛世资本投的第一个项目。"绫香笑道，"当时为了救你，他用个人资产，通过盛世买入澜馨的股票，做高股价，现在可好，成了第一大股东。"

绫香补充了一句："他为了你，也真是够了。"

蘑菇走进Happiness，蒋澄思穿着休闲服坐在从前的位置，低头读着报纸，抬头见她一步一步走来，脸露微笑。

"十七个月零三天。"蒋澄思说。

"这对孙小姐不公平。"

"如果我给不了她想要的，继续和她在一起，对她更不公平。我和她是两个世界的人，我是一个工作狂，她是一个享受主义者，我对她没有爱，也没有共同的话题。你说得对，错的事不会因为坚持而变得正确。比起我，能时常陪她一起吃喝玩乐，抓住她说话笑点的前男友更适合她，他们现在在一起也挺开心的。"

说得还真是，蘑菇淡然一笑："你是怎么全身而退的？孙董就这么轻易放你走了？"

"当然不可能轻易，你没见我瘦了吗？"蒋澄思轻描淡写地说。

确实瘦了很多，蘑菇心疼无比："对不起……"

"事情都过去了，过程并不重要，结果才重要。我说过一切交给我，你在我身边就好，最后是你就好。"

蘑菇热泪盈眶："你知道吗，我不值得你这么做。"

"你知道吗，你说了不算。"

蘑菇破涕为笑。

尾声

两人从咖啡店出来，蘑菇一路上问了无数个问题。

比如说："你是什么时候在我家楼上买房的？"

"和你在一起以后啊，不然怎么解释我出入这里。"

又比如说："你是什么时候开始筹备盛世资本的？"

"和你在一起以后啊，不然怎么兑现对你的承诺。"

"和我在一起以后，你干了这么多事，真的太厉害了。"

"和你在一起以后，我每天睡觉都少了两小时，命都短了好几年。"

蘑菇回到家打开门，发现全屋堆满了杂物。

"什么东西？乱七八糟的一大堆。"

"这是从我房子里搬过来的东西。"

"为什么都搬过来？"

"你不是问我怎么全身而退的吗？净身出户就是其中一个条件。"

"这孙小姐可真不含糊，你婚前财产也给她了？"蘑菇吃惊。

"我现在的婚前财产就剩下一堆澜馨的股票了，你要帮我管好澜馨，不然我就血本无归了。"

"谁让你这么傻？"

"你不是要当澜馨的老板娘？我也算实现你的理想了。"

蘑菇被怼得说不出话来。

晚上，蘑菇洗完澡，走进书房，蒋澄思见她走来，连忙将电脑合上。

"你在干吗呢？鬼鬼祟祟的。"

蘑菇抢过电脑非要看，屏幕上的女子衣着整齐，背对着镜头，坐在男子的大腿上发出呻吟，居然是两人那天在酒店的视频。

"岂有此理，你偷拍这个干什么？"

"我是为了以防万一。"

"万一什么？"蘑菇脑子转了一圈。

"万一你真和那个凌越结婚，我就把这个给他看。"

"难怪那会儿你被盯得这么紧还要招惹我。"蘑菇恍然大悟，"无耻，你赶紧删了。"

"不行，如果你父母反对我们在一起，我也把这个给他们看。"

"我父母怎么会反对？"蘑菇莫名其妙。

"首次见面就失约，还离过婚，原生家庭不好，都是硬伤。"

"蒋总，你还会不自信啊？"蘑菇笑道，"我保证现在只要是个男的，我父母就能同意，你赶紧删了。"

"不行，万一你哪天又和我闹分手了，我也把这个给你看。"

"卑鄙。那我这一辈子都插翅难飞了，是不是？"

"是我这一辈子都在劫难逃了……"

【全文完】

MEMORY
HOUSE